· 自然文学译丛 ·

动物私生活
与
公共生活场景
（续）

［法］巴尔扎克 　缪塞 　等◎著

程毓凝 　张颜文 　孙毅 　朱子璇◎译

海天出版社

· 深圳 ·

图书在版编目（CIP）数据

动物私生活与公共生活场景：续 / (法) 巴尔扎克
等著；程毓凝等译. — 深圳：海天出版社，2019.8
（自然文学译丛）
ISBN 978-7-5507-2662-8

Ⅰ.①动… Ⅱ.①巴… ②程… Ⅲ.①寓言—作品集
—法国—近代 Ⅳ.①I565.74

中国版本图书馆CIP数据核字(2019)第107388号

Scènes de la vie privée et publique des animaux （Ⅱ）
Études de mœurs contemporaines
par Honoré de Balzac, A.Musset et autres
© J.Hetzel, éditeur, 1842/ MM.Marescq Et Comagnie 1852

动物私生活与公共生活场景（续）
DONGWU SISHENGHUO YU GONGGONG SHENGHUO CHANGJING（XU）

出 品 人	聂雄前
责 任 编 辑	胡小跃
	李 尧
责 任 校 对	叶 果
责 任 技 编	梁立新
装 帧 设 计	龙瀚文化

出版发行　海天出版社
地　　址　深圳市彩田南路海天综合大厦（518033）
网　　址　www.htph.com.cn
订购电话　0755-83460239（邮购）　83460397（批发）
设计制作　深圳市龙瀚文化传播有限公司 0755-33133493
印　　刷　深圳市新联美术印刷有限公司
开　　本　889mm×1194mm　1/32
印　　张　12
字　　数　230千
版　　次　2019年8月第1版
印　　次　2019年8月第1次
定　　价　58.00元

CONTENTS
目 录

2.ᵉˢ
2ᵉ PARTIE

VIE

PRIVÉE ET PUBLIQUE
DES

ANIMAUX.

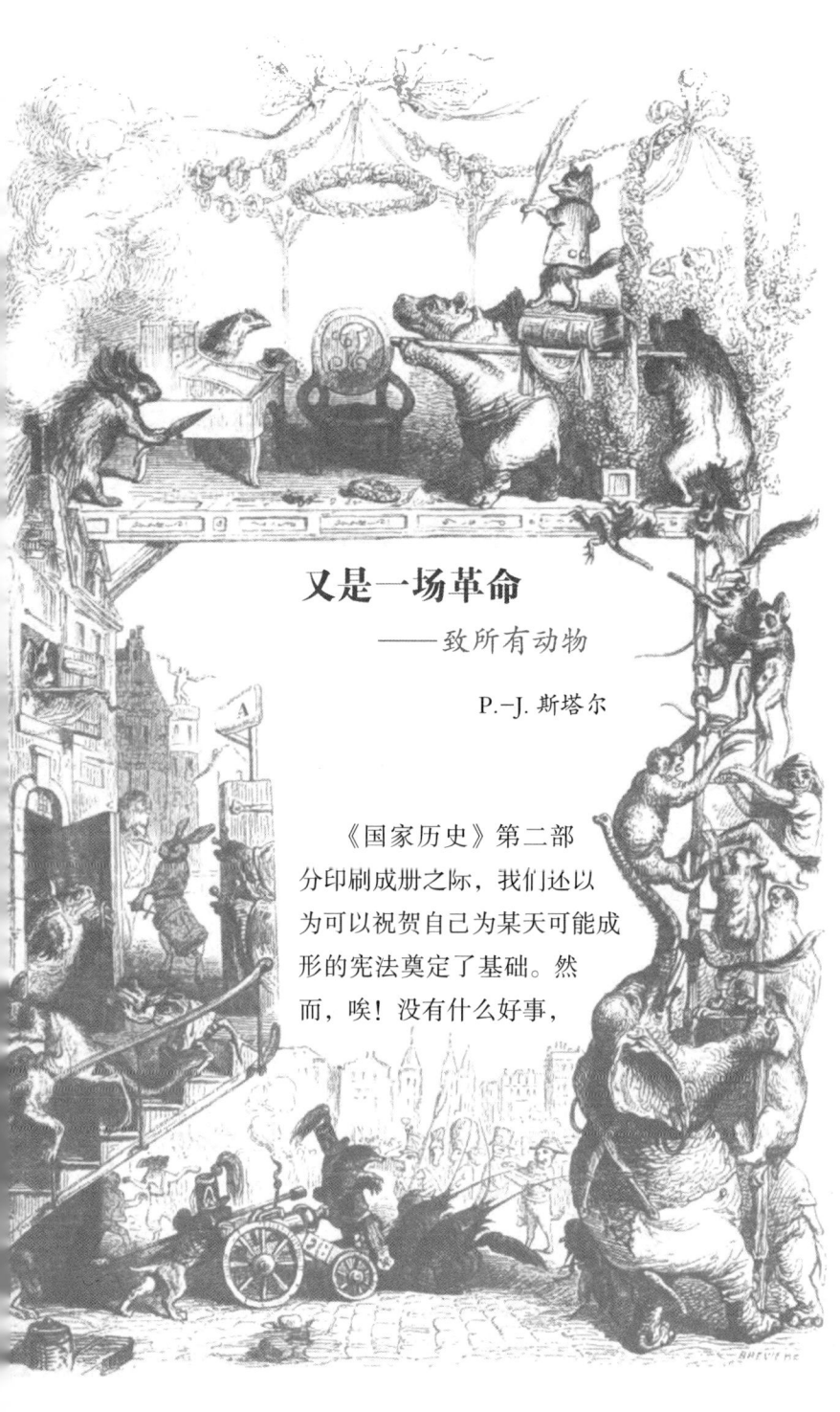

又是一场革命

——致所有动物

P.-J. 斯塔尔

《国家历史》第二部分印刷成册之际，我们还以为可以祝贺自己为某天可能成形的宪法奠定了基础。然而，唉！没有什么好事，种种迹象都让我们为动物社会的命运提心吊胆。

在我们最意想不到的时候，天边乌云密布，不断蔓延，刹那间，白昼就成了黑夜。

之前，我们博学的天文学家们就已经澄清了星相学中这个极模糊的问题：日子天天相随，而且全都一样。他们迫不及待地抓住这个机会，力图让科学再向前迈进一大步。在配备了望远镜后，他们爬上避雷针的顶端，把它当作自己的天文台。

在那儿，他们凭借着自己积年累月的阅历和与生俱来的洞察力，花了好几个钟头研究这些神秘的现象，但要理解它们却是一件不可能的事。这些声名显赫的学者就是这样想的，由于生怕犯错，他们宁可保持沉默也不敢妄自臆测——我们静候其结果。

愿诸神保佑，希望我们的担心是多余的！

发自动物园，

1841 年 11 月 26 日

————————

我们收到了来自天文台的通告，内容如下：

我们目前已经得知，令我们忧心忡忡的这一现象究竟是怎么回事了。如果我们计算得没错，且假设我们已充分了解了情况，这些乌云不是别的，而是由数不胜数的蝇虫及其他全副武装的昆虫堆聚而成。这起武装活动应当是一场巨大阴谋，其目的在于推翻我们先前在第一次代表大会上确立的规章秩序。阴谋将在天空的某个角落里悄悄进行。然而，由于苍蝇们从来没有表露过明确的政治观点，我们希望明天能否认今天发出的这条被当作是正确的消息。总之，当政者应小心①！不要安然入睡。

不，我们绝不会合眼，因为我们不大相信同行的智慧，因为无政府主义没有呼呼大睡，我们也要像他们那样保持清醒，以对付他们。

作为维持秩序的第一项措施，同样也为了满足大家的

————————

① 原文为拉丁语：Caveant consules!

意愿，若有必要的话，我们将每天甚至每小时以《动物通报》为标题发布消息。这份简报将报道事件的动态，以便每个人都可以愉快地找到和朋友们闲聊的谈资，并以自己的方式对内容评头论足。

巴黎，1841 年 11 月 27 日

猴子，鹦鹉和公鸡

主编团队

动物通报

我们果然料到了此事。从天文台传来的消息今天得到了证实。今晚爆发的骚乱从本质上看是一场真正的暴动。一小撮捣乱分子从约 30 万主力军中抽身而出，由某位因其道德准则受到吹捧而闻名遐迩的胡蜂领导，猛地扑向迷宫的穹顶。叛乱者们公开表态，想煽动动物王国进行反抗，并手持利刃，企图达成他们自称为全面改革的目的。

几只明事理的苍蝇徒然提醒这群误入歧途的苍蝇，要他们保持头脑清醒。

但谁都不听他们的。无论发生什么，我们都能顶住这场风暴，并希望能在诸神的庇佑下打破这些卑鄙的企图。"外忧内乱，"孟德斯鸠曾言，"一直是帝国的强化剂。"

———————

我们带翅的警卫队队长熊蜂元帅没能成功驱散这些肇事者。他有理由认为要在发生流血事件之前全身而退，只要切断叛乱者们的食物供给来源和退路，几小时后，他们就会挨饿，陷入恐慌。

熊蜂元帅的这种人道主义精神值得我们高度赞扬。叛乱者们在迷宫的帐篷下铺设了枯枝败叶和干草，用以筑街垒防卫，据说，这完全可以抵抗住敌人的围攻。叛乱者所占的面积至少 18 英寸长、10 英寸宽。

———————

自相矛盾的反对意见针锋相对，接连不断。有人荒谬地解读我们先前引用的孟德斯鸠的话，指控我们煽动起义。反叛军中最为狂热的一位演说家说道："暴君总是担心他的臣民与其意见相左。"如何回复此等谬论？如果一个国家的首领们只需担心臣民的意见是否跟他相左，那他们早就可以高枕无忧了。

据称，起义的蝇虫们试图在所有层面上组织暴乱，其中一个"军号手"是位娴熟的音乐家，即兴创作了一曲名为《蝇虫回想曲》的战斗进行曲。

我们在这儿都能听到这首大逆不道的乐曲，这声音从巴黎上空飘过，先贤祠、圣宠谷教堂、屠宰场圣雅各教堂塔楼、萨彼里埃医院、拉雪兹公墓、王座广场城门的立柱和蒙马特高地等地都藏匿着叛乱头目们派遣的密使。几名叛军遭到了逮捕和囚禁，但无法让他们开口承认罪行。"我们像雪一样洁白无辜，"他们声称，"不明白为什么会遭到逮捕，但无所谓了，取下我们的头颅吧！"你们的头颅，先生们，我们拿它们做什么呢？一只蝇虫的头对我们来说有什么用处呢？

尽管如此，我们还是会考虑这项提议。

叛军们的要求现已众人皆知。公众的利益一直被当作人类野心和恩怨的借口。这是一场文学层面上的革命：他们想要迫使我们辞去职位！如果我们拒绝，他们就会提议竞争，以此相逼。我们对此毫不畏惧。作为大家的受托人，我们绝不会辜负大家的嘱托：没有人能剥夺我们的职责，除非他们夺走我们的生命。公共利益要求我们如此，而只有公益才是我们的责任。

可我们有什么可被指责的呢？我们做得不对还是偏心？我们一直遵守纲领，把大家寄给我们的东西都印了出来，没有偏爱，不作选择，近乎盲目，正如一个主编应该做的那样。难道我们的稿子没有没过头顶，墨水没有淹过膝盖和大腿？如果我们没有好好干，又怎能完成杰作？

起义的首领是一只金龟子！金龟子海格力斯！多美妙的名字！

你们可知金龟子海格力斯是何方神圣？如果我们不知道弱者本身也带刺，且它们的螯针也能刺人，我们就会鄙视这些低等动物的攻击。

因此我们下令采取以下措施，并相信会得到每个人的支持：

1. 悬赏金龟子海格力斯的脑袋。将其拿下并带给我们的人将得到一笔丰厚的报酬，无论通缉犯死活（如果是死的就更好了）。

2. 立刻着手征募一支特别部队，我们很快就会有一支90万苍蝇组成的装备精良的大军与叛军抗衡，在空中或陆地及秩序受到威胁的任何地方同叛军交战。

3. 警察局局长先生们要随时在口袋里携带一条纱巾，如果条件允许的话最好携带两条。

4.数量超过一个以上的动物组成的集会将受到武力驱散；这一条尤其针对鸵鸟、鸭子和其他有群聚嗜好的社会党动物。

5.敦促所有老实正派的动物们待在自己家里，不要发出任何声音，早睡觉、晚起床，什么都别看、什么都别听。这样就能让捣乱分子们明白，他们的计划在明事理的动物中是不会有回应的。

一只鹿角虫作为使节被派来与我们谈判，我们屈尊听完了他的话并答复了他。"你们之前说过，我们也有发言权的。大家应该都有份。我们那儿总共有3300万人，大家都厌倦了在这个世上保持绝对的沉默。我们每个人都想拥有说话和书写的权利。平等是一项权利，是或不是？"

"什么是权利呢？"读者熟知的一位老乌鸦回答说，"水至清则无鱼，人至察则无徒①。如果你们每个人都想发声，这世间所有的书都放不下；如果你们每个人都想写写自己，那就不要写满一页纸，而是一行话、一个词、一个字母、一个逗号或者更少。"

这一有理有据的意见自然被认为荒谬无比。

"算了吧，"鹿角虫说，"您怎么能不假思索地认为甲虫们的上帝没有创造足够多的土地、天空、光明、树叶甚至是纸张，让尘世间的每个生命都有自己的一份呢？既然大家都有权书写，这就应该成为可能。"

你疯了吧！你想去哪就去哪，胜利属于你！

————

唉！内战正朝着我们平静的山谷逼近，反叛思想已经从昆虫传到了鸟类，再由鸟类传给了四足动物。笼门一定要关紧，这对那些喜欢在自家门口张家长李家短的动物来说尤其难受。但请诸位放心，我们清楚自己的使命，知道如何完成得彻底。鹅群丝毫没有放弃保卫国会大厦安全的职责。

————

我们对心怀不满者发出了新的呼吁，并得知法国母猫们已明确表态反对我们。长期以来，她们对待反叛的态度一

————

① 原文为拉丁语：summun jus, summa injuria，意为"能够纯熟地使用最为公正的形式（summun jus）来服务于最不正义的目的（summa injuria）"。

直暧昧；在一只法国猫咪的赞成和反对之间，连塞进一根针的空隙都没有。她们中的一只，不能原谅我们在一本法语书中给一只英国母猫以发言权，鼓动同伴与我们为敌。如果我们获悉的消息属实，这位猫咪夫人会逼迫她的邻里们公认的最圣洁、正派的猫丈夫成为族群中怨愤者的带头人。而她自己呢？据消息称，她会一个接一个地煽动那些温和派，并和激进派一起喵喵叫嚷着马赛曲般的赞歌，其内容跟象征和平的柔软脚爪毫不相关。她不仅呼吁公猫们，也呼吁她的姐妹们，邀请母猫们效仿自己。"你们似乎因性别而远离政治事件，"她说，"向你们的丈夫、兄弟、友人或未婚夫求助！无论在邻里的屋顶还是在温室的排水沟，任何娱乐都阻止不了你们！行动起来，什么都不要畏惧，就算惨遭蹂躏，惨遭失败，那又有什么关系呢！……"

———————

正如常人所言，反面教材往往来自上层。反叛分子不过是身居高位者手中的工具罢了。但有谁能相信呢？正是大象，这动物园中最受瞩目和尊敬的一员，在这样的情况下也丝毫不畏惧——阁下，您的身板对于密谋来说过于庞大。您没有看到人们把您这大块头视为上当受骗的可怜虫吗？而且您就没有意识到唆使您采取行动的是狐狸吗？

动物们！请记住：不能根据狐狸说的话来判断一只狐狸，正如不能根据缰绳来评判一匹马一样。

阁下，您的身板对于密谋来说过于庞大。

　　时机正好，反叛分子们正围着桌子打牌，准备破釜沉舟；这场叛乱万事俱备，罪犯们盲目自信，自动给我们提供了犯罪证据，他们将因此而受到惩罚。叛军们用另一份报纸来回应我们的报纸，但这是哪门子的报纸啊！还没有我们的一半大。

　　我们从这份无政府主义报刊的《自由报》第一期（难道我们的报刊不自由吗？）上援引了如下这篇文章，它告诉了我们这次密谋最为隐秘的细节。理智的读者会驳斥这些破坏公共安宁的敌人提出的这些邪恶理论。我们不会改动这份离奇文件中的一字一句，但在等待时机再做回复。

《自由报》
动物改革杂志

拥护自由的朋友们昨天在自然历史博物馆汇聚一堂。这场预备会议正是在博物馆宽敞的标本室里举行的。

时间不早了。信号一发出，与会的谋反者们接踵而至。随后，他们一言不发地相互招手致意，悄无声息地在昏暗的廊厅里站好了队，挨着他们先祖早已冷却的遗骸。人们常会说那儿有很多半昏半醒的亡灵。

寂静让这座大型地下坟墓宛如沙漠。一切都似乎静止不动，以至于根本无法区分生者和亡者。

大象、老鹰、水牛和野牛都来了，各站一边，似乎有一种看不见的神力让他们突然出现。对自由的热爱可以改天换地，不知道这一点的人，对这些高贵动物的高调与会是无法理解的。

当大家都就位后，野牛作了如下发言：

"兄弟们，"这位演讲者的目光从每个在场者身上扫过，"尽管我们还什么都没有说，但我们大家都很清楚今天为何聚集在这里。

"这么说吧，我们今天来这里，是为了谋反，修正我们一年前犯下的错误，提出更好的方案，打败我们扶持出来的那帮家伙，去其锐气，以解雇编辑之名在动物王国引发震动。

"既然大家都这么想，我现在宣布：我们只有一个对策：那就是解雇这些编辑……为他们的离职叫好！"

（雷鸣般的掌声）

"兄弟们，要记住心口如一，尽管这话听着会让你们感到痛苦，就像让我说出口也十分痛苦一样，但我还是要说出来让你们听到：所有现存的还不如消失殆尽的好，甚至什么都不存在更好！……人家让我们做的这些事对我们又有什么用处呢？出版这本书，你们说，又有什么用处呢？"

（众人大喊："一无是处！一无是处！"）

"这个应该对众人开放的场所——不管他们是卑贱者还是高贵者，为什么只对一小部分孤立无援的抱怨者开放呢？不然，就是不让国家知道普罗大众愁苦悲痛的呼声。他们只为自己的利益干活，只想着自己。而当他们感受到自己强大了，他们便说：'一切都好。'

"他们的力量又给我们带来了什么好处？在这片属于我们的土地上，哭泣哀伤是否停止过呢？"

（雄鹿、麋鹿和牛犊大喊："没有！没有！"）

"兄弟们，我们压制那些声音，是因为他们一味赞成中央集权制的动物改革。

"兄弟们，自永垂史册的那一夜以来，我们的社会在新生的道路上没有迈出过一步。而那晚，我们为新生的自由做出的初步努力，让地球上的每一个角落都欢呼雀跃。

"兄弟们，我们的主编们背叛了自己的职责！他们出卖了我们！把我们卖给了人类！"

（众人："确实如此，确实如此！他们把我们出卖了！"）

"卖给了人类！但暂且不管人类，如今人类只是我们次要的敌人。我们真正的敌人，最危险的敌人，是我们的编辑们！

"绝不要饶恕那些叛徒，为了看守的一点儿爱抚，为了几个青苹果、坚果壳和干面包屑这样不足挂齿的小恩小惠，

绝不要饶恕那些叛徒，为了看守的一点儿爱抚，为了几个青苹果、坚果壳和干面包屑这样不足挂齿的小恩小惠，他们背叛了解放动物的神圣使命！

他们背叛了解放动物的神圣使命！我们现在的处境是谁造成的？我们今晚将回到何处？是我们自由的沙漠，还是狭窄的牢笼？"

（老虎语气低沉地说："肯定不会是我们自由的沙漠！"）

（众人齐声道："唉……"）

"我们能否以白云为檐，以大地为枕？不能。我们只能睡在地牢潮湿的稻草堆上。"

（"唉……"）

"我们终将腐烂……我们终将死去……实话对你们说，今天在场的所有人，我们全都会死在铁笼里。我们都不在了，当我们烂得只剩下骨头时，他们又能给我们什么呢？"

（众人齐声："痛苦啊！痛苦！"）

这时，演讲者转身对保存了千万代的动物遗骸说：

"先人的遗骸啊！"他大声地说，"悲痛的亡魂，你们曾生活在这世上，请回答我们，你们从造物主手中诞生是为了死在你们现在待着的地方吗？

"难道天意就是要动物被制作成标本，被放在玻璃罐里满足人们的好奇心，或是要他们在历尽命数后落叶归根，回到大地母亲的怀抱中？

"我们全都是来自平原或高山的野孩子，难道有一天我们必须套着项圈、被困四壁之中，靠在固定时段食用食堂里端出的伙食度日？

"兄弟们，抱怨无法缓解心中的苦闷！抱怨有什么用？

我们的怨言，又有谁能听得见？

"兄弟们，你们不再想从人类的魔掌中逃脱了吗？你们会因这些背叛的行径而半途而废吗？"

（羚羊说："宁可遭遇雪崩，也不要邪恶的人类！"）

"兄弟们，我们很强大，而自由只垂青勇者。不依赖任何人的动物是快乐的！

"兄弟们，最强大的动物，是无所畏惧的动物。

"兄弟们，当法律不能再约束人民，就应该由人民来约束法律。

"兄弟们，自由会催生出巨人；一种法律，如果让老鹰变成呆鹅，让狮子变得多嘴饶舌，它又有什么用处呢？

"兄弟们，若想要这社会化为灰烬，就必须摧毁这万恶的法律。

如果那位辞藻华丽、想博人欢心的编辑没有骗我们，演说的确取得了惊人的效果，我们只能就这首美好的酒神颂歌中的某一点进行答复。您，野牛公民，我们背叛了您，把您出卖了！……是的，我们是把您出卖了，而且对此感到十分骄傲：我们把您卖出了两万多册！您想知道是怎么做到的吗？难道不是因为我们，您才开始有那么一点儿价值吗？"

动物园里资历最老的成员，是一头德高望重的水牛，我们对他及其人格都十分尊重，尽管并不赞成他的所有观点。现在轮到他发言了，他对他的表亲野牛刚才的演讲做出了回应：

"孩子们，"这位长者说道，"我是这个动物园里年龄最大的奴隶了。我悲哀地享有这一殊荣——担任诸位的长老，而我那早已逝去的青春年华，我可一点儿都记不住了。但愿我们能忘记自己曾经自由过，即使我们曾拥有的自由少之甚少。我的孩子们，尽管30年的奴役生活沉重地压在我衰老的肩膀上，但不管我怎么老，一想到自由的日子即将到来，我就仿佛回到了自己的青葱岁月。"

（长时间的欢呼声。）

"我说的是你们的自由，孩子们，而不是我的自由。想必我的双眼闭上之前不会再见到此般阳光灿烂的日子了：我生而为奴，死也为奴！"

（"不！不！"大家从四面八方叫起来，"您不会死去的！"）

"亲爱的朋友们，"长者继续说道，"让我延年益寿并不在你们的能力范围内，这又有什么关系呢？离开的人无须担心，而留在人世者则要忧虑；我所关心的，并非一个人或某些人的自由，而是所有人的自由，也正是以这弥足珍贵的大众自由之名，我恳请诸位保持团结。"

（四周传来了嘈杂的议论声。）

"孩子们，请你们不要窝里斗，不要为了一些可悲的小权小利而钩心斗角。用一匹独眼马换一个盲人，你们觉得于事有补吗？想想你们的后代，想想手无缚鸡之力的底层阶级，这些纷争与不和只会让他们变得更为痛苦。你们说说，难道只有付出如此惨痛的代价才能换来众人的幸福吗？你们中的某些人多一点儿或少一点儿权利，这又有什么关系呢？权利又怎能和兄弟和睦、团结一致相提并论呢？"

演讲在一阵冷漠的气氛中结束。出于对演讲者的尊重，听众才没有直接展开反对。老水牛清楚地知道自己没能说服任何人。"内战只会带来专制主义，而非自由。"这位贤明的长者一边悲伤地回到自己的座位上，一边补充道。

"我们是在听布道吗！"猞猁嚷嚷道。

毋庸置疑，谋反者不会在进展如此顺利时半途而废。只有万事不顺时才会涌出这么多的演讲者。继野牛和水牛之后，野猪上台发言。他声音洪亮，而且据《改革报》称，"他出口成章、能言善辩，以至于我们的速记员情绪都受到了影响，激动得无法握住手中的笔。"

我们只援引到这里。如果反叛者允许，我们将用真实可靠的细节把故事补充完整。这些细节是由我们的一位白鼬朋友提供，是不小心被拉去参加集会的，而且完全不知道集会的目的：

在三小时内，没有对我们所在之地的尊重，也没有对死者的尊重，一阵阵持续不断、难以描述的喊叫声、跺脚声、嘀咕声和掌声雷鸣般在标本室内震荡。152位演讲者接二连三地上台讲话！"我们可以看到他们，但听不见他们说了些什么（谢天谢地）。"现场记者说。自第一届代表大会召开以来，叫骂、吹哨和长嚎的技艺取得了惊人的进展，即使在英国最吵闹混乱的会议上，也找不到能与此相比的场面了。

其中一条可怜巴巴的老狗，尽管早已不抱幻想，并以一种事不关己的态度标榜自己，可为了能自由进出，依然出现在会议上，试图让人们听他发言。

"如果我们被打败了该怎么办？"他问道。

"多想想打出去的拳头，别去想身上挨的拳头。"野猪以自己一贯的粗暴回答道。

"滚出去，你这老狗！"鬣狗叫道，目光睥睨，"这里不需要犬吠，要的是咬杀——快滚！"

"先生您是个密探吧？"一个尖锐细小的声音说。原来是石貂。

这谨慎稳重的动物没有再听下去，而是做了个十分明智的决定，从人们乐意为他打开的窗口跳了出去。"倒霉蛋也有对的时候，但千万不要信他。"

"但大家喜欢这些编辑。"公羊说道。

"人们会忘记他们的。"狼回答道。

"而且会憎恨他们。"鬣狗补充说。

"人们会忘记自己的赞美，但不会忘记憎恨。"蛇说。

"咩，咩，咩咩咩咩咩。"公羊叫了起来，一字一句都像锤子敲打在众人心上。

这里不需要犬吠，要的是咬杀。

　　所有的人都在说话，却没有人在响应发言者的号召。看到这场令人动容的大型音乐会上，大家都准备随时表现自己，却全然不顾及旁人的说话，狐狸先生料到事情会变糟，便登上一个箱子，经过一番努力，吸引了众人的注意力。

　　"先生们……"他开口道。

　　"你能闭嘴吗？"狼咆哮道，"我们可不是什么先生们。"

　　"动物们……"狐狸重新说道。

　　"这才像样，"狼说，"好样的！"

　　"好样的！"与会者们齐声应道。

　　"动物们，我们都一致认为……"

"不对！"左边的一个声音说道。

"对的！对的！"另一个声音喊道。

"你们都看到了，"狐狸继续说道，"我们都达成了一致。现在问题已经十分明确了：我们要写一本书，要知道谁会发声而谁将闭嘴，要弄明白会是游蛇还是蟒蛇，是雌鹅还是火鸡。"

"妙极了！"鹅叫道。

"妙极了！"火鸡叫道。

狐狸继续说道：

"动物们，这个问题如此重要，我认为时间紧迫时当分秒必争，我们应该按照习惯行事。让我们放松片刻，暂且休会。这场会议尽管不忘初心、坚持正道，却使我们疲惫不堪，我们今天最好就到此为止。但我们发誓，明天，在太阳下山前，这个严肃的问题将得到应有的回答。"

"我们发誓！"与会者都齐声叫道。

"很好，"狐狸说，"现在大家都回去睡觉吧，并且想一想，在睡觉的时候想一想，正直的动物怎样才能发起一场小规模革命，既为了大家的利益，而又不妨碍任何人。静夜出主意，明天同一时间我们将做出决定。"

狐狸的意见被采纳了。他开始睡意蒙眬，其他人也打起了瞌睡。会议告一段落……

我们的记者说，他注意到，狐狸先生用漂亮的话向大家告别，他也是最后一个离开标本室的。

"一切顺利，"他低声对他的一位友人——一只小母貂说，"水流得非常平稳。"

"明天将更平稳，阁下。"母貂说着娇媚地离开了。

这就是我们所目睹的一切，狐狸先生。我们对您的计划一清二楚，而且知道如何挫败您的阴谋。

"我们发誓！"与会者都齐声叫道。

我们今天就用事实说话，每个人都要承担各自的职责。

我们的国家及出版业皆危在旦夕。

潮水般的人群涌向了野牛发表演讲的圆厅大门。窝棚上挂满了旗帜和煽动性的标语，变得面目全非；墙上张贴的内容足以串成一堂完整的政治课，不满者的数量每分每秒都在增长。机会对弱势群体来说太重要了：小团体纷纷壮大，尤其是鹪鸟、山鹬、鸫鸟、锡嘴雀、火鸡和其他一些弃笔从

墙上张贴的内容足以串成一堂完整的政治课。

戎的动物们。捣乱分子的游行队伍在大街小巷上高歌前行，吹着口哨，反复哼唱着煽动叛乱的曲子。一只猴子——他不配有猴子这样美好的称呼，从看守那儿偷来了一顶帽子，当作自己的头盔，还从同一个看守那儿窃取了一条红色格纹手帕当作旗帜，旗上写着这样的字句："宁鸣而死，不默而生。"最声势浩大的一个团体由三只企鹅统领，他们手挽着手领导闹事者们前行，到处撕毁告示、破坏栅栏、强迫出生在动物园的动物们离开自己的笼子，还借口说必须坚定自己的政治觉悟：他们抢劫食物，只留下饥饿。三只企鹅遵照狐狸的秘密指令，狐狸（还有其他一些动物）认为某些动物的

人们不知道他们从何而来，也不知道他们想要什么，却紧跟着他们的步伐。多么巨大的信任啊！

感谢公民们给予我们的支持。除了所有的街坊邻里，我们忠诚的朋友们也纷纷赶来。我们看到，所有与维持现状有直接利害关系的动物都聚在了我们的麾下：我们的编辑们、员工、服务人员、从我们这里得到过什么或希望得到什么的人都来了。

数群鳌虾奇迹般地越狱而来，他们由一只骁勇好战的黄道蟹统领，用一对对雄健的大钳为我们提供支援。

"前进，向前进！

全体倒退……"

这群英勇的后备军一边进行操练一边大喊。

我们也期待能提高动物们的士气，并且相信大家能听到我们的召唤。

然而，我们将对二号坑的小熊以及老鼠们的回答表示公愤。

那两只小熊的行为足以向我们预示这两只年幼四脚兽的悲惨未来。

"二位可爱漂亮的小熊，"作为我们的代表，雄辩的蟾蜍对他们说，"大家都应该为自己的祖国做贡献：快来加入战斗；如果你们没有在战斗中丧命，你们就能光宗耀祖。""我更愿意玩球球。"年长些的小熊回答说。"我情愿什么都不做，"年轻些的那只也答道，"或者泡个澡，如果妈妈想这样的话。"他看着母亲补充说。"去吧。"母亲对他说。"夫人，"我们尊贵的使者大声地说，"在罗马，母亲们没那么软弱，而她们的孩子只会长得更好。啊，昔日的时代，道德，科尔纳利亚①，布鲁图斯②！你们都去哪儿了呢？"

---

① 古罗马角斗士的母亲。
② 罗马共和国晚期元老院议员，坚定的共和派，联合部分元老参与了刺杀恺撒的行动。

至于老鼠们，对这些可悲的家伙言辞中透露出的自私自利，我们实在找不到合适的词来表达我们的不屑和鄙夷了。

"见鬼了，为什么要我们去战斗呢？"他们说，"如果一无所有，也就不怕失去任何东西了。你们自己去吧，那是你们的事，跟我们毫无关系。"

"一切都完了！"今天早上，一只獾惊叫着冲进了我们的编辑部，"造反者们已经占领了圆形剧院。"

这可怕的消息让我们大吃一惊，赶紧召来雷奥亲王。

大家都应该为自己的祖国作贡献。

"他们攻占了圆形剧院，"这位高大的将军说道，"那好，就让他们守在那儿吧！"

亲王坚定的态度让我们完全定下心来。事实上，这个深思熟虑的战略家很有主意。目前，造反者被困在他们占领的庭院里，那里将成为他们的坟墓。他们已经走投无路。有翼部队试图将他们解救出来，但没能成功，金龟子海格力斯的一切努力都被熊蜂元帅挫败了。

我们对秩序的胜利从未产生过怀疑。

若论谁在这种情况下表现最为出众，我们不得不提到作战机动队和投石兵，尤其是三星下士。这位下士完成了一次令人筋疲力尽的任务后从警卫队退役回家，经过一个哨所时，他发现原本应该守在这里的哨兵离开了！这位赤胆忠心的下士被这一幕激怒了，他不惜放低身段，去当一个微不足道的轻步兵，自愿承担那个犯错的哨兵的职责，在十四摄氏度的寒风中站了三小时，并因此感染了风寒……为了奖赏他高尚的品德，三星下士被荣升为中士。

这些大规模的运动有什么意义呢？参与这场荒谬的对抗又能带给我们什么好处呢？那些抱怨的家伙很不幸！听他们抱怨的家伙也很不幸！造反者束手无策了，麻烦巨大，连最重大的计划都发生了变化，彼此失去了信任，互相之间争吵不休。我们会给出证据的。

为了奖赏他高尚的品德，三星下士被荣升为中士。

一只鼹鼠提议，在敌军四周设立一圈密不透风的鼹鼠捕捉器。

"多好的主意！"白鼬叫道，"难道你觉得现在这样还不够密封吗，长舌妇？"

"我可以努力织出一座悬桥，这样我们就可以趁着夜色脱逃。"蜘蛛说。

"感谢！"苍蝇说，"我不需要。"

"我同意，"大象说，"我们现在所处的状况，所有能想到的法子都是好的。"

听到这话，大家哄堂大笑。

大象惊人的憨厚为我们的一位朋友提供了创作灵感，他写了一组幻想曲，我们在此公示这部大作，防止它因丢失而无法流传后世。我们遗憾地告诉大家，作者执意要求匿名发表。

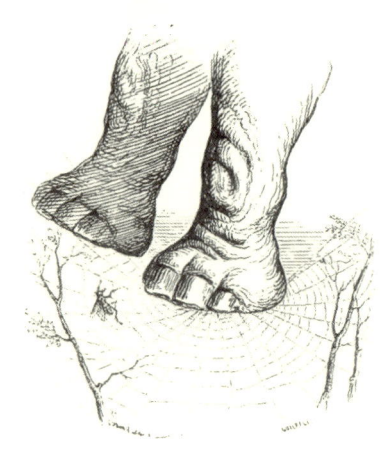

咏叹调：女人们，你们想遭受苦难吗？

一头大象

在蜘蛛网上摇晃；

见他开心地自娱自乐

一只苍蝇怒从心中来：

你怎能如此欢乐，

对我的痛苦熟视无睹？

啊！快来救我，将来

我也会向你伸出援手。

当胜利女神似乎已向我们挥手，局势突然完全改变，命运也开始对我们不利。

看到我们雄伟威武、装备精良的军队气宇轩昂、整装待发的样子，又怎能预见到此般灾难呢！几只饱有学识的苍蝇统领着炮兵部队，他们精于机械。众所周知，苍蝇们在该领域有令人惊叹的天赋。身强体壮的苍蝇们用干豆荚制成的小型军需车运输军需物资，其他则肩扛用麦秆制成的火枪。他们的气势如此恢宏，看着这些苍蝇小小的身躯飞向光荣，那是多么鼓舞人心，他们仿佛是要去花丛中采蜜。两军在温室外围的玻璃长廊上空相遇。在这危急存亡之日，熊蜂亲王，我们的那位部队首领，竟然出人意料地丢失了有史以来最伟大的一场军事行动的胜利果实。

他之前将自己的军队分成三股力量：右翼由他亲自统领，且云集了他的总参谋部成员们，在这些上校中有众蝴蝶们，如尊贵的绿鸟翼凤蝶、阿波罗绢蝶、孔雀蛱蝶、枯灰蝶；全军由七支轻步兵军团组成，如蚱蜢、蟋蟀、螳螂、石蝇和蜉蝣等，全都斗志昂扬。左翼则由天牛、鹪鹩、葡萄虎天牛、粉虫和象虫军团组成，由大牛蜂指挥。

右翼负责攻打敌军的左翼，由鞘翅目家族的凶猛首领率领；金龟子海格力斯身后跟随着密集的方阵，有巨型甲虫、盾甲虫、鳃角金龟子、大蚊、放屁虫和叩头虫。面对敌人的重型部队，熊蜂亲王率领的轻步兵军团怎能招架得住呢？

　　而左翼则负责对抗地花蜂军团的矿工、裁剪工和木工们；他们与犀牛联手，犀牛由于只有一只角，自然也只能听命于有两只角的鹿角甲虫。

面对敌人的重型部队，熊蜂亲王率领的轻步兵军团怎能招架得住呢？

中间部队要面对由蝇虫、蚜虫、衣蛾和有 240 条腿的各类昆虫组成的庞大的敌军。

熊蜂亲王原本期望金龟子海格力斯先开始攻击，并靠其庞大的军队缩短两军之间的距离；然而熊蜂军团中出了叛徒，把亲王的计划全部透露给了金龟子海格力斯，于是金龟子按兵不动，下令收紧队列，折起翅膀，决定不主动出击，而是原地等待。

军旗在风中飘动，阳光把列队准备开战的昆虫的盔甲照得闪闪发光。蝉位于两方阵营的最外围，处在两根避雷针的顶端。我们一直有理由夸耀其卓越的音乐天赋，此刻他们正铆足了劲儿，用肺部的所有气息吹着洋葱制成的长笛，而这首战歌的高潮部分完全反映了我军征战的热情。时不时有凤仙花的种子精准无误地从高空投射过来，投掷者是在这方面训练有方的鹿角甲虫们，这些种子在我军阵营中爆裂，并留下了一道道血迹。

敌军依旧纹丝不动。

我们勇敢的部队开始不耐烦了。"快呀，"蜉蝣们说道，他们扛着武器，等不及了，"生命短暂。"他们激情澎湃，很快就不理熊蜂元帅的威胁和哀求，一马当先向敌人们冲去！这位足智多谋的将军制定的计划也因这些战士们的行为而被打乱，全部人马都跟着他们上了。每个人都脱离了原本的队列，根据自己的力气大小拼命向前冲。我军乱了章法秩序，一个个气喘吁吁来到敌军跟前。敌人突然从两边散开，露出了两排气势汹汹的新型炮筒。这些炮筒规模如此之小，以至于我们几乎看不清它们的样子，也不知道该拿它们怎么办。它们的造型十分迷人，但可以一下子置很多人于死地。在 15 分钟多的时间里，它们压制了我方军队。没过多久两方便开始挥刀拔剑。难以相信昆虫间的战斗会如此可怕又如此激烈。不管什么落到这些狂怒的战士手中，都会化为致命的工具。柏树叶摇身一变，成了杀敌的长枪，一小截木头就能达到狼牙棒似的威力。远处还传来了盔甲相撞、前胸相搏以及被击碎的鳞片相互撞击发出的响声。

到处都是折断的翅膀、脱节的肢体，尸体和垂死者堆成一座座小山，血流成河，这场可怕的屠杀呈现的就是这样一幅触目惊心的景象。

被关在玻璃牢笼中的花卉，听着头顶发生的一切，只能想象着这场可恶的狂暴杀戮。

右翼最先开始撤退。鳃角金龟子上校，军中最英勇的军官之一，正竭力从一小簇包围他的敌军中抽身而退，但脚底一滑，以一种极其不幸的姿势滚进了排水沟里，摔得仰面朝天，对一只鳃角金龟子来说没有比这更大的痛苦了。敌方的一只胡蜂恬不知耻地赶来，趁着对手毫无招架之力时，把标枪插入他的身体。

　　见此情景，上校指挥的军团顿时溃不成军。熊蜂亲王试图阻止这些逃兵，但无济于事。这是一场失败的战役，是我们伟大事业的滑铁卢！绝望之中，总司令已不想在这场失败中苟活下来，投入了最激烈的混战，并从中找到了他一直在找的东西——勇士的死亡！在毫无保留地展现了其勇猛无畏的精神后，他轰然倒下，身体被 22 发子弹射穿。他的死讯立刻在战场上传开，全军很快溃败。

　　胜利的一方抓紧时间，迅速地清理了陆军，陆军由于找不到更好的办法，一直受困于圆形剧场的大厅。

————————

　　我们悲痛地宣布，雷奥亲王不得不撤退。

————————

　　反叛者的陆军和海军成功会师后，正朝着我们追来，脚步声似乎越来越近，叫喊声越来越清晰，我们似乎还听到水牛哞哞的叫声和大象的脚步声。雷奥亲王已被杀死，我们的朋友中还活着的那些也弃我们而去。政治忠诚有什么用？去问问一个倒台的政府吧！在党派手中，一切都成了武器。理赔办公室整天人满为患；时间选得好！骚乱已到门口，到了我们的窗下——无处不在。骚乱！但这是骚乱，还是革命？

理赔办公室整天人满为患。

我们冒着生命危险告诉读者们正在发生的事。

唉！天气太好了。太阳难道是所有合法政府的敌人？但愿来场倾盆大雨！一场大雨也许还能保证良好道德的胜利。

谁知道明天我们又要服从谁呢？谁知道呢？

一场大雨也许还能保证良好道德的胜利。

办公室文员笔记

"要知道，主编们很不想让读者们云里雾里，所以，我也自作主张写起东西来。我不会停笔，除非有人逼迫我停下。"

下面的门被打个粉碎时，主编先生们都在场：原来是大象在摇铃。鹦鹉先生的笔从手里掉了下来，他的双目紧闭，好像想睡觉了，其实并没有想。

猴子先生跑向了窗边。

"您看到什么了？"公鸡问他。

"我看到了成堆成堆的麻烦，成堆成堆的人群，成堆成堆的阴谋。"猴子答道。他的手臂垂落下来，不再抱有任何希望，他也不会为离开这里而感到气恼。

"昂起头来，不要屈服于武力！"勇敢的公鸡先生大喊道，愤怒得浑身颤抖。

"不屈服于武力，我们该死的又要屈服什么呢？"猴子再次准备动身离开，在绝望中，他胡乱地拔着自己的胡子，把自己撞得鼻青脸肿。

"什么！"公鸡尖声叫着扑到他的领子上，"您竟如此懦弱，要辞去自己的职位！"

"毫无疑问，"猴子回答说，他的脸色变得比纸还白，

下面的门被打个粉碎时，主编先生们都在场；原来是大象在摇铃。

"拒绝大家的要求，就好比捅马蜂窝。如果人们强迫我，大家想要我做什么我就做什么。我……"

他的话还没说完，办公室的门突然被打开了。门是大象撞开的，进来的却是狐狸。

"逮捕这些先生。"狐狸指着我们的三位主编，对他带来的守门犬们说道。鹦鹉待在壁炉上，猴子躲在自己的扶手椅下，公鸡先生则恼羞成怒，他的鸡冠从来没有这么红过。他们被逮捕了。

"你在那儿做什么呢？"狐狸问我。

"您想要什么我就做什么，陛下。"我颤抖着答道。

"有意思！你继续。"他对我说。

"那我就继续了。"

在狐狸之后，又有很多人涌进办公室。进来时，大家都这样喊："狐狸陛下万岁万岁万万岁！"他们做得对，因为我这辈子从来没有见过如此和蔼可亲的君主。

"朋友们，"他说，"这间办公室什么都没有变。而且这里只有一只动物了。"

这句漂亮的话获得了阵阵掌声。

狐狸于是拿起一支羽毛笔，就是猴子刚刚使用过的那支。他用猴子的小折刀削着笔，坐在猴子的扶手椅上，面对着猴子的办公桌，用的也是猴子的墨水，写下了如下公告：

第一份公告

动物园的居民们！

公鸡、猴子和鹦鹉先生已经递交辞呈，骚乱已经平息。

狐狸敬上

总督及临时主编

"阅后签字。"他对公鸡、猴子和鹦鹉说。

猴子和鹦鹉都签上了自己的名字，公鸡却拒绝签名。

"我不想让自己名誉扫地。"公鸡说。

"我们走着瞧。"狐狸说。

他再次拿起笔，写下了一份新公告，希望这条公告能更好地传达他的意图。写完后，他命令我大声读出内容。于是我朗读起来：

第二份公告

动物园的居民们！

在你们安然入睡时，有人背叛了你们！

但朋友们却在为你们守夜。

我们低头哈腰、忍气吞声的时间太长了，该抬起头来了。

所以我们抬起了头。

在我们的精心策划下，一场伟大而彻底的革命刚刚完成：那些统治你们还出卖你们的叛徒再也不能出卖你们，再也无法统治你们了。

你们的历史大事年表将向全世界宣告，动物王国是如何展开报复的，它的怒火有多么强烈。

现在，正义得以伸张，使命已经完成！因蔑视动物神圣而不可侵犯的权利，罪犯们送了性命。

他们失败了。

（至于旧政府的首脑们，他们已被吊死在崭新的绞刑架上，脖子上套着从来没有用过的全新绳索。）

公鸡先生听着我朗读，神情泰然自若，背着双臂，似乎下定决心一动不动，仿佛发生的一切都与他无关。

"但是，"猴子用一种我从来没有听到过的温和语气说，"陛下您信誓旦旦地说我们会被吊死，我觉得陛下搞错了。"

"您想把我们吊死吗？"鹦鹉抽泣着叫道。

"天哪，不是的，"狐狸说道，"我一点儿都不想开这一先例，不过你们要装出被吊死的样子。"

屋外传来了贱民们的叫喊声。外面人头攒动，大部分都是游手好闲的男女和孩子，他们声称要拿下暴君们的头颅，把编辑部的门口堵得水泄不通。不能从门口进来的人试图爬窗，以至于我们不得不把窗户都关上。

"革命是我们完成的!"他们说道,"放我们进去。"

"耐心!"狐狸时不时地回复他们,"耐心!如果你们听话,我们就给你们颁发小奖牌。"

什么都不拒绝,也什么都不给予,我们就是如此统治的。

"消灭暴君!消灭编辑!"喊声越来越响。

"你们都听到了,先生们,"狐狸说,"必须为人民做点儿什么。但是,"他补充道,"如果你们想不丢脑袋而又找到使这群民众满意的方法,你们就留着脑袋吧。"

"方法?"猴子叫道,"我找到方法了!"他欣喜若狂,有三次都跳到了天花板上。

猴子先生曾弄来一个同类猴子的标本,觉得那是他母亲那边的一位先祖,本来是想表示敬意的,现在他去把它找来,决定把这个舅公高高地挂在绞架上……以代替他这无赖外甥!在把这具珍贵的木乃伊送去殉难前,为了更好地糊弄这帮群众,猴子先生给标本穿上了自己的上衣,还给它戴上了自己那顶具有标志性的贝雷帽,一边做一边流着大把眼泪。

"现在,亲爱的先生,"狐狸对他说,"如果相信我,您就尽快藏起来，至少要确保人们在两周内见不到您。您要像真的已经死了一样；之后，我想，您就可以安全地重新出现了。在我们美丽的祖国法兰西，两周后死者有权复活而不受惩罚。人民是我们最宽宏大量的敌人，他们会忘记一切。”

“他们也是我们最不忠诚的朋友。”猴子小声嘀咕。接着，他用伤心的目光最后扫了一眼这些纸板，这张写字台，这间办公室！然后消失了。

命运啊！

鹦鹉先生说服了一只疼爱他的年老的母鹦鹉，老太太同意代替她喜爱的这只鹦鹉去送死。鹦鹉保证一辈子都不会忘记如此感人的牺牲精神，而可怜的老鹦鹉心满意足、步伐坚定地走向了等待着她的酷刑。15 分钟后，这个忘恩负义的家伙就隐姓埋名，回归私人生活，去了另一只年轻的母鹦鹉家里。

至于公鸡，他回答说生命不值得用卑鄙胆怯的行为去死死守护，坚决拒绝了所有人给他出的主意，正如他坚持自己该受绞刑……他真的被吊死了。

（同一天传来的消息说，一只美丽的白色小母鸡——人人都因她的温柔体贴和道德情操而对她敬爱有加——听到自己的爱人的死讯后，也突然离世。）

对群众来说，近距离观看这些显要人物悬挂空中的尸体，自然是十分愉悦的，他们大饱眼福。这些悬吊着的主编们曾经的仰慕者则久久不能从震惊中回过神来。"是真的吗？"他们自问，"身居如此高位的动物竟然首当其冲被绞死？这个世界曾因他们而转动，今后会变成什么样子呢？"

一只我们一直不知其名的鸟以此为主题，发表了一篇抨击文章，他在文中阐述了这一提议："不应由一个人来统治全国；因为假如他遇到不幸，整个国家都将遭殃。"

行刑之后，狐狸先生决定将我们刚刚读到的两条公告公之于众。由于还不过瘾，他又增加了第三份，内容如下：

第三份公告

动物园的居民们！

出于信任，你们自愿将主持编撰我们国家历史的第二部分也是最后一部分的重任委托于我。我认为没有必要在这里列出使自己赢得你们选票的准则了。

你们要评判的是我的作品；我不会对你们做出任何承诺，尽管承诺不费吹灰之力。我也不会说你们的黄金时代即将到来。什么是黄金时代？但我可以向你们保证，当你们在我的办公桌上找不到笔墨纸张了，那一定是因为没有办法获得这些东西了。

我的信条是全民公平公正、热情坦诚。请你们记住，假如这些词从字典中删去，你们也能在一只狐狸的心中找到这些词刻下的不可褪去的印痕。

你们的兄弟和领导，

狐狸

这三条公告完全替代了墙上原本张贴着的倒台政府公告。广告张贴商贝特朗对上一届编辑团队忠心耿耿，所以陛下对他有所怀疑，张贴公告的任务被转交给了他的前雇员皮拉姆。皮拉姆向新政府保证，他使用的胶水比他老东家用的更好。在一场革命过后，后者代替前者是天经地义的。革命也许没有其他目的了。

这些公告经过人们阅览、呼喊、歌唱、呼叫、吹口哨到处传播，取得了惊人的结果。希望重新点亮了每个人的心，大家都互相拥抱。我们至少能做到紧紧地握住彼此的爪子。当我们用土掩埋了死者之后，又有谁能说这里发生过革命呢？

这些动物中有些想要知道事情的全过程，他们四处刨根问底，觉得一切都很糟糕。由于无法否认狐狸陛下的主编地位，他们便寻思起是谁任命他的。

嗨，天哪，这关你们什么事，他当主编就行了。自己任命自己，肯定不会缺乏理由。

陛下今天早晨扫了几眼我的工作，屈尊告诉我他对我大致满意，希望可以奖赏我的这份热忱。昨天，我还只是办公室的勤杂工……今天我就成了陛下的私人秘书！昨天别人还从我的爪子上踩过，今天他们都舔我的爪子阿谀奉承！显然，我已经是个人物，可以大展身手了。

我利用这个机会让陛下知道我曾是一所学校里的看门犬。

"衷心祝贺你，"主人对我说，"这又是成为现在这只狗的有利条件。从学校里出来，如果一无所知，至少也让人觉得很有学问的样子。重要的不是你是什么，而是你看起来是什么。"

人们说我把自己卖了，他们错了：我被收买了，仅此而已。再说，相比起来，我刚得到的这个职位有一个好处：它不是从任何人手中夺来的，而是为我设的。

———————

门铃响了，是动物园中的显贵动物们派出的一支代表团。

"我们来这里是为了谦卑地向陛下指出，"代表团的首领说，"我们光荣的革命还少了某样东西。"

"什么东西？"狐狸问。

"陛下，"代表回答说，"后世如果得知，我们在革命后没有大快朵颐，他们该作何感想呢？"

门铃响了，是动物国中的显贵动物们派出的一支代表团。

"先生们，"狐狸陛下对他们说，"我很高兴看到你们什么都没有遗忘。祖国就依靠你们了。我们去用餐吧！"

———

圆形剧院对面的草坪成了餐厅。我们决定不用餐桌，这样每个人都可以无拘无束地享受这次国庆的乐趣。大家都按照自己熟悉的方式来进食，吃自己的干草、谷粒、蔬菜。眼下这场聚餐应该是食素的，所以那些食肉动物没能尽情享用肉食。在一场以团结友爱为主题的集会上，互相残食必然

特派员主持，他们地位都非常显赫。

会遭人嘲笑。

聚会的礼仪环节都是由毛遂自荐的特派员主持，他们地位都非常显赫。狐狸陛下自然被任命为宴会主席。因为他的口味众人皆知，人们特意在他身边安排了一只小鹅和一只年轻的印度小母鸡，一边一只。但这些禽类没有什么野心，对于自己享有的这项殊荣也没有露出感动的迹象，或许是出于无知，或许是出于爱国主义，他们总是跟显赫的邻座保持足够大的距离。

昆虫们曾在那天扮演了至关重要的角色。应该承认，一切都应该归功于他们，所以无论如何要给他们腾出一小块地方。他们被打发到大厅的一角，还对他们说这是给他们准备的光荣席，不时有人经过他们身边，顺便留下几小棵到处乱长没人想要的杂草。老实说，他们并不是太高兴；但人们对他们说了很多奉承的话，他们最终也就心满意足了。

而且，那些一心来吃喝的天真汉，心里打着自己的小算盘。这顿饭和所有这种类型的聚餐一样，只有那些完全不饿的人才吃得饱；除了几个什么都吃的人以外，没有人能说自己想吃什么就吃什么。

在那儿，我们更多是在聊天，而不是在吃饭。最高端的问题自然要在地毯上进行。真应该听听人们对前任编辑部的看法！可怜的老野兔啊！你瞎掺和什么？不幸的蝴蝶、毫无道德的母猫、傲慢的麻雀，还有您，敏感多虑的女伯爵，尤其是你们，没用的蜥蜴，人们是怎么对你们的？你们说的话中有多少属实呢！难道你们不在现场吗？该你们好好活着并改造自己的时候，你们为什么死了？"我们该怎么办？！我们该怎么办？！"人们在四面八方喊起来。革命是一个多么好的主张啊！"当统治者不进行革命，被统治者就需要揭竿而起。"野猪说。接着，每个人都开始制定自己的计划，讲述自己的打算："我会说是白色。""我会说是黑色。""我会说是红色。""我会变得聪明。""我是一只天才的动物"等等，这就是我们听到的。

狐狸倾听大家的声音，满脸微笑，语言动听，几乎所有人都对他十分满意。他问狼獾："您怎么不吃？"又问白熊："您生病了吗？我觉得您脸色有些苍白。"他对对面的人说："狼不再有牙齿了？"又问企鹅："玩得开心吗？"对白鹰说："请相信波兰国籍不会被取消。"对八哥说："请您发言。"问田鼠："您一直在挖洞吗？"最后他向所有人重复："亲爱的朋友们，你们想写什么就写什么。"

终于，至关重要的时刻——举杯畅饮且所有人站着各说各话的时刻总算到来了。可以看到大家都双爪捧着脑袋，挠头搔耳，嘴唇上下翻动着，低声重复临场创作的祝酒词。

不幸的是，祝酒的顺序事先已经规定好了，不仅是顺序，连数量也有规定。事情差点儿失控。"还是节制点儿吧。"人们说，"这样敬酒会敬死的。""怎么死不是死呢？"

尽管已经心知肚明、小心翼翼，还是有很多人去祝酒，我也懒得——列举了。之后，母鸭们和她们的小鸭子演奏起了芦笛曲，但这种娱乐并不符合动物们的口味。

不难想象，第一杯酒按惯例歌颂自由。倘若这可怜的自由健康状态不佳，那绝对不是用餐的过错。

为了表明自己高雅，第二杯酒献给女士们，话是这样的："献给让生命变得更加美丽的性别！"一头可爱的河马举起杯来，他的高雅可是远近闻名的。大家低声应和。

宴会进行到最后时，人们去迷幻喷泉取乐，这样就不

“献给让生命变得更加美丽的性别！”一头可爱的河马举起杯来，
他的高雅可是远近闻名的。

仅有东西喝，还能使自己达到快乐的巅峰。

快乐是极富感染力的，很快，它就在人群中传播开来。大伙儿停下了手头的各种事务，纵情欢乐。大家的态度已经很明确：一致同意不再服从任何人，想说什么就说什么，什么都不想了。未来的国家利益、未来的政治和未来的编辑工作，去它们的吧！大家只想欢歌笑语。众人声嘶力竭地叫喊。这场宴会像所有的宴会一样，大家最后发誓要改变世界的面貌，然后都回去睡了。

第二天和之后好几天里，宾客们发现世界并没有发生过改变，无论是吃是喝，都不会改变宇宙运转的轨道。人们必须像以前一样生活，而这也并不像大家所想的那样容易。

至少狐狸陛下是这么认为的。他头顶着某种类似王冠的东西醒来，尽管这顶王冠是他自己戴上的，还顺便盗用了人们耳熟能详的名言："他人谁敢亵渎！"①我想他心里可能有点儿想念他那顶简朴的棉帽了。前一天的事让他对隆重的场面有点儿失去了胃口，他只记得这是极其艰辛的一天。夺权并不意味着大功告成，还需要找到方法使自己站稳脚跟。我们的陛下对此并不抱有什么幻想，因为他发现事情并不简单。

"首先，"他心想，"我要远离大众的节庆，要像避开瘟疫一样远离它们。"

"其次，我将不再和所有的人握爪子。要找到一个干净的爪子何其难，有多少是不干不净的呢！更何况，"他把自己伤痕累累的皮毛给我看，补充说，"有些人握得太紧，指甲也不收起来。"

"第三，总之，我的权杖将是一支简单的羽毛笔，这样携带起来也不太重。我的王位也不应对我施加任何重压。这样，我才能轻松自如，一切都会更好，我会坚持不做任何事情……"

---

① 拿破仑登基时，按照古代伦巴第国王登基典礼上的传统，大声宣布："上帝以之赐吾，他人谁敢亵渎。"

"人们会把您叫做狐狸中的拿破仑的，陛下。"我对他说，"他们一定会这么做的。"

"所以，"陛下假装自己什么也没有听见，继续说道，"我要制定一部小宪章。一个国家有了宪章才完整。"

"这里有一部宪章，"他对我说，"只有两条内容，但非常不错，这就够了。"

第一条

所有会读书、写字的动物，尤其是懂得计算的，都有一间舒适的阳光小屋，草架上有充足的干草，有朋友，在法律面前一律平等，法律保证公平公正，为他们提供一切保护。

为了使动物园中的显贵们能充分享有自己的权益，我们在此命令地位卑微者们把自己的一切都乖乖上交，并让自己不停地缩小，直到没有人看得见、摸得着他们。卑微者们不再占据任何空间和位置，显贵们才可以依据自己的权利自由自在地行动，应有尽有，不受任何限制。

第二条

众所周知，我们无法使所有人都心满意足。那些心有怨言者不应感到惊愕，但他们享有抱怨的权利。所以，请愿的权利将庄严地得到承认。请大家互为传播。

但由于编辑的时间宝贵，他不可能参加每场听证会，禁止私自将请愿书直接提交给他；请愿书只有以书面形式递交（免运费），且字迹清晰才会被阅读。

动物先生们将不会被通知第二遍。有必要告诉所有那些喜欢抱怨的动物们，请愿书以车为单位送达，空中和陆地上全是我们的信使、搬运工和各种邮递员。谁有一点儿小小的病痛都要求进行对自己有利的全面改革；这小小的宪章两个小时前才下达，屋内就堆满了请愿书，连地下室、阁楼和门口都是。

所有那些喜欢抱怨的动物们，请愿书以车为单位送达。

"一群蠢货！"狐狸见自己的话都被当真，扬起大胡子发出阵阵笑声，"他们要到什么时候才不会相信政府的建立和存在并不是为了保护和照顾他们？"

"让我们来看看这些请愿书，"他说，"我们闭上眼睛，这样才能更加公正。"

他随便拆开了其中的一封，恰好是送来的第一封。这是麻鸟写的。纸上全是密密麻麻、不可计数的各类签名，各种语言、各种方言都有，还有小叉叉，由此看来，有很多的动物不会签名。

请愿书的内容如下：

我们，即署名者，在此声明，我们已经受够了社会上的种种纠纷。目前这篇文章的篇幅如此之长，以至于读到最后我们完全忘记了开头在说些什么。我们强烈要求立刻收尾，让《蟾蜍长老的难忘远游》立即开始。

联合署名和小叉叉

"这封请愿书深得我意，"狐狸说，"它免得我们再拆其他信了。至于剩下的，"他补充道，"要我说，让这些请愿书见鬼去吧，把它们通通烧光！"

说做就做。

所有的请愿书都被烧个精光。无论是人类还是动物，谁都不记得发生过这么大的火灾。

在人们眼中，这场大火简直是普天同庆。

"这是欢乐的大火，"他们思忖着，"我们对政府非常满意，一切都顺风顺水！新主编万岁！"

（请愿者比其他人更欢欣雀跃。）

那就鼓掌吧，先生们！

既然都鼓掌了，你们又有什么好埋怨的呢？

蟾蜍长老的难忘远游

（本人自述）

勒里提耶 [1]

蛰居动物的生活场景

（手稿拾自阿尔卑斯山脚下一片小沼泽边）

———————

"蛰居动物：两餐之间需长时间睡眠者，用餐一次在秋季，另一次在春季；由此诞生了这样一句谚语：睡眠使人忘记饥饿 [2]。土拨鼠们跟我们一样都是蛰居动物，其国王在他们做梦时还在用餐。"

——《蒙梅利扬 [3] 两栖动物学院大词典》

———————

[1] 即安省的勒里提耶，全名路易－弗朗索瓦·勒里提耶，19世纪法国剧作家、小说家。

[2] 法文谚语 "Qui dort dîne."（直译"想睡觉的人就要吃晚饭"）源自中世纪，一说，有名旅者想在一家旅店住宿却被拒绝，因为该旅店强制规定只有在旅馆吃晚饭的人才可以住宿，后引申为睡觉使人忘记饥饿。

[3] 蒙梅利扬，法国奥弗涅－罗纳－阿尔卑斯大区萨瓦省的市镇。

"冬眠鸭和从来都看不见自己尾巴的大海蛇属于同一科动物。"

——《鸭类生理学》，斑鹟著

一个美妙的春日早晨，当我正在洞穴深处追忆我年轻时代的美好岁月时，一道温暖的阳光穿过洞口，直射到我身上，一点点儿地使我暖和起来，让大部分身体的机能都恢复了过来。我心情愉快

地任由自己沉湎于伸懒腰、打呵欠这一乐事之中。在漫长的睡眠之后，没有什么比这张弛有度的伸展运动更能放松四肢了。正是为了这一用途（当然还有其他种种用途），统治法兰西的上帝才赐予我们四肢。我奋力抖动，以反抗冬眠造成的麻木，摆脱僵硬之后，我便一跃跳离了这过冬的营地。

我落在了哪儿？我可怜的肚子抵在一团尖刺上，我想我该是撞到一丛荆棘上了。

"你这是怎么啦？怎么就跳到别人身上来了？"我听到一个尖细嘶哑的声音，怀着怒气，语气刻薄。

"你那该死的尖刺！"我叫道，"可别再动了，你都快把我的五脏六腑给弄伤了。"

与此同时，我在惊恐中不由自主地分泌出几滴上天赋予的威吓性液体。

"给我好好放松下来，"我继续嘟哝道，"天哪！"

"怎么，原来是你呀，我的老兄！你怎么没预先知会一声呢？否则我会非常乐意放平我粗糙的身体，给你的降落提供缓冲。"

对我说这话的是我的乡下邻居——刺猬，他虽然很难相处，却是个非常棒又有才智的小伙儿，必要时会露出亲切和善的神情，换上具有迷惑力量的柔软外衣。正如常说的那样，他是一头扮作豚鼠的豪猪。

刺猬，他很难相处。

"你瞧，"我对他说，"我的紧身上衣都被你勾破了。"

"这不碍事儿，不碍事儿，我的老兄。好了，我们别闹别扭了，"他低声讪笑着，又狡黠地竖起了脑袋周围的一圈刺，说："我要刺痛好多人！"

"为什么要这么做？"我问他。

"这是因为，"他说，"动物一族终于彻底取得了做自己的普鲁塔克①的自由，我也一样，我要做一个传记作家，书写公共生活还有私人生活。"

"私人生活！你要写这？私人生活得隐藏起来，那是不容亵渎的圣殿，属于'自我'的秘密领域。你这是要掀开所有锅盖，告诉别人我往蔬菜牛肉汤里都放了些什么？"

"为什么不能写呢？公共生活往往只是私人生活带来的结果——如果害怕食人魔和吸血鬼，先弄清楚他们晚饭吃什么是有好处的。如果不了解同伴们私底下不成体统的言行举止，我们又怎么能相信他们才是最伤风败俗的人呢？而且，您是否想到，千里之堤，溃于蚁穴？把所有面纱都扯下，这是好事。"

接着他告诉我，他正准备写一本《蟾蜍逸闻逸事》，又说我们蟾蜍对孵化出目光致命的巴西利斯克的公鸡蛋②太温柔，最后他从上十个特点中推导出结论：我们是十足的恶

---

① 普鲁塔克，罗马帝国时期的希腊作家、史学家、祭司，以《希腊罗马名人传》一书闻名于后世。
② 巴西利斯克，古希腊和欧洲神话中能以眼神置人于死地的蛇怪，传说它是由蟾蜍所孵化的公鸡蛋中诞生的。

蟾蜍长老。

棍，随时准备滥用自己的强大的磁力，而这种磁力是对我们令人作呕的丑恶相貌的补偿。说我们丑！谢谢了。提亚纳的阿波罗尼乌斯，最著名的动物磁疗师，兴许也长得也不好看吧[1]？

上流母鸭之子

这亲爱的刺猬是铁了心，非要行使正义，使我们蟾蜍这种最清白的两栖动物战栗。为了让他能有点儿分寸，我赶紧向他宣称我也准备回顾一番刺猬一族的生活。

"您可当心，"他说，"玩火者必自焚。"

说着他突然用布满尖刺的绒外套推搡了我一下，这一碰差点儿让我吓破了胆。

大家都会把这种突然袭击当作是一种威胁，其实这只是一种稍显激烈的方式，好让我注意某件事。这事可真是砸在我俩对话当中的一块陨石，在所难免，它使我们不合时宜地转变了话题。此时我那位浑身是刺的邻居正打量着两只水栖两足动物。

"看，"他对我说，"这孩子肯定是借口他的宝贝掉了，好跳到那池塘里去。那是柏柏尔伯爵，那位极力想拦住他的

---

[1] 提亚纳的阿波罗尼乌斯，希腊新毕达哥拉斯学派哲学家。相传他相貌堂堂，且能使用包括磁流疗法等各种秘术。古希腊时期就有使用磁石来治疗疾病；18 世纪德国人弗兰茨·安东·梅斯默提出"动物磁流"说，认为动物包括人体内分布着一种"动物磁气"，其分布的均衡程度会影响动物的健康水平。

女士是他母亲——天鹅谷的公爵夫人，那地方以前叫巴尔博提①，她是加南代瓜夫人的女儿。您一定记得这张母鸭的脸，但您想起的只是她年轻时在泥塘里扑腾的样子！可一进城，她就自称是勒达小姐了，跳起康康舞来舞姿优美，带着田园牧歌般的典雅；而自从某位公爵爱上了她的舞姿，在她名字前冠上自己的姓氏之后，她就以公爵夫人自居了。时至今日，习惯了城堡里的生活，那碧绿的草坪、澄澈的水波、清凉的瀑布、耀眼的烟火、皇家音乐，还有那均匀对称、仙境般的勒诺特式园林②，她开始否认自己的出身，装作对自己童年时期那些天真的游戏没了半点儿记忆。她儿子身上只有庶民的习性，为此她很是懊恼；然而从小穿着一身绒羽长大并不意味着就属于这个种族；羽毛跟鸭绒也并不是一回事儿；装过咸鲱鱼的木桶总会带着股鲱鱼味儿；那些曾在泥塘里扑腾过的今后也会继续扑腾下去，孩子都既像母亲也像父亲。这就是为什么，"刺猬继续讲道，"他的母亲甚至刚吃完午餐就渴望到湖底的淤泥里浸泡，因为她消化得很快。而且，若是她能不顾对自己健康太过担心的医生的阻拦，她肯定会讨厌只允许她用过滤水的礼节。"

"呸！"这位新贵叫道，"这癖好太粗俗了！没有半点儿高贵的样子，灵魂里毫无诗意，骨子里没有一点儿思想：高贵的血统不应该撒谎。有谁见过你威严的父亲像这样把泥

---

① 巴尔博提，原文 Barbotine 当非专有名字使用时有"泥浆"之意。
② 勒诺特，法国著名园艺家，他开创的园林风格在西方古典园林中有重要地位。

塘当作大海，在污水沟里扬起银白的帆？想当年，一阵轻柔的微风带着香气拂过，他是那么令人着迷，浑身上下都充满庄重伟岸之气！而我幸福地对他唱道：'啊！洁白的小伙子，我多爱你！我的公爵他骄傲又出色！他之所以能如此骄傲，是因为他的家族从前传授了腓尼基人航海之术，还教会约翰牛①指挥船队、唱《上帝保佑吾王》②！所以您也得昂首挺胸，保持完美。'

"啊！伯爵先生，您出海要是不乘坐中国的金鱼，或是夏朗德河的鳟鱼，那就犯了大忌，可您就是喜欢烂泥浆。这样您以后准会跟地位低下的家伙通婚，我敢保证，亲爱的，您会变成恶……您会变成鸭子。然而又有哪座房子有我们家那么大呢？又有谁获得的荣誉能跟天鹅骑士们媲美呢？又有谁的祖先里能像你们的祖先那样出了那么多水中骑士呢？他们之中有多少进了先贤祠啊！想想吧，天真汉，几乎所有动物最后都只能成为填了稻草的标本，而你应享受加纳尔③的陵墓保鲜奇术，它跟古埃及备受觊觎的死后不腐术一样，将为家族墓地这个保守派的最后港湾再添新丁。"

柏柏尔伯爵历来把这番唠叨当耳旁风。公爵夫人想让他一举一动都遵循宫里御医开的保健处方，举手投足符合自

---

① 约翰牛，英国的拟人化形象，原型出自约翰·阿布斯诺特的讽刺小说《约翰牛的生平》。
②《上帝保佑吾王》，英国国歌，歌词和歌名随在位君主的性别而改变，现国歌名为《上帝保佑女王》。
③ 加纳尔，现代尸体防腐保存的奠基人。

己高贵的出身，可总是徒劳。他这出身可是由研究王公贵族的谱系学家论证过的，他们通过查阅保存在天上的古籍档案发现，在那苍穹之上，银河之中，他有位祖先位居最灿烂的星座之列。

"是不错啊，这远大前程，"他说，"比方说成为一个伟大领主，升天后还顶着贵族头衔和明星身份；可要是我在这世间的自由比一个无赖还少，要是我一切行动都像机器一样被设定的话，我还不如做一只沃康松的机器鸭①！"

"你可没这种好运气，"他母亲反击道，"带着你那最最小市民的狭隘眼界，你什么都干不成，只能默默无闻地做萝卜炖鸭。"

"您怎么不说是橄榄炖鸭呢？"

"那再好不过了，无礼的先生；去吧，这对一名柏柏尔伯爵来说还真不错！最后一只用麝香香料腌制过的鸭子说不准比你还自豪呢！"

这淘气鬼坚决不听谆谆教诲，连着扎入水中，翻了两个筋斗，水面上只露出他的尾巴，嘲笑似的抖动着，让他母亲气恼不已。当他再次浮出水面时，为了表现自己丝毫不珍惜天鹅后代的身份——他们是阿波罗的宠儿，且只在临终前发出绝唱，他蓦地放声唱起了皮影戏《断桥》②剧中的童

---

① 沃康松，18世纪法国著名发明家，1738年设计制作了"消化鸭"，这台机械鸭能模拟进食和排泄，在当时引起轰动。
②《断桥》，这里指18世纪法国多米尼克·塞拉芬创作的皮影童剧。

鸭子们早已游过了他，嘀哩哩，嘀哩哩。

声副歌，嗓音刺耳得就像吹破了的单簧管似的："鸭子们早已游过了他，嘀哩哩，嘀哩哩。"

"你那饰带，"公爵夫人指责道，"是奴才佩戴的那种，你胸无大志，简直就是个吊车尾！你将来可是要成为我们动物议会的核心议员的。我宁愿孵出 20 只做洗碗工的鬈毛狗、养 10 艘荷兰近海船，也不想要你这么只野鸭！"

这温柔的母亲气得发狂，可他不顾其盛怒，继续进行水上演练课程，兴致勃勃地唱着那首千篇一律的歌："当，当，当，当三只母鸭来到田中央①。"

———————————

① 出自法国 18 世纪童谣《啊！妈妈，您听我说》，原歌词中为"三只母鸡"。

"这个不孝之子！"公爵夫人叫道，"对我都不尊重了！看看，这就是革命的恶果：我们的孩子们全这样放纵坏了！"

"那就随他们去吧，"这阿斗说，"高卢雄鸡的第七任夫人都没您严苛。您就不想说服我从朱庇特的大腿上下来吗^①？"

"忘恩负义的家伙，"她又叹了口气道，"走吧，你最后只会躺在砧板上脑袋不保！"

柏柏尔伯爵对自己将被送上餐桌的预言毫不在意，如同对待自己纹章上的百合花图案那样，他一遍一遍重复："当，当，当"，回声响彻四方。

公爵夫人走远了。突然，天真汉伯爵以前的保姆出现了。

"快来吧，我高贵的鸭伯爵哟，"她喊道，"我知道，可爱的小家伙，不管水是干净是脏，既然夫人不想这样，怎么还要顶撞她呢？过来吧，俗话说得好：无理取闹是逆子，冷嘲热讽乃孽子。"

这个保姆她虽说是科乡^②来的，但毕竟话也有道理；然而这个乖孩子不再听她的话了。

---

① 出自希腊神话，朱庇特与人类公主塞墨勒相爱，怀上酒神狄奥尼索斯，母子遭到嫉妒的赫拉迫害，胎死腹中之际朱庇特割开大腿将狄奥尼索斯缝入当中，后顺利诞下。

② 即科区，法国北部诺曼底大区一片保存了独特历史人文、使用不同于法语的方言的地区。

"回到你的诺曼底去吧，

那可是你出生的地方。"

他突然唱道，一边蹦蹦跳跳展开翅膀。

我的邻居厌烦了这场景，开始往别处找乐子了。

"尊敬的蟾蜍先生，"他对我说，"您在大洪水之前就出生了，那场天灾之后，您还差点儿被永远嵌在一块花岗岩巨石里，这都是真的吗？"

我回答他说此事千真万确。他想让我给他讲讲我的修士生涯。可要我把众多模糊的回忆给理顺了，这还真是个浩大工程，我便跟他扼要地叙述了我是如何在底比斯①巨石建筑中，只消耗储存在体内的养分，苦行磨炼，浸泡躯体，潜心凝神，在我的内心世界淬炼，在闲暇时间里还创造了为未来的新晦涩主义所用的那门绝妙的教义。

说到最后一个字时，我拖着长音打了个呵欠，下巴也放松了；因为我感到胃一阵痉挛。几百年来我日常只与自己相伴，胃也随之衰弱，而我又时常需要消耗能量。我一直挨着饿，但必须吃点儿容易消化同时又能让我恢复体力的东西。我听说过阿拉伯人的可可面糊，甚至读了报纸卜浮夸的广告，可我还是更想来一盘美味的菜肴，好增加我的食欲。

———————————

① 埃及古城。

我虽然不是享乐主义者，但还是可以追求一些感官之乐的。

蜜蜂可是一道佳肴，我这辈子吃了不少，而且一直以来都觉得蜜蜂好吃得不得了。蜜蜂酿的蜜也是滋补又爽口，所以我都一把年纪了身板儿还硬朗得很。蜜蜂的肉美味可口，蜂蜡和花粉也一点儿不碍事，蜂蜜淌到胸口如丝般顺滑；偶尔我患偏头痛时，蜂针带来的刺痛是治头痛最有用的办法。你要是想神清气爽的话，相信我，吞些蜜蜂吧。其他飞虫跟他们完全不能相提并论。噢！你说我去年诱拐了他们？这用我们的话来说叫作"狼吞虎咽"。他们再怎么挣扎都是徒劳，他们不得不来，就这么横冲直撞。要想把他们深深地引诱过来，我只需屏住气，张大嘴，他们就会深陷其中，无法自拔，这就像一场赐福仪式。来得够多了之后，我就合上嘴。这就是我享用蜜蜂的方法：无须蘸酱，简单得很。

我开始向他打探哪儿有蜂群可供我大吃一顿。

"当心别消化不良了，"刺猬回答我说，"又是肉又是果酱的，简直就像德国佬似的暴饮暴食！您悠着点儿吧，都这把年纪了，稍不自制可能就危及性命了。"

我回答他说，我来自一个节制饮食、奉行两栖类道德风尚的社区。我要他给我一个明确的答复，对他解释说此事有多紧急，甚至恐吓他说我要饿昏在他面前了。然而，我越是坚持，他就越回避问题，或是一味反对。

总之，我跟一个不折不扣的利己主义者杠上了，他贪吃起那带蜜的膜翅目小虫来不比我逊色。无望从他那儿打听到一丝消息，我决定碰碰运气，开启我的觅食之旅。我说了声"再会！"便丢下他走了，他则回敬了我一句："祝您好运！"可嘲讽的语气令我不快。

土拨鼠的遭遇

我回想起从前我常去的一个蜂巢。那是我唯一破坏过的蜂巢。它现在还在吗？再者，去那儿的路途太远了！我尽力走直线过去。哦！我要是能穿上小拇指的七里靴①就好了，我的胃都等得不耐烦了！然而，可怜的我还在康复期，一觉醒来仍然只是一只两栖动物。我艰难而缓慢地向前走着，尽量避开一切障碍。等我到达那心爱的蜂巢时，夜幕已经完全降临。我大汗淋漓，更可气的是周围伸手不见五指，黑得就像在煤窑里一般。猎物的气味充斥着我的鼻腔，可在这黑暗当中，这是我仅能感知到的东西。香味在空气中弥漫，简直就像是开凿自流井的钢钻那样刺激着我，令我食欲大开。我被一阵极度的饥饿感折磨着：浃背的冷汗都要结冰了，腿也发软，我感觉自己要倒地不起了。不吃不喝活了几百年，却因一刻钟的饥饿而死，啊，这实在太蠢了。片刻之前，我曾听到头顶有几只归巢晚了的蜜蜂，扑动翅膀，窸窸

①《小拇指》，法国作家夏尔·贝洛所著童话，其中的七里靴可随意变换大小，穿上后一步能行七里。

窣窣，可什么也没有，绝对没有，不会有谁会违反集合令的：蜜蜂们规矩得很！

这个保存至今的蜂巢里隐隐约约传来嗡嗡声，我侧耳听着，蜂群不再作声。蜜蜂女王以庄重而温柔的声音开始发表她崇高的致辞：

> 我今天非常高兴！工作完美收工，一切井然有序。我们的收获前所未有的丰富，没有任何损失，蜂房没有一间是空闲的，除了被我们驱逐歼灭的熊蜂。（怀着深厚的感情）这必要的冷酷令我甚是心痛。此前，这些先生们曾帮过我们几次忙，然而，在感谢之余，我要指出，我们从来不欢迎好吃懒做之徒（台下低声议论表示赞同）。和你们一样，我认为他们不应该活下去。在我们这儿，这就是坐吃山空者的下场。啊！若我们对游手好闲的寄生虫产生同情，我们就无法配上这个天然的优秀政府，它不容许谁胆敢包揽政治，在这里每个个体都有义务参与进来。
>
> 我们有过内战。但对手一死，我在登基之后，就合并了林立的党派。我现在高兴地向你们宣布：这种事再也不会重演了。（掌声雷动）
>
> 去年，鬼面蝶携带的霍乱在我们族群里蔓延肆虐。我们凭借智慧与团结建设起来的大型卫生工

程，今天大大保障了我们不再受类似瘟疫的侵袭。

一只可怕的鮈鳉曾大胆地闯入我们的城池中心，这只怪物最终被你们歼灭了。对于你们来说，将这具巨大的尸体推到罪犯尸体示众场实在太艰难了。为了公众健康，你们的药剂师把它做成了木乃伊，还刷上了一层透明防水的涂料。我们应当赞扬那些英勇的战士，他们面对突如其来的危险袭击，为捍卫国家的荣誉、捍卫独立而不惜献身。军队为祖国做出了极大贡献。

此时此刻，一名令人生畏的敌人正在城墙外游荡（震惊、害怕地叫喊）。但是你们放心，只要谨慎小心、坚定不动摇，我们就能挫败他险恶的用心。

让我们互相祝贺吧！姐妹们、孩子们，我们的社会因这神圣的和睦融洽而如此富强昌盛。让我们一起感谢上帝，他让我们享有这种幸福，给了我们今天的生活，保持对明日花朵的期待。同伴们，你们知道，我们族群在黎明到来时第一件要做的事，就是搬走那些被处死的尸体。判决已下达，把我们的视线从这沉痛的一幕上挪开吧！

女王对生产蜜糖的子民们发表的这一精彩演说，并没有根据社会繁荣的程度给予巨额预算；她只要我去争夺，而这是怎样的争夺啊！那将伴随着死亡，我并不喜欢。我快坚持不住了，尽管忍了很久，没办法，我还是像吉卜赛人一样流浪。我得自己去找吃的。

该死的野味难觅踪迹，饿得瘦成了皮包骨头的我焦虑渐增。幸运的是，我瞥见了一只萤火虫；我向他走去，请求他借我点儿光。

"这不外借，"他对我说，"但您要是愿意的话，我可以陪您走。"

由于他走得太慢了，我便小心翼翼地把他拿起来，怕把他的光弄灭了，便把他放在我的额头上。他就在那儿闪烁着，如同天才的灵光；也许效仿一下我那青蛙教母，我的形象就跟住在山间木屋里带领羊群的公牛差不多了，脖子上挂着铃铛，头上顶着火把。

最后，我总算找到了可贵的猎物。饱餐一顿之后，我全然感受不到丝毫倦意，在等待期望遍尝百味的午餐的过程中，我专心思考了一番"灵魂的状态"，同时密切注意可亲的蜂群中可能显露出来的变动，她们的气味诱惑着我。蜂巢内传来几声响动，我便知道里面谁也无法再睡：蜜蜂们翻了个身，又翻回来，在那儿伸展四肢，简直就是叹息声和呵欠声的合奏！是我惊动了她们？不知道，但到处都在抱怨不能继续合眼。

"加朗夫人！"突然，一个声音从底楼传来，"您要是不睡了，那就挑个故事讲给我们听吧！您讲得那么好。"

"你们要听我讲哪个呀，孩子们？"蜜蜂女王回答道，她就是刚被叫做加朗夫人的蜜蜂。

"您想讲哪个就哪个，我们更喜欢听真实的故事，虚构的故事会使人糊涂。"

"那我就给你们讲个土拨鼠的故事吧。你们应该知道的，我多次提起过这只土拨鼠。"

"啊，是的，就是她！"

紧接着只听到一连串"嘘！嘘！"声，最后渐渐停息，大家不再说话。我几乎能看见她们伸长脖子，小巧的脑袋探出六边形的卧室，不想漏掉女王所说的每一句话，连只苍蝇飞过都能听见。

哈哈，我想，这好像会很有趣。我要是收集了这个故事，就能把它讲给我的朋友们听了！

我靠得更近些；在我的体液内泡了一根刺猬赠予我的乌鸦羽毛后，我让萤火虫擤了擤鼻涕，好让我看清楚些，因为我要速记下蜜蜂女王的话。

"啊！"庄严的女王大声讲道，"这只认真的土拨鼠仔细钻研了很多遍。你们想象一下，离这儿不远的地方，在东侧的山坡上，住着一窝诚实的土拨鼠。家里有父亲、母亲、三个女儿和一个儿子。孩子们当中最大的叫卡塔丽娜，她深深爱着父母，也值得父母喜爱。她是那么聪慧、热情；而且她做的事有哪件不是为了让自己变得更有用呢？有一年，她家里人生病了，她独自在地洞的三岔走廊里堆满了精细的草料。土拨鼠修道院维持良好的卫生，孩子们也被精心照顾。每天早上垃圾堆放处都会被清洗，小屋里也充满香膏和百里香的味道。每天夜里，床都被完美地铺好。这是因为一旦躺下就是整整五个月，对睡眠的要求就会变得苛刻。因此土拨鼠们都明白这句谚语意味着什么："床铺得多好，觉睡得多香。"卡塔丽娜的父母从没睡得这么舒服过。这个出色的女儿对家人是那么关怀备至，方圆 20 法里没有谁能比得上她。她勤勉耐劳，一醒来就放不下工作，一直不停地干活，身边献殷勤的家伙排成队，他们都希望能娶她。"

土拨鼠们都明白这句谚语意味着什么："床铺得多好，觉睡得多香"。

一些女孩儿幼小的声音问：

"娶她是什么意思呀？"

然而她们并未得到任何答复，女王没有中断，而是继续讲了下去：

"卡塔丽娜聪明得难以言表，年轻的土拨鼠姑娘都以她为榜样：'看看，'土拨鼠妈妈们会对自己女儿说，'她做事有条理，稳重，认真，她总乐于助人。'

"她的父母没有车，当她割了好多牧草，要运回家时，其他土拨鼠都不情不愿慢慢地装上手推车，而她就像一个小天使，肩扛背负，抬起她的前爪作为侧挡板，从不抱怨太艰难或地面粗糙不平。当体力不支时，她便优雅地伸长尾巴，充当车辕，维持平衡。如此艰苦的工作让她背上的毛都脱落了，可她是第一个对此微笑的。她性格开朗活泼，很少关心每天所穿的裙子是否光鲜，其中也包括礼拜天穿的那条。

"炎热的八月底，草料的收割结束了。卡塔丽娜倒在一大堆沉重的青草下，而与此同时，她的弟弟莱昂纳尔正在一块岩石顶上放哨。厄运降临，他没想着大喊谁在那儿，而是将一粒榛子当作铃铛，在耳边摇晃着消磨时间。他没发现猎犬和猎人们经过，向劳作中的土拨鼠们突然袭击。拉着卡塔丽娜尾巴的那些土拨鼠能逃脱铰多，然而对她来说，想要逃跑或是自卫实在是太艰难了。她被捉住后，被丢进一个麻袋，带到邻近的村庄，那儿有个黑奴贩子在等着。这些山区的奴隶贩子几百年来从事着贩卖活动，白人孩子在他们手里很快就会被弄得跟黑人似的，而要把那些土拨鼠变成黑奴更是易如反掌。"

"这些土拨鼠们，"一只蜜蜂问道，"难道就没有一位女王带领他们以牙还牙吗？"

"他们有位国王，土拨鼠国王。"

"国王是什么？"

"要让你们明白什么是国王，就得先告诉你们什么是公民名册，不过你们最好永远不要知道这东西。我们还是继续讲故事吧！卡塔丽娜泪如雨下，她很伤心。而她父母的悲痛不遑多让，因为他们也对失去莱昂纳尔感到痛心，那个没头脑的孩子使他们遭到了突袭。唉！在这间村舍里只剩下悔恨伤感，从此不再有娱乐、交谈、休闲，也不再有什么爱好。在苦苦搜寻、呼唤、悲叹之后，他们不再有勇气去享受有时把夏末染成金色的阳光。他们闭门不出，就像在深冬里那样，不断唉声叹气。

"'啊！'土拨鼠妈妈肝肠寸断，'萨瓦人贩卖自己的孩子还不够，难道还要拐走我们的孩子？我们惹他们什么了？抢夺他们的收成了吗？相反，当大火烧了他们的收成，我们对金龟子——田间的阿提拉①，贪得无厌的觅食者，他把本金连同收益，果实连同花朵，幼芽连同嫩叶，那是他最喜欢的主食全部吞吃殆尽——展开歼灭战了吗？他产卵众

---

① 阿提拉，古代欧亚大陆匈奴领袖，曾多次率领大军入侵东罗马帝国及西罗马帝国。

多，他的后代个个都和他一样具有巨大的破坏性。萨瓦人全都忘恩负义，他们没有良心！'"

"母后，"小蜜蜂们用天真的声音问道，"您的所见所闻都是来自洞里这位凄惨的土拨鼠妈妈吗？"

"孩子们，"蜜蜂女王说，"并不是所有的慧眼者都在苏格兰。你们太年轻了，忽视了我们这个王国的一个主要特性：我们拥有慧眼，视野不受束缚，群山也挡不住我们的目光。藏在石头里的蟾蜍成了模子；北极鸭被冻在制冰罐里，三月份才能出来；蜗牛在他的螺壳里修身养性，那是一个神秘的实验室；任何生命都逃不过我们的法眼，任何自然和生命的奥秘都无处遁形。我们能道出海番鸭的身世，指出鳗鱼把卵产在何处；我们能听见两砖之间壁虎断掉的尾巴重新长出的声音，我们的视线能够潜入布满岩洞的地底深处。在那儿，布谷鸟这报春花的信使已被遗忘，而当他跟圣诞节的柴火一起被丢入壁炉，飞起来翅膀扑进火中时，我们也吓得发抖。我们能够感知到即将发生之事。如果雪月①没有降霜，我本可以拯救那个萨瓦人，他为了三法郎，会松开用来杀人的邪恶机器的扳机。"

"可是，母后，您年纪很大了吗？"

"祖先的传统完全属于我们自己：我们继承了他们的过去，所以我既是你们的历史，又是你们的权威。罪行尚未发

---

① 雪月，法兰西共和历的第四月，处于阳历12月至1月间。

生，我们就已知道，但愿我们阻止它的力量！如果我们的人
失去美德，我们就抛弃他，因为我们在这样的人的领导下无
法繁衍兴盛。如果他诚实善良，我们就会对他周围的一切感
兴趣。我们尊敬他，爱他所爱。他为未婚妻采摘的花束，每
一片叶子我们都替他洗净，并在其中放上供娱乐消遣的礼
物。我们以颂诗庆祝他的婚礼，参加他第一个孩子的洗礼。
如果疾病降临在他家孩子的身上，我们希望拥有医学知识；
孩子垂危之际，我们匍匐在临终圣体前；孩子去世之后，我
们哀悼服丧……我常常感受到一位母亲俯在孩子棺椁上的
那种痛苦，于是我迅速在她耳边轻唱起来自天堂的福音，那
是一首悦耳的叙事抒情曲，像忘忧草一般抚慰心灵。我们带
来慰藉，拥有预感。那刚走的逝者，如果他被梦见，是因为
我们将他带进梦中。现在，我的孩子们，请别打断我；我讲
到哪儿啦？"

"那位善良的土拨鼠妈妈说萨瓦人没有良心。"

"就是这样。不幸的卡塔丽娜所在的车队正前往法
国……这支队伍的构成很奇怪，在第一个歇脚处，她就对
自己跟来自世界各国肤色各异的江湖艺人在一块儿而感到耻
辱。那个戏班班主收集了各种用来艺术表演的动物，有表演
平衡杂技的乌龟、穿着用闪光铜箔镶饰的戏服表演走钢丝的
猴子，还有戴着羽饰的狗，他们踏步、蹦跳、跃上高台坐
下，一个支撑着一个，站在一头走'之'字的单峰骆驼的驼
峰上。

有表演平衡杂技的乌龟。

"卡塔丽娜一见到狗，浑身的毛就竖了起来，而当她看到身旁那头公熊对自己极其彬彬有礼时，她差一丁点儿就昏厥了过去，他很可能就是被我们光荣的祖先蜇死的蛋糕窃贼的后代。

"这些演员们还没来得及下车，卡塔丽娜就被一大群愉悦的跳蚤包围住了，他们狂喜发作，用最令人厌烦的方式跟她开玩笑。他们如此高兴，是他们要回巴黎了。'杜伊勒丽花园万岁！'他们大喊，尽管那儿有玩铁环的顽童、为工资嘟囔抱怨的女佣、当众梳洗的奶妈！啊，这地方用来玩跳绳多好啊！这才是幸福！我们将看到各色服饰，因双塔表演而受到注目、得到赞美，还会收获掌声。人们会说：这位夫人真瘦，不过她身体窈窕、灵活苗条……

"卡塔丽娜在这群欢呼雀跃的小动物当中格格不入……不过由于她被拴在篱笆的阴影之下，得以呼吸点儿新鲜空气，她就显得不那么难受了。

"她伤心地蜷缩着的地方还有几个同乡，他们也是被一群小萨瓦给抓来当奴隶的。萨瓦人看到他们在一块岩石的两面峭壁间攀援，从他们身上学会了这一技巧。

"杜伊勒丽花园万岁！"他们大喊。

"大家都很快睡着了，只有卡塔丽娜独自醒着。附近的荆棘丛中，枯叶沙沙作响，可能还有些没看过的旧报纸。有只善良的蜥蜴在动来动去，他来到卡塔丽娜身边，向她展现自己灵活的眼球和潇洒不羁的身姿。他看着她，泪流满面，对自己有点儿不满，由于他有颗仁慈之心，尽管那么瘦弱，还是立即停下脚步，摆出引诱的姿态。他跟她一样，也是冬眠动物，要知道，一个相同的弱点，往往就能在相差甚远的两者之间建立起好感。

"'您哭了，美丽的土拨鼠姑娘，'他问道，'您是为了过往还是当下而哭呢？'

"'两者都有，'卡塔丽娜叹气道，'也为将来而哭！'

"'啊！这就太多了，未来几乎只是一个幻想。可是听我说，如果您希望略微了解一点儿未来，就在您身后有一位热心的仙女埃斯梅拉达夫人，她能准确地做出预言，她才巴不得告诉您您的命运呢！'

"这个山里来的姑娘转过身，看到一只颜色鲜艳的漂亮蜂鸟升了起来，无须梯子也不用台阶。它轻盈地栖在一株犬蔷薇的金褐色苔藓上。

"'埃斯梅拉达在她的观景台上，'蜥蜴说，'您希望我替您向她求情吗？'

"'我不敢，我勇敢的壁虎先生。'

"蜥蜴叫了一声女巫，而女巫也料到他们有求于自己，径直对着卡塔丽娜说。

"起来，出发了，你们这群懒汉！"这个粗
暴的巡回马戏团头目过来嚷道。

"'生活，如果你盯着它看，会发现它布满了弯路：今
天遇到不幸，明日还会更糟，接着稍微好转，而困难总是存
在。鼓足勇气吧，我美丽的孩子：不论主动与否，违背了上
帝赋予我们天性，一切都不会好。不过，你会重返故乡的。'

"两栖动物中最优雅的女性道出了神谕，这点燃了她的
希望。可这个预言什么时候才能实现呢？

"卡塔丽娜和蜥蜴面面相觑。

"'总之，'她带着一种不完全是逆来顺受的苦闷语气
说，'发生在我身上的事都是让上帝喜欢的事。'

"戏班班主把鞭子甩得啪啪响，蜥蜴害怕得逃走了。

"'起来，出发了，你们这群懒汉！'这个粗暴的巡回马戏团头目过来嚷道。

"于是整队人员都揉着眼睛一个跟着一个上路了。

"卡塔丽娜被交给皮埃尔管教，那是个阴险冷酷的乡巴佬。皮埃尔[①]，这名字取得可真是恰到好处！为了让她跳舞，他不仅让她挨饿，还常常揍她。他不断激怒卡塔丽娜，以至于用指头弹开一只蚜虫那么短的瞬间，她就有20次咬断他鼻子的念头。她之所以克制住没那么干，并不是因为她缺乏力量：别看她矮矮胖胖的，其实身材很匀称。在她那矮壮的身体中，精力和柔韧并存。她只是心地太善良了，才一再忍耐，以至于皮埃尔变本加厉。

"有一次，他一边大叫：'吁，卡塔丽娜，面粉汤！'一边猛地提起系在她脖子上的绳，把她吊起来，她的舌头都吐出来了（台下一片惊恐的尖叫）。

"卡塔丽娜脸色发青，所有观众都以为她被勒死了。皮埃尔没料到戏班班主就在他身后。'啊，你这个坏蛋，'他一边说，一边教训皮埃尔，'你竟然这样对待我的动物！把你的土拨鼠交给巴斯蒂安，还有，明天你给我去打扫烟囱。要是太肥了钻不进烟道，我有办法把你给削薄了……滚蛋，你只有墙皮可啃了！……'

---

① "皮埃尔"（Pierre）当普通名词用时意为"石头"。

"戏班里这群孩子的父母或贫穷或罪恶，为进行往往很野蛮的剥削，让他们在这个烟雾气腾腾的地方很难呼吸到纯净的空气。巴斯蒂安是这些孩子当中最讨人喜爱的一个，在他手下，卡塔丽娜变得温顺听话。尽管他不得不教她一些有违其本能的东西，但为了讨他开心，卡塔丽娜还是尽己所能地努力练习。她肚子圆鼓鼓的，大腿短，双脚比两腿长，哪有办法比得上塔里奥尼[①]或是范妮·艾尔斯勒[②]呢？但只要愿意去做，仍可以像狗熊一般起舞。所以卡塔丽娜勉强度日，

哪有办法比得上范妮·艾尔斯勒呢？

[①] 玛丽·塔里奥尼，意大利著名芭蕾舞演员。
[②] 范妮·艾尔斯勒，奥地利芭蕾舞演员。

巴斯蒂安一边弹奏一边演唱'听吧，扎内塔'，教她像烧烤剪那样抬腿。要是她大胆一点儿，巴斯蒂安会让她相信她是在跳舞。

"巴斯蒂安对她很友好。如果他有大圆面包——就是那种用精面做的面包，他就会把它分给卡塔丽娜；吃面包的时候，她会像松鼠那样站在他面前，吃完后，像睡梦中的小狗断断续续地轻声叫着。这是她向巴斯蒂安表示感谢的方式，也是想得到他爱抚的表现。他在这方面可不吝啬。她对此非常敏感，会毫不犹豫地立即执行他的命令。因此，她很快就成了第一只能够拿着手杖手舞足蹈、向可爱的同伴致敬道谢的土拨鼠。

"有时，巴斯蒂安会冒险花一个苏①买牛奶给卡塔丽娜享用，或是买黄油涂在他俩吃的面包片上，即使他会因此凑不够每晚要上交给老板的钱而遭到棒打，他也不介意。这是他能够带给她的最大的快乐了；可所有这一切都没有萨瓦地区的群山、天空与自由宝贵。

"卡塔丽娜每次享受这种额外加餐之后，都会发出拖长的呼噜声——像极了纺车发出的声响，向他表示满意。哦！她很喜欢这个可爱的孩子。

"'我把收钱这事搞砸了，'他说，'会挨一顿痛揍，除非我称为"将军"的布尔乔亚伍长来解围。'

---

① 苏，法国旧时货币单位。

"能弥补开销的救星他很少遇到。巴斯蒂安要是能从他那里得到一枚白花花的钱币，就会去买些葡萄，一颗颗摘下来给卡塔丽娜，或是买些坚果，剥了壳后给她吃。

"然而，冬天来了，卡塔丽娜感受到阵阵难以抗拒的睡意。尽管巴斯蒂安一直待她很好，她也必须一直跳舞，否则赚的钱就会变少，还得当心戏班班主棍棒相加。巴斯蒂安因不得不这么折磨她而难过得落泪，因逼迫急需睡眠的卡塔丽娜跳舞而良心受到谴责。

"'啊！'他说，'我们当时就应该留在自己所在的地方，你待在你的洞穴中，我待在我的窝棚里；我们要是没有主人，无论有多不幸都永远不会有怨言。哦！受奴役的生活就跟煤灰那么苦涩！'

"天气越冷，得到的施舍就越少。人们手都冻僵了，要解开零钱袋的绳子得想一想。况且，谁知道应不应该给冬眠的动物施舍呢？

"巴斯蒂安跑遍了城郊所有可供跳舞的咖啡馆，好从醉鬼们那儿博取同情；然而那些认为全世界都已堕落的人，又能给予他什么东西呢？一杯蓝色的葡萄酒。这个小萨瓦人不喝酒，卡塔丽娜则讨厌喝酒；一只尝过酒的土拨鼠名声会被败坏，设想一下，要是她喝了格罗格酒①，那会怎么样？

"巴斯蒂安最终不知该怎么做才能再赚到钱。这个可爱

---

① 格罗格酒，一种掺水烈酒。

的孩子有个妹妹叫芳琛，是德·莫里耶讷①美丽的玫瑰。她那照人的光彩跟她改短了的裙子暗淡的颜色和粗劣的布料形成了鲜明对比。

"为了能追随她哥哥，她在哥哥要离开故乡时学会了几首用手摇琴伴奏的小曲。她不曾想要跟巴斯蒂安分离，她是那么爱他，而他也一样爱着她、保护她，在新桥给她买炸糕吃，还给她的便帽买了漂亮的饰带。可自从天冷之后，他就无法再送她表示友爱的礼物了。为了给无心跳舞的卡塔丽娜辩护，并让人们别对她那么苛刻，他徒劳地唱起了'我的土拨鼠脚疼'，可没人相信他的话。'谁想要看土拨鼠，活着的土拨鼠'，这富有音乐性的广告语已经没有效果了。如果他不说卡塔丽娜没死，谁也不会相信她还活着。

"'你看卡塔丽娜，'他对妹妹说，'已经没办法让她站起来了。她只想蜷缩起来。我宁愿抚摸她也不敢把她的四肢伸展开，因为她已经冻僵了。'

"'哦！我也好冷，'芳琛说，'我的手指都冻僵了。要是我去弹手摇琴，曲子全会跑调，人们也不会再给我钱。哦！主人肯定会打我。'

"'他想打就让他打吗？'他说，'我不让他打你。要是你太冷，放心，我会给你买露指手套的。'

"'啊，哥哥，我不要，否则你会有麻烦的！'

---

① 圣让·德·莫里耶讷，法国萨瓦省山谷，位于阿尔卑斯山脉北段内陆部分。

"巴斯蒂安告诉她，自己有办法能搞到钱。'好啊，'她说，'但要诚实才行。'他反驳道'我从没骗过人。'

"他们一边走一边聊，经过一家干酪店，巴斯蒂安买了一把扫帚，来到一座积了雪的桥附近，他对妹妹说：'你拿着这扫把，去扫出一条干净的道路，好给高贵的太太们通行，她们会犒赏你的。我则躺在人行道上哆嗦，装作体弱多病的样子。'

"'啊，巴斯蒂安，路砖会把你冻僵的。让我代替你吧，我穿得更多。'

"'不，不行，'他答道，'这对你来说太残酷了。去吧，带上你的扫把过去，你更讨人喜欢，那些先生们会给你钱的。'

"妹妹叮嘱他要小心警察，然后他就过去躺倒了。

"他在那儿缩成一团，作为枕头，脑袋底下只有从卡塔丽娜的窝铺里借用的几根稻秆，装钱的罐子放在身旁。他紧紧地缩着身子，不停地颤抖，牙齿也咯咯作响。可一阵猛烈的北风吹过，行人都快步经过，谁也没有留意到他。他心想：'要是我哭了，兴许就能让一些人心软了。'

"为了能哭出来，他开始回想自己的母亲。想到她的病情，他便大哭起来；想起她已去世，他更是抽抽噎噎，令人心碎。

"蜜蜂们啊，你们如此虔诚，又如此善良，就不要因为他演的这出亵渎神灵的苦情戏而指责他。你们将会看到，他受到了严酷的惩罚。

"当巴斯蒂安在玩这套把戏时，一位穿得很厚、牵着一只身体庞大的猎兔犬的主人踢了踢他的脚，带着英国口音对他说：'小萨瓦人，起来，牵着我的狗，别让它逃走了。'说着他在巴斯蒂安手里塞了一枚几尼^①。

"金子！巴斯蒂安不敢相信自己的眼睛，兴奋极了。他一边将绳子绑在自己手腕上，生怕这条狗跑掉，一边做起了计划。

"'啊！'他想，'我要给芳琛买条漂亮的裙子，就是那种红色的裙子，还有好看的露指手套和美丽的头巾。我还要让她戴上耳环，就像卡塔丽娜一样；至于卡塔丽娜，她也有份……'

"他许诺给她们俩都买。

"英国人擤了把鼻涕，打开一个金色的罐头，长吸了一口里面的粉末，接着，趁着巴斯蒂安回头的一瞬间，翻过桥栏，高喊：'微风！'

"微风就是那条猎兔犬，也跟着他跳了下去，把不幸的巴斯蒂安也拖入河中。

"芳琛远远看到他落水了，高声尖叫起来。船员们循着她的叫声，赶过去把那条狗及其主人还有巴斯蒂安都捞了上岸，他们水性一个比一个差，被找到时已经沉入水底。

① 几尼，英国旧金币。

"英国富绅最先得到救援，他被救活了。这是一位障碍跑①选手，因最后一次比赛惨败而轻生。微风也被救了过来，赛马俱乐部的一个成员出了 100 英镑，要烟熏师把它救活 —— 微风可是一条纯种狗。

"至于巴斯蒂安，对他的抢救展开得太晚了。只有他可怜的妹妹独自一人给他呵气取暖，当她发觉哥哥的身体已经僵硬的时候，她脑中一片空白。在极度的痛苦中，她顺着街道跑走了，忘记了将卡塔丽娜带上。你们相信吗，她因此挨了打！啊，上帝啊，真的，她挨打了！可她什么也感受不到，她太悲伤了。

"街上发生的任何事情都逃不过那些混混们的眼睛，其中一个捡走了卡塔丽娜，把她卖给了一个英国生理学家，他来到法国是为了避开英国禁止虐待动物的法案。

"由于是被送到医生那儿，她还以为是去一家疗养院。想得美！人们将在她身上研究动物冬眠过程中的生命现象。

"她被放在用于解剖的其他冬眠动物当中，有被用来研究毛细血管血液循环的蝙蝠、睡鼠、青蛙、壁虎、响尾蛇也将用来实验；有蜗牛，人们期待用他来解决几个大问题；还有长吻蛱蝶，这是唯一能活过秋天的漂亮蝴蝶。在这些睡去的科学殉难者之中，还有最常见的受气包豚鼠，他与世无

---

① 障碍跑，一种穿过田野间的障碍、终点设在地方钟楼的赛跑。

争，机灵活跃。这举止轻浮的斯多葛主义①者来来回回，在他们身上嗅了又嗅。

"对卡塔丽娜的折磨几乎片刻都没耽搁就开始了。由于在她身上还没做过实验，生理学家就假定她毫无知觉。然而，虽然不能动弹，这不幸的孩子，唉！对他们的所作所为依然能完全感觉得到……戳在她身上的刀口，盖满她全身的烙印，让她冰冻的水，刺入她肌肤的针头，放在她鼻孔下的氨水，迫使她伸展开身体、睁开眼睛的电击，让她抽搐惊厥的直流电疗法，任她摔在地上或是把她当作球来玩的手：所有这些苦难，都如同是噩梦中的情景。

"'哦！'她心想，'什么时候才能结束这场可怕的噩梦啊！'

"但有时候，她分不清是梦还是现实，害怕一觉醒来已经死去或残废，那就更糟糕了。

"终于，身体暖过来了，卡塔丽娜睁开双眼，感到遍体鳞伤，腰酸背痛，不过四肢还能动弹，她下定决心要抓住下次机会逃跑。突然，她听到窗口传来类似敲鼓的隆隆声，原来是长吻蛱蝶，他把玻璃当成是一片强烈的阳光，想用翅膀将其拍碎。一扇门发出嘎吱的响声，那是响尾蛇溜走了。

"卡塔丽娜毫不犹豫地跟着逃丁出去，到了楼梯口，见到响尾蛇顺着栏杆爬下去，出于谨慎，她便沿着墙根走。刚

---

① 斯多葛主义，创立于古希腊，强调神、自然与人一体，人要依照自然生活，融入自然。

走到第二个台阶，就有两个夫人见到了蛇，惊恐地尖叫起来，并威胁要辞退医生。

"卡塔丽娜立即重新上楼，爬到屋顶，从天窗潜入一间小屋，在那儿等待夜晚降临。她蜷缩在一个女帽商的瓦楞纸筒里面，那人很可能把钥匙丢了，因为清晨六点公鸡都打鸣了她还没回来。于是卡塔丽娜走了出来，爬上最高的烟囱，选好落脚点，纵身一跃，跳到了卢维埃岛①的木材堆里，那是一大片枯死的树木，食草动物像在菜市场②最拥挤的街道里一样，能吃到很多绿色植物。

"避开了巡逻队、猎犬、害兽以及拾荒者等重重麻烦之后，她就像鲁滨孙一样在岛上安顿下来；比起从前杨森教派③的秘密印刷所，她在这儿住得更安逸，但也更不安全：每时每刻都有圆木跌落，滚滚而来的隆隆声让她感到恐惧，她几乎不敢从藏身之处出去。

"有天早上，她本以为能够安全地走远一些，但就在她吃草的时候，突然被一群码头装卸工包围了，他们一边追赶，一边叫：'捉老鼠了！捉老鼠了！'她没有危害任何人，自己管自己生活，可突然就被当成恶棍了。

"穿过向她掷来的一捆捆木柴时，一件罩衫盖在了她身上，她被包在一个袖子内，成了这件衣服主人的猎物。那人

---

① 卢维埃岛，巴黎塞纳河上岛屿，一直存至 19 世纪中叶，后并入河右岸。
② 菜市场，巴黎旧时繁华街区。
③ 杨森教派，源自荷兰的基督教派，17 至 18 世纪流行于法国。

端详着卡塔丽娜，她还怀着能被放走的希望，发出尖厉的叫声。

"'这可不是一只鹦鹉。'那人清醒得很。

"卡塔丽娜看着他，他看起来很善良。于是，她不再尖叫，而是改用柔和的声音，发出感伤而友好的呼噜声。

"'嘿，这滑稽的家伙，就像只猫似的。哦！有趣的小东西！'

"他轻抚她，她则任其抚摸。

"'当然啰，'他说，'我得把她拿回去给我老婆看。'

"他老婆是个脾气暴躁的红发女人，她用木鞋揍卡塔丽娜。当她的孩子们将弹子打到卡塔丽娜的鼻子上时，她还哈哈大笑。这只幸运的土拨鼠再次陷入困境。

"他们让卡塔丽娜睡在家里唯一的卧室里。她太饿了，饥不择食。第二天，女主人发现了她晚上吃剩下的残渣。

"'瞧瞧，瞧瞧，'她说，'你那只讨厌的畜生，把孩子的一只鞋都吃了。我不想再见到她，把她带走，否则我就把她弄死。'

"卡塔丽娜低声下气，她被绑在一件家具上，老老实实地趴在地上，以保护自己。

"'算啦，老婆，'丈夫说，'别生气啦，你瞧她正向你道歉呢！'

"她确实感到很后悔。她的新主人发誓说，这种事绝不会再发生。

"'不行，'女主人说，'你要是再跟我废话，我就像宰兔子那样扭断她的脖子。况且，把你的这只老鼠剥了皮，做成一道白葡萄酒烩肉还挺不错！'

"穷疯了什么都会煮来吃，所以那女人并不嫌弃她身体虚弱、一身是病。

"男主人见自己的老婆不会消气，便将卡塔丽娜抱在怀里出门了。

"'这奇特的动物，'他说，'或许连动物园里都没有，我把她送到那儿去。要是动物园里的人要她，他们就能付我钱，这样就能给芳芳重新买双鞋了。'

"于是，卡塔丽娜被以 20 法郎的价格卖给动物园，园长命令把她养在河狸旁边。

"负责此事的员工领她过去，他知道某位著名教授热衷于物种的普及、配种、变异等，说土拨鼠就是山里的河狸，而河狸就是水里的土拨鼠。这个粗鲁的谄媚者将卡塔丽娜放在河狸群中。河狸们有抹刀一般的尾巴，这让他们的样子看起来有点儿像利摩日来的，尽管如此，卡塔丽娜发现他们跟自己像是同族的；她跟他们讲阿洛布罗基①语，可对于她说的每句话，他们都这样回答：'What do you say？'（您说什么？）

"不过，没过多久，虽然咬字发音很艰难，她还是听懂

---

① 阿洛布罗基，古高卢民族，分布地区位于现法国罗纳河流域、阿尔卑斯山北麓。

了他们说的话，也能让他们听懂自己说的话。

"由于她不明白他们随身携带的那工具有什么意义，他们便告诉她，这是加拿大共济会的特有标识。他们的虚荣自负跟隶属于英王陛下这事有关。

"通过他们之间少有的对话——因为他们通常习惯沉默，她对其性格也有了一定了解。

"他们是极端功利主义一族，将对自己有利的一切据为己有，拘泥于法规条令、道德习俗和经验惯例，只允许到处蔓延的工业进步，渴望不断扩大自己的势力范围，在所有沿岸都进行殖民，设立各类机构，甚至连山区也不放过。她觉得他们很讨厌。

"其中有只河狸向卡塔丽娜吹嘘他一位叔叔在美洲拥有巨大财富，想娶她为妻，确切地说，那是因为她说自己当过舞蹈演员。

"她平静地听他赤裸裸的表白，但没有给他泼冷水。结果，他以为自己被接受了，便亲昵地提议跟她一起泡澡。

"这些英国佬真是可笑！

"卡塔丽娜生气了。

"'阁下，'她说，'您这是把我当成什么啦？'

"她对这位先生背过身去，可尽管如此，也没能阻止他在当天晚上一边请求这位萨瓦姑娘接受自己的求婚，一边朝她脸上泼水。他说，这是为了让她适应当地的生活环境，同时也用以消除双方对幽默的理解差异。

袋鼠妈妈。

　　"这古怪的家伙是个大方的配偶，可是卡塔丽娜还没荒唐到要为了利益去结婚。她断然拒绝了，他却想强迫她就范。卡塔丽娜指责他的这种行为缺乏教养，他居然对她动起了粗。可她并非德国土拨鼠，绝不会把粗人的蛮横行为理想化成爱的证明。

　　"卡塔丽娜再也受不了跟河狸们住一块儿了，她计划逃跑。刚好，一个警卫疏忽大意，在给一位退伍老兵点烟斗的时候忘了把笼舍的小门关上，给她创造了一个千载难逢的机会。她悄悄地溜到园中的一片小树林内，躲进一簇茂密的丁香丛，在这儿她能看见部分外头发生的事。她看到的最奇怪的场景，是袋鼠妈妈装着自己的孩子去洗礼，还有象爸爸吃完一颗樱桃后把果核给吐了出来……

"生活中，在有些情况下，我们会羡慕比自己更弱小的动物。

"卡塔丽娜庆幸自己没有生得跟象一般庞大，但她也对自己没能缩得跟螨虫一样小感到遗憾。不管怎样，她隐藏得很好，夜幕也在人们发觉她失踪之前降临了。

"于是，她离开隐匿的树丛，向比丰街方向跑去，想在那儿找个藏身之处。一个优雅的椭圆形的通风口吸引了她。她通过洞口下到一个地窖里，选了个角落想睡觉。可在那儿没法休息。每时每刻都好像有众多蛐蛐在演奏管弦乐，还有谁踩着她的身子跑过：那是老鼠第十二团的芭蕾舞会，其中有好几个对她开玩笑，甚至拿她的尾巴来扇凉。

"'这些吃同类的野蛮家伙！'卡塔丽娜自言自语道。

"由于跟河狸们一起生活时，她曾有过造房子独自居住的念头，她收集了石膏灰泥残块，想造一堵连续不断的围墙。她竟那么大胆？阿莫罗斯[1]的学生们都是英勇强壮的体操运动员，他们不断来骚扰她。她不惜一切代价争取宁静，在壁垒上插满玻璃碎片。这下，这儿就真的是铜墙铁壁了，她只需闭上双眼。可是，严峻的未来让她久久无法入睡。

---

[1] 弗朗西斯科·阿莫罗斯，18世纪法国西班牙裔体操教练。

"冬眠过后，她在这世上就无依无靠、一文不名，也没有能够施展的本领了吗？你们相信这个如此单纯内向的姑娘，心中会闪过一丝投机取巧的想法吗？啊，要调整自己的位置，以适应不利于自己的环境，没有比这更容易让人堕落的了。

"她脑海里有一团模糊而可笑的计划，突然，似乎一道灵光闪现：她想起来路上听说过，有位荒唐的官吏大量驱逐金龟子。当金龟子们一个个被捕杀，脑袋被拿去换酬金时，有一只金龟子奇迹般地只身逃脱了这场屠杀。

"'假如这些宝贵的金龟子当中还有几个漏网之鱼，而不是一只，'她心想，'而我又有幸拥有一对，这对我还有我那可怜的父母来说将是一笔财富。'

"卡塔丽娜相信自己变得富有了，在钱堆里睡觉，这回可不是做梦；可她眼皮刚合上，幻想就像一条红黑斑纹的游蛇，爬遍了她的大脑。与此同时，有位变形大师送给她一台手摇风琴作为礼物，并给她穿上了萨瓦地区孩子们的漂亮服装，她感到欣喜若狂。这还没完：她得到了一个不错的谋生办法，最显贵的美丽夫人们以及英俊的先生们都高兴地来观赏她的演出。两只全副武装的卡斯蒂亚①金龟子在进行殊死搏斗，当这两个来自英吉利海峡的堂吉诃德为了同一位心爱的姑娘而在她窗台下与对手激烈打斗时，她却踏着卡楚恰

---

① 卡斯蒂亚王国，西班牙古代王国，从9世纪延续至18世纪。

两只全副武装的卡斯帝业金龟子在进行殊死搏斗。

舞①的旋律，对一个西班牙佬唱道：'飞吧！飞吧！'他想往上飞，却被人拉住，像一个被线系着的气球，那根线很长，好让他能飞到每层楼拿出木碗去募捐。糖块和钱币如下雨般纷纷落入碗中。

　　"然而，很少美梦最后不会演变成激烈冲突！卡塔丽娜卖艺演出大获成功，却遭到了嫉妒，且该死的竞争到处都

————————————

① 卡楚恰舞，西班牙19世纪舞蹈。

是，总会将她卷入其中。

"卖艺者们的比拼到了白热化，很快，从一群乔装成唱诗班的金丝雀之中，出现了一只意大利的伯劳鸟，她站在一个八音盒旁，神气活现，对着卡塔丽娜的耳朵大唱起来，周遭的注意力全被吸引到这位歌唱家夫人身上。她用带着重金属味的嗓音，咬字不清地唱起了莫斯卡①不朽的威尼斯船歌：'尼涅塔，我的心上人！'

"卡塔丽娜热血沸腾，口渴得要命。前面有一座喷泉，可水龙头的开关是一条响尾蛇。而且，令她如坐针毡的是，那位伯劳鸟夫人正用贪婪的眼神盯着金龟子们。卡塔丽娜不敢将视线从她身上移开，怕她把他们都吃了。但卡塔丽娜毫无办法！

"接着，局面混乱起来。卡塔丽娜尤其责怪巫师给了伯劳鸟被其称为乐器，实则为哨声、嘘声的东西。她怀疑这多半是意大利佬的恶作剧。恩惠之于阴险者，就像靡菲斯特②！

"在医生那儿的日子，卡塔丽娜睡得太糟糕了，以至于在这个不受烦扰折磨的洞穴里，尽管有噩梦，她仍忘记了时间，睡了个所谓的懒觉。当她第一次到外头时，几乎已经入夏。天还没亮，那些正常过四季的动物们还在睡梦当中。

---

① 朱塞佩·莫斯卡，意大利作曲家，歌剧作家。
② 靡菲斯特，德国诗人歌德所著歌剧《浮士德》中的魔鬼，他既象征人类前进道路上的外部障碍，也象征人类自身的弱点。

"萌发的食欲让她径直走到一块界石旁，美味的果皮、菜堆到她的下巴那里。

"正当她嘴里塞得满满的，吃得津津有味时，有个爪子猛地扼住了她的后颈。那个不合时宜地打扰她借以恢复体力用餐的家伙，是个醉醺醺的拾荒者。他把她当成了一条狗，于是带她去了宠物认领所，那儿的看守对这场误会狠狠嘲笑了一番。但根据'能拿的东西都该留下'这一原则，他还是将卡塔丽娜关了起来。

宠物认领所。

"这个单头联体的看守，毫不在乎任意拘留会造成的后果，将卡塔丽娜扔在了一间散发着恶臭的破屋里，那儿有一群脖子被拴住的嫌犯，等待他们的是像囚犯一般被虐待的境况。

"她一进去，他们全都拥上前来，脖子被绳子勒得紧紧的，尽可能展现出讨人喜欢的样子，猜想是不是在叫自己。这种滑稽的模仿动作，他们期待它能产生奇迹，那是这个群体一个讨人喜欢的本领，是他们从'老手'那里学来的。老手是一头鬈毛狗，谁来他都后腿直立，以示讨好。他们以为用这种可爱的动作就能获得自由，得到释放。但他们毫不怀疑，老手是头绵羊，能赚钱盈利。

"门被重新关上，20多条狗围过来，向她提出各种冒昧的问题，弄得她不知所措。他们全都急于向她讲述自己的遭遇，好让她也给他们讲讲她的倒霉经历。'烧烤叉'，因为捡破烂没有牌照而被抓了个现行。'母狮子狗'，弥撒结束后在一场可疑的集会上被捕。她带着伪善的神色，向上天发誓自己什么错也没有。她胖得像头猪，由于她的女主人缺乏同情心，一辈子没给过穷人一个苏，她估算自己的皮值500法郎。'士兵'，目光逼人，身体健壮，由于夜间喧哗而被捕。'胆小鬼'，一位灰猎犬姑娘，曾是一个女柜员的宠儿，她俩还一起吃饭，后来却在光天化日之下，被抛弃在十字路口的车水马龙之中。'好好先生'，一头杂交的短腿猎犬，听任一个穿便衣的治安警察悄悄地把自己带走。他当时舔着

"胆小鬼"，一位灰猎犬姑娘。

他的脚跟，希望被请去吃晚餐呢！'子弹'，他被怀疑吃了橱窗里的香肠（明确地说，这其中有猫腻），被一个爱记仇的猪肉商报警。还有'忠诚'，他把圆形糖块当界标，被认为过于放肆，被一个野蛮的香料商送进牢房。'皮包骨'的情节最为严重，由于害怕因失控而跟在他后头乱转的陀螺，撒丫子狂奔，陀螺击中了一位老妇人的太阳穴，他被控过失杀人。

"这些罪犯都是拉萨尔学院①的高年级学生。啊！人间正义何在？

"梅多尔，为了捍卫自己的主人，就是那个可怜盲老汉的个人自由，在与官僚慈善家的猎犬搏斗时受伤，他悲凉而慷慨地想，在他死后（他预料到自己会死），被迫与他分离的主人将失去向导。"

讲到这里，蜜蜂女王不得不停下来，制止一只找邻居麻烦的蜜蜂，邻居的呼噜声太大了，妨碍别人听故事。

"就让可怜的于尔叙勒继续睡吧！"

"她打呼噜。"

"那好吧！可以自由提意见，但依照宪章，我们毕竟是可以打呼噜的。"

"而且，"蜜蜂女王又以动人和甜蜜的口气说，"这可爱的孩子，她太困了；那群活跃、天真、淘气的小羊羔，身上的毛絮挂满了荆棘，她费了好大力气才把自己细弱的四肢从这些凶险的陷阱里挣脱出来。不过我讲的故事已经到尾声了，让我从动物认领处接着讲吧。"

"大家快听！大家快听！"四周的蜜蜂都在喊，于是她继续讲述：

"在这些犯人当中，卡塔丽娜惊奇地遇到了老朋友：先

---

① 拉萨尔学院，1680 年由拉萨尔教士创立，主要面向社会底层的青少年。

是阿拉丽娜小姐，那是个棕发英国小姑娘。卡塔丽娜因为脸上的雀斑认出了她；再是精灵，哈巴狗家族中的最后一员，她瞥见了他的脸。

"他俩询问了卡塔丽娜的身体状况。

"她在戏班的时候就见过他们，但他俩不屑于跟她说话，因为他们认为卡塔丽娜是个末流演员。可到了这儿他们就不再傲慢了。他们的队伍被遣散了，而他们还没找到新的工作。

"这次重逢的老熟人性格形形色色。小牛胸，阅历丰富的无产者，他庆幸于自己不用再被违法地替卖下水的商贩拉车了，抱着手看热闹。他休息了一会儿，从生活的重负下解脱出来，他从来没有这么高兴过。

"再看看讨厌的工作和吸引人的工作有什么区别！

"'乡巴佬'，被一个布里牧羊人遗忘在郊外小酒馆里头的副官，嘴套都没戴，为自己没有活儿干而忧心如焚。'母羊们在吃麦子，'他嘟哝道，'在睡梦中都吃。'轻浮冒失的'小顽皮'是条宠物狗，嘴里塞满了甜点，在哈哈大笑，而她唯一的同伴'泽尔比尼'这会儿却哭得跟抹大拉的玛利亚①似的。'泽尔比尼'是一个织花边女工粗茶淡饭养大的。

"隔壁的房间里，有人唱道：'这是给西班牙长鬃猎犬

---

① 抹大拉的玛利亚，《圣经》中耶稣的女信徒，见证了耶稣受难。

先生们预留的自费单间牢房。'一旁，有人大喝道：'就因为单独幽禁，一头以教长自居的斗牛犬才大发雷霆！'

"在地狱的另一头，找不到一丁点儿伙食，一头驴在没有牧草的食架前精疲力竭地叫着，从他瘦削的面上就可以看出来他营养不良；一匹驾辕马读厌'空空如也'的食槽里面那些传播小道新闻的报纸，恼怒地嘶鸣着。所有这些声音都在空中回荡着，令人心碎。

"监狱是囚犯们堕落的场所。卡塔丽娜端正的品行从来没有受过如此的折磨。几个恬不知耻的难友让她深感厌恶。'纸老虎'，一个没受过教育的粗鲁屠夫，执拗地骚扰卡塔丽娜；她越是气愤，他就越是纠缠不休。她无数次想要用自己的四颗牙齿在他身上留下牙痕，但为了不惹事端，她宁愿在绳索的长度范围内爬到最高的梁上，那儿虽然有不愿休息片刻的勤勉的跳蚤，至少不用担心受到骚扰。

"第三天是执行死刑的日子。一个秃鹫般的狱卒面色阴沉，带着要肢解尸体的冷酷神情，检查了一众囚犯，给他们分了类：细皮嫩肉的用来做系带长裤，骨架大的用来熬制明胶和兽炭，丰满多肉的用来提取尸蜡和硬脂精，骨瘦如柴的就卖给马让迪[①]医生，他要集齐三万五千个样本，剩下的就送去蒙化宫[②]。卡塔丽娜被选来做蜡烛。杀人的工业！"蜜蜂女王大喊，"不久之前我们也遭到屠戮，但随着科学进步，

---

① 弗朗索瓦·马让迪（1783—1855），法国医生、生理学家，因活体解剖而受到争议。
② 蒙化宫，巴黎旧时垃圾堆放场。

我们可以在工作中继续生存。"对工人阶级受人欢迎的进步做了简短评论之后，女王接着说：

"第一批受害者已被带走，外面的绞刑架已经在工作。卡塔丽娜虔诚地低声念着感人的祷词，正要把灵魂托付给祖先们的神灵时，一只将被送去垃圾场的正直的格里芬犬，似乎叹着气向她说：'我要是您就好了！'卡塔丽娜顺着他的手势，看到一扇小窗纸糊的窗格。刻不容缓：割断绳子，撕开纸张，跳进一个院子内，爬上屋顶，钻进烟囱，一切都在瞬间进行。

"可在下楼的时候，她迎面撞上那个卑鄙的皮埃尔。对方还以为遇到鬼了，吓得屁滚尿流，而她则迅速跳上了一辆邮政火车。

"不过还得找地方藏身，卡塔丽娜就像一个离出生地两千里的刚果黑人那样担心自己的自由。她从众多不冒烟的管道中选了一根朝外看，确保自己不会遇到那个阿洛布罗基之后，她进了一间舱房，里面放着许多箱货物，箱口大开，仅用罩子遮住。她钻进最大的那个箱子，做了个窝，在香喷喷的干草里舒舒服服地滚来滚去。不久，她听到箱子被钉了起来，她自言自语道：'这或许就是我的棺材了。'

"有人在搬动箱子，很快，她就听到身下传来车轮在路面上运行的声音。那声响停了片刻，又以更快的速度响起，并持续了好几天。

"卡塔丽娜把铺床的干草都啃了，并透过缝隙尽可能地呼吸。终于，车停下了，箱子都被打开检查。在这过程中，这个偷渡客闻到新鲜空气，猜想是到萨瓦了，于是从海关职员的双腿间溜走，沿着莫里耶讷山谷往家赶去。她最关心的是父母的消息。可是，父母已经不在了，冒失的弟弟则在一名麻纤维精梳工的婚宴上被串成了烤肉：只有在冬季人们才会吃土拨鼠。她的妹妹们不知怎么的都失踪了，杳无音讯。家破人亡。啊，这次回乡让卡塔丽娜心痛欲绝。

"朋友们很难让她从痛苦中恢复过来，她向他们讲述了自己的不幸，他们回想起了她的美德，决定帮助她解决眼下的困难，于是发起了募捐。她应该说还算是幸运的，可她所有的天性都已被扭曲，再也无法恢复本能与直觉。那种如此可靠的预感，如此宝贵的能力在她身上已荡然无存：她变质、堕落、窒息了。

"在她看来，风景如画的岩壁和苍翠健康的落叶松，比她在摩尔泰勒利街一贫如洗的小屋还要凄凉，就连最狭小的剧院的破烂门面都比它们好。大自然是如此丰富多样，可她置身其中却感到千篇一律，找不到什么魅力，她已失去了欣赏能力。三叶草尽管味道好闻，也不再合她心意；百里香的气味、小米草可爱的小花也不再讨她喜欢。

她对一切都感到厌倦：她想念白马[1]海报，还想嚼点儿烟草。不管在哪儿，无论何时，她都难以放松下来。短短的

---

[1] 白马标识，法国旧时旅店、宾馆门口特有的标识。

一段小跑就会使她精疲力竭，下地干一点儿活就会让她疲惫不堪，而且她也不会劳动了，以前的她是那么强壮、机警、敏捷、灵巧，现在却变得如此虚弱、迟钝、笨拙、局促。

"大家发现她实在太笨手笨脚、懒惰散漫了；她干的事情都会变成笑料：她被称为'巴黎姑娘'；由于她用小舌发颤音，别人都嘲笑她，结果她都不敢开口说话。尤其是那些年轻的土拨鼠姑娘，她们无法理解她的行为方式，总是不断地取笑她。啊！她们喋喋不休地说她坏话！

"卡塔丽娜知道别人嚼舌头说她，感到很苦恼，觉得自己一无是处，而要恢复被迫抛弃的天性，找回对事物的感知力，要做的事情太多了。她觉得自己已经不可救药，并在这种绝望的念头中日渐消瘦。

"在将近一个月的时间里，她足不出户。她的消失开始让大家担心：他们去她洞穴里看她，但她已经死了。因悲痛抑郁而死，她经受的苦难实在太多了！"

"通过我刚讲的这个故事，"蜜蜂女王接着说，"你们可以相信，那位小仙女说得很有道理：违背本性，一切都将变糟。你们也看到了，重拾天性有多难。人类就从未回归过本性。夺走他所有足够或缺少的东西，夺走他碾碎的、打破的、杀死的、焚烧的、毁灭的、毒害的一切；夺走他的军舰、轮船、大炮、铁路、金钱、诉讼、鸦片、雪茄，还有冰镇的香槟；夺走他的监牢、酷刑、演出，作为交换，还他一个人间天堂，他将忧郁地死在里面，就像可怜的卡塔丽娜。好好记住，孩子们，永远不让自己在履行天职的路途中失去自我。现在，我要说的是：

睡吧，我亲爱的孩子们，

我将永远为你们守夜。"

"可是，母后，"一个声音娇滴滴地说，"您没再跟我们讲巴斯蒂安的妹妹芳琛，她怎么样了？"

"啊！对了！这个不幸的孩子，她的美貌给她带来不幸。唉，要是她从未离开过我们山里就好了！……她在绝望之中，头脑一热，就离开了虐待自己的戏班，漫无目的地前行，走进了充满凶险的生活当中，后来遭到一名英国贵族引诱，被带走后又被抛弃。据说他本想逼迫她去剧院卖艺。她有了车马随从，还不适当地自称'小姐'，现在她正以'罗莎巴'的名字躺在医院的一张简陋病床上。那些英国人，还有什么没被他们腐化呢？她死去了，让我们为她祷告吧……"

蜂群嗡嗡低语了一阵，然后一切重归于寂。

一只法伦斯泰尔蜜蜂起床

太阳按时升起；蜂巢里骚动起来。"注意，注意，工蜂们！"蜜蜂们一下子都停下了脚步。

"云雀歌唱，曙光照射，天空晴朗，"女王对她们说，"飞到原野间去吧，飞遍山峦，然后就像昨天那样满载着成果回来。小心粗鄙的癞哈蟆。你们一出去，就往左边飞，飞得很高很高，别看身后；要是有谁在底下用最最和善的口吻对你们说：'孩子们！孩子们！'你们不要理他；飞走，麻利地飞走，全速飞行，绝不回头。"

这个命令让我的魅力失效了，我等候着学生们从蜂巢里出来，她们可能起床有点儿晚了。我推测蜜蜂女王会陪着她们，由于我不知道她是否会穿与众不同的服装，或是有彰显她王威的天然标志，见到她我会感到很轻松，这样我就能把她的相貌刻在脑海里。我非常高兴听过她讲故事，以至于都不想把她给吃了。要知道，她就是另一位哈伦·拉希德[①]的希尔拉扎德[②]，而且，虽然我不想错过午餐，可要是能像巴格达的哈里发那样，听一千零一个故事，我也挺高兴的。

当第一声三钟经[③]响起，蜂巢的希望——也是我的希望，因为我喜欢幼嫩的家伙——在一个似乎是保姆的人带领下往前走。她穿着简朴，样貌土气。这是个和蔼的胖妈妈，圆滚滚的，身体丰满，谈吐不凡；整个蜂群都围绕在她身边，一边自如地上下飞舞，一边说：

"啊！是甜心妈妈！甜心妈妈在这儿！早上好，甜心妈

---

① 哈伦·拉希德，阿拔斯王朝（首都巴格达）第五代哈里发。
② 希尔拉扎德，阿拉伯民间故事集《一千零一夜》中波斯国王沙鲁亚尔的妻子，讲述一千零一个故事。
③ 三钟经，天主教经文，分早中晚三次，同时教堂鸣钟以提醒信友祈祷。

妈！您身体怎么样呀，甜心妈妈？"

"很好，很好，我的孩子们。啊！看，"她对她们说，"你们都认真听了女王的故事，没有打断她，没有不合时宜地咳嗽，没有擤鼻涕、吸手指、啃指甲；也没用手指挖鼻孔和哭鼻子，我对你们很满意。快去吃果酱面包吧！"

然后她开始给她们收拾打扮……

她们并不矮胖，可有六里亚①的硬币那么重，只要足够

我对你们很满意。快去吃果酱面包吧！

① 里亚，法国古铜币名，相当于四分之一苏。

修长，没有谁会觉得她们太瘦；至于在底下躺着的那位，那又是另一码事了。

"妈妈真小气！"可爱的小蜜蜂们又叫起来，小嘴噘着的样子实在有趣。

"怎么，"这群小淘气里面又有谁接话，"如果吃的是这玩意儿，我就不要了，我不饿。"

"你们不想吃勺花蜜吗？总有一天你们会知道这有多宝贵。都注意不要舔……我这话是说给你听的。"她说着瞪大眼睛转向一名已经吃了不少的小贪吃鬼。

"唉，不管啦，蜜糖太好吃了。"

"干得真不错，小辩论手，你这个贪吃鬼，我要把你送给妖怪。"

"世界上并没有妖怪。"

"你们看看，"她说着转向高年级学生，"没有哪个孩子是这样的。啊！小小无神论者。"接着，她用严厉的口吻说："如果没有妖怪了，还有比这糟一百倍的：有个叫高老头的，那是一只胖蟾蜍，他要可怕得多；十个你们这样的还塞不满他一张嘴。我说的这些，不管大孩子还是小朋友都得听着，尤其是大孩子更吸引他。所以，你们千万别碰上他，还有，要是瞥见了他那件灰色的罩袍，就得谨慎小心。尽管外表如此简朴甚至平庸，他却是个哲学家，是个智者；你们要当心他威严的神态和严肃的样子，随时都要注意不要进入他的呼吸范围，不然你们会完蛋的：他会把你们吞了……

当心，当心点儿！谁把罩裙给弄脏了！坏孩子，把它们弄干净！杂货店卖的肥皂就是派这个用场的！"

"在我们那个时候，"甜心妈妈继续说，"曾有个古怪的天才，想说服人类最好齐心协力地干活。他告诉弟子们说，诱惑是命中注定的；千万别信这话。在我们的法伦斯泰尔里，人们并不指望将来有个没有蟾蜍的新世界，相反，我们认为，与诱惑成比例的正是我们的遭遇。受旷工逃学的诱惑而不去采蜜的家伙就常会遭遇不幸！不要去效仿那些轻佻的马蜂，她们系着金腰带，衣着妖冶，举止放荡；懒惰、贪吃、放肆、恶毒，手脚不干净，挥金如土，一切恶习都占尽了，没有谁不痛恨她们。她们下场怎样呢？她们不是被消灭了，就是在复仇的狂欢中自取灭亡。"

她简短地停了一小会儿，手搭在额头上，似乎在脑海中搜寻还可以提的建议，接着补充道：

"寂静的柳荫下，小溪蜿蜒，温柔低语，但别上当了。那里虽然没有北方的马丁，但有渔夫马丁，一个衣服花里胡哨的贝都因人①，长了翅膀的鱼钩，一只鸬鹚，会毫不留情地把你们全宰了，除非要留点儿做鲔鱼的诱饵。你们会被干炸，连黄油都不放！"

"黄油都不加！啊，妈妈！"

她们惊慌地拥在她周围，就像要藏到她衬裙里，也就

---

① 贝都因人，在阿拉伯半岛和北非沙漠地区从事游牧的阿拉伯人。

渔夫马丁。

是她薄如洋葱膜的翅膀下面："您是为了吓唬我们才这么说的。"

"不，不是，那是个贪吃大王，什么都吃。孩子们，你们至少别冒险对他唱：'蓝色的鸟儿，时间的颜色'，不然他会箭似的扑向你们，把你们给吃了！"

"天哪！我们不出去了，我们想回去。"孩子们脸色大变，将她围得越来越紧。

"啊！瞧你们干的好事！你们还要再做傻……傻……小姑娘吗？我倒很想看看。生活，确实是个永恒的陷阱，可当我们有了经验且小心翼翼，就不会有危险。我到了这把年纪，还腿脚灵便、耳聪目明地站在这儿，难道我就没有遇到过圈套和埋伏吗？漂亮的孩子们，你们要跟我学。上帝把我们造得轻盈灵巧，他给了我们谨慎小心的本能，就是让我们不要轻率行事。"

这番话使她们放心了，于是她又说：

"你们看，在做晚饭了，别回来太晚，免得奶酪肉卷都凉了。听到火钳碰撞的声音，就可以用餐了。今天的饭餐仍然不丰盛，因为我们还处在封斋期内，上帝还没给我们许可。不过要听话，我向你们保证，到了复活节我们就能享受盛宴。现在，"她接着说，"孩子们，你们还没有性别，所以才养育你们。你们现在可以出发了，但我还是要向你们重申，别飞得太远了，尤其是不要把你们的羽毛打湿了。很难找到好心人让你们坐在食品包装纸上，对着炉火把自己烘干。雨蛙夫人是朝圣者活的晴雨表，一旦看到她在观测站里顺着榛木棒①滑下来，你们就赶紧收回吻管，迅速回巢，天上会下雨。别从房顶上经过，炊烟会使你们窒息；别靠近池塘或是沼泽，蒸腾的气体会毒死你们；也别冒险穿过河流。还有，孩子们，不要跟插满小十字架的地方靠得太近，那是公墓；警惕黄杨的苦味、铃兰醉人的芳香、紫花瑞香恶心的气体，还有胡桃树的有害影响。这是这个地区的红树林，在果树香甜的花朵上，在黄地毯般的油菜花上，在黑刺李树白雪一样的花朵上，在桃树的粉红色的花上，你们有太多地方可以散步。走了，飞吧，记住你们听到的话。"

她小心翼翼地带着她们起飞了，结果，我这天连一只最瘦小的蜜蜂都没摸到。但愿渔夫马丁并不比我更幸运！

蟾蜍们的先祖

---

① 榛木棒，巫师用来卜测水源的道具。

金龟子的苦难

保尔·德·缪塞

紫罗兰是世界上最讨人喜欢也是最理智的鸽子，有一天她在领子上别了一枚漂亮的饰针，一位哲学家兼作家猫头鹰恭维了她一番。

紫罗兰回答道："这是我的教母小偷喜鹊送我的礼物，上面刻的是芍药叶上的一只虫子。有了这个护身符，我就永远不会迷失方向，还能看到事物本身的样子，而不用戴上时髦的大圆眼镜。"

猫头鹰靠近去端详这件宝贝首饰，鸽子发现自己白色的脖子会妨碍到这位哲学家聚精会神地看他应该看的东西，

一位哲学家兼作家猫头鹰。

便把领针摘了下来递给他。

"我明天再把它还给您，"这只夜鸟说，"虫子会告诉我他的故事，我到时候就会知道您为什么如此迷人如此聪明了。"

确实，猫头鹰一回家，刚把领针放在桌上，小虫子就在芍药叶上踱步了。

这是一只绿色的金龟子，看样子是个正直的昆虫小男孩。他用一只爪子捂住眼睛，翅膀一一展开，鼻子尖尖的，带着聪明而又友好的神色转向哲学家，欣然向他讲述起自己的经历：

　　我出生在塞纳河边一座神庙的花园里，那座神庙是为伊西斯女神修建的。很久以前掘墓象虫们把我父母安葬了，当时，我在一株刺轴含羞草（那是个感觉麻木的女人）下面萌发了生存意识，含羞草的汁液成了我最初的食粮。一位善良的女园丁把我带回了家，当她迈着长腿下地时，我展开翅膀，远远地飞入一大片草地。

　　我的伙伴们都是纯朴的动物，我钻进野花里头。在虞美人里，大家都坦诚相待，自由自在。他们把我当成朋友对待，我已经是个大孩子了，所以去寻找玫瑰。我跟随勤劳的蜜蜂们，她们会放下手头的活儿跟我玩一会儿。可是，这美好的时光就像梦一般过去了。

我强烈地渴望未知，对乡间安宁的生活感到了厌倦。

我想请一只知识渊博的动物来为我占卜。当时有一只被当作巫师的天牛住在野外。我不顾那位善良的女园丁惊恐的呼喊，朝巫师隐居的地方飞去。天牛穿着一袭红袍，上面绘满了魔法符号。他彬彬有礼地接待了我，然后用触须画出一条条

"天牛先生，如果我是一只天才虫子，那就请您告诉我。我不会感到难受……"

古怪的曲线，又看着我的脚底，大声地说：

"啊！这只动物血统高贵。我们能躲过历史悠久的标本收集吗？你来这个花园干什么？朋友，你在这里没有好果子吃。"

"天牛先生，"我答道，"如果我是一只天才虫子，那就请您告诉我。我不会感到难受。如果我必须在这世间扮演重要角色，我愿意听从天命。"

"那就听好了！"巫师讽刺道，"你将心甘情愿地做一只唐璜蝶，品尝众神的食物；将不想以坦塔罗斯①那样的苦痛为代价。你会像普罗米修斯那样，冒着被秃鹫吃掉的危险窃取天火，你会乐此不疲的！

"不过你放心，想在这个我们生活的春天里跟自己过不去，没必要做这些事。你只要是稍有常识的善良虫子，这就够了。啊！你想要分辨是非和真假，不想指鹿为马！好吧，我的孩子，那你在这个地方有苦头吃了！走吧，你的命运已经注定：你的生命只会是一场巨大的斗争。"

天牛的预言使我有些沮丧地回去了，但始终怀着一腔热情投身于伊西斯的花园，那儿麇集了

---

① 坦塔罗斯，希腊神话中的国王，因触犯其父主神宙斯被罚立在齐颈深的水中，头上有果树。口渴欲饮，水却流往他处；腹饥欲食，果子却被风吹走，因此永远又饥又饿。

成千上万的昆虫，在一个封闭的空间里互起冲突。有一天，我试着重拾自己内心的平静，在一个偏僻的菜园里散步，遇到了一只可敬的独角仙，他正在一棵莴苣的阴影下沉思。我谦逊地恳求他给我辞藻华丽的宝贵建议，就像曼托尔①在曼特农夫人②的时代慷慨给予年轻的忒勒玛科斯③的那样。

"非常乐意，"他对我说，"你有义务需要承担，也有可行使的权利。你得做一只文明的金龟子。你看到那儿一大片繁茂的花朵了吗？让人带你过去，你会被一个好朋友接受的。进去的条件很简单，你只要向那儿的女主人说几句客套话就行。专心听了他们说几句无聊的废话之后，他们会给你喝点儿热水，这样你就能去向蜻蜓小姐们献殷勤了。要注意掌握新闻动态以及流言蜚语。这不是要你真的去玩，而是看上去要开心的样子；也不是要去恋爱，而是偶尔装作恋爱。不应有自己的意见、观念、兴趣或是激情，而是一只昆虫本该怎么样思考和感觉就怎么样思考和感觉。不要放弃你的善良，但不管谁对你袒露心扉，你都要留个心眼，因为这个世界上什么高明的骗术都

① 曼托尔，希腊神话中忒勒玛科斯的老师。
② 曼特农夫人，法国国王路易十四的第二任妻子。
③ 忒勒玛科斯，希腊神话中奥德修斯之子，奥德修斯出征特洛伊后他由曼托尔抚养。

还有身形纤长的胡蜂，他们干的是相当危险的勾当。

有。此外，还有身形纤长的胡蜂，他们干的是相
当危险的勾当。这是为了你好。你的权利和义务
很好理解。河边有座神庙，一些被挑选出来的昆
虫用长竿打核桃，还把竿子塞到车轮下下绊子，
并互相争夺领导地位。这被叫做统治国家。如果
通过了选举，你就能加入他们的行列。一年当中，
你只需换上七八次戎装，在大胡蜂的领导下值24
小时的班。"

"一年七八次！"我叫道，"这兵役也太沉重
了！"

"这是国家的要求。我们已经通知你了，你现

在可以走了，好好享受自己的特权。"

这一开始就等待着我的黑暗图景，一只没我那么绿也没我那么勇敢的金龟子遇到了肯定会害怕。但年轻人的激情鼓舞着我。我把犀牛当作一个头上长角、看破红尘的老家伙，他悲观的建议也不用完全听。我排除了他言论中好像是吓人的部分，只记住符合我想象的那部分。

朋友们答应满足我加入这美妙社团的愿望，在那里，大家能边喝热水边和姑娘们聊天。我与一只鳃角金龟成了密友，他的家族在这世上分布甚广，他也很乐意做我的导游。

"跟我来，"有一天他对我说，"艺术还有好朋友在召唤你。我会把你带到剧院，参加专门的会议。来吧，我保证你会度过一个愉快的夜晚。"

我们数了数身上带的钱，然后拍打着翅膀一同出发了。

"你喜欢歌剧吗？"鳃角金龟一边飞一边问我。

"那当然了！只要是大师作曲，且由杰出的歌唱家来唱。"

"我们有你所需的，我带你去的可是歌剧院，你要是听不到好东西那就见鬼了。"

一只在世界分布广泛的鳃角金龟。

　　我的伙伴调整了一下触角，立起黑色的领子，好在一株老鼠簕巨大的花朵门口亮相。一只鼠妇从一个小洞里递给他两张门票，我们就跑到了大厅。集会的气氛似乎很愉快。孔雀蝶们坐在前台的包厢里，胡子油光光的，袖筒卷起，眼睛斜着，带着漫不经心的神色。他们仪态端庄，习惯高级享受。苗条的胡蜂与腿长的蜻蜓小姐们组成了一个个富有魅力的小团体。几只天真的蚜虫从顶楼楼座的老虎窗内探出四方的脑袋。黑色的苍蝇们沉默地坐在正厅后排，他们是高水平的评判。

大家似乎都很年轻、有礼、内行。

"公众样子还挺顺眼的，"我对向导说，"看到年轻一代能怀着如此热情赶到歌剧院来还是很让人开心的。"

"你可别搞错了，"鳃角金龟答道，"孔雀蝶是为蝈蝈才来这儿的，她们小心翼翼把大腿藏在半透明的薄纱下面；胡蜂们是来空手套白狼的，蜻蜓们则是为了卖弄风情。不过，他们是一边听世界上最美妙的歌声一边干的。我们这儿有个意大利来的作曲大师，他想方设法模仿德国音乐来讨好法国的虫子。他这辈子从来没有自己的创见，可大家还是赞扬不断。嘘！女主唱知了开始表演节目了。"

我侧耳倾听。这个女主唱知了服装美丽，在一个彩纸做成的庭院里像演戏那样鸣叫着。管弦乐队仿佛是给斯滕托尔①，也就是那个备受先辈吹捧的男低音的首次登台做演出伴奏的。然而这只天才的知了更是青出于蓝，我的鼓膜都快穿孔了。为了供我消遣，她制造了如此巨大的声响，若再不听就属无礼了。而且，这个迷人的片段属于卡瓦蒂娜②，每部新式歌剧的开头都有，已经流行了

---

① 斯滕托尔，希腊神话中的人物，声音洪亮。
② 卡瓦蒂娜，歌剧的一种咏叹调。

很多年。对它不满意是不可能的。

为了让我们能在这尖锐的声音后休息片刻，作为一种巧妙的对比，接下来是三百只蟋蟀合唱赞美诗，令整个剧场都掌声雷动，然后帷幕降下，大家等待新一轮卓越的演出。

下一幕，知了又开始唱起作曲大师所写的其他曲目，噪音跟前面那几首一样尖利。

突然，她在一段华彩过渡句中间戛然而止，退到幕后，引起台下观众巨大的骚动。一只黑色的蛾子，剧团里负责预告节目的演员，上台三鞠躬，向我们发表了这番演说：

"先生们，知了女主唱唱了一夏天，一刻钟前失声了。她觉得没能从你们那儿得到应有的掌声，你们的喝彩居然给了她旁边的演员。她今晚不想再唱了，经理扑倒在她脚下哀求，但没有用，她已气愤到极点：这就是她嗓子嘶哑的原因。不过我们并不想剥夺你们本应观赏的节目。一片火腿抵一个肉卷。我们提议把剩下的歌剧替换成一段芭蕾舞。"

观众们接受了这个提议，于是主角蝈蝈登台了。她之前在知了主唱演出的间隙里完美地插入了一次双脚拍击，观众们都很满意。

"怎么，这样的中断时常有吗？"我问同伴。

"不经常，"他答道，"一个月会有三四次吧，演出暂停、撤掉海报或因演员身体欠佳而改期，因为女主唱太敏感，她不允许别人去研究她的角色，怕里子比不上外表。而且由于观众常常很冷漠，这也使她备受打击。除此以外，一切都如你所见，一切都很正常。倒是你，你觉得我们的歌剧院如何？"

"我觉得，培养艺术家和哲学家的雅典学院招了这群歌手，第二天就会让门房关上大门，也不会在文学艺术史里留名了。请带我到别处，找个演奏音乐时没有这么多刀剑火把，也不在每件服装上都缀满闪光片的地方。"

"我给你看的可是最好的。我得提醒你，要想欣赏你所听到的音乐，得先成为行家，拥有灵敏和成熟的听力。"

"倘若真的静下心来，还是能听出一些细微的美妙之处的。"

"我对此不予置评。就像我这样掌握潮流动态的，有时也会有思路中断的情况。要懂得找到事物的精华所在，就像美食家能发现鲤鱼舌，而一般的老百姓只会迷失在鱼刺中。你认为，一段音乐怎么才算美？"

"这对世上所有的乐曲来说都一样，旋律要动听，呈现部分作曲家懂得如何处理，伴奏的和声也很重要。"

"我就知道，你完全不是内行，我亲爱的金龟子。你的这种观念已经过时两个世纪了。如今，音乐的魅力只存在于演员灵活敏捷的腿脚，还有茂密的植被，昆虫们能在那里敲击乐器，吹奏空心管。和声的精粹、旋律之美在于昆虫们在乐器上抖动关节，在于他们鳞片的色彩和在大提琴四周弯曲背刺关节的方式，在于眼眶中眼球的转动。我们将看到这些思想深刻的艺术家制造出一种神秘，但对于那些懂得万物的色彩语言、和谐的感情、静物千变万化的律动的虫子来说，这又是无比清晰的。"

"该死！"我睁大了眼睛，说，"其实我知道，这些美好的事物并不在我理解范围内。但不要紧，你还是带我去吧。我太好奇了，迫不及待想体验一番你刚才说的这些韵律。"

鳃角金龟带我钻进一朵白花曼陀罗宽大的花萼里，那里装饰得富丽堂皇，要举办一场音乐会或演唱会是没有问题的，但门票很贵。里面的观众甚至比学院成员还优雅。

一群颜色多变的斑蝥正压低声音，排列在一个尾巴十分漂亮的东西四周，天才的合唱队员们即将在一个著名蚰蜒的指挥下从那儿冲上舞台。等了两个多小时之后，演员们终于上场了。蜈蚣坐到乐器跟前，目光扫视了一下观众，全场顿时安静下来。

乐段由三个震耳欲聋的和弦开始，涵盖了键盘上的最低音和最高音。庄严的开场令观众严肃而专心，那杰出的乐手虽然不太情愿，还是决定

乐段由三个震耳欲聋的和弦开始，涵盖了键盘上的最低音和最高音。

将手指放在乐器的中音区。于是，一曲缓慢而朦胧的柔板以一种难以理解的方式开始了，但那些装饰音使它变得更加模糊不清。音乐的主题很弱，但如果装饰音太多，以至于都辨认不出主题了，那主题再怎么弱也没关系！

这只是一段序曲，让我们预先品味一下乐章，由于有很多隆隆的重音，我想这并非是一首戏谑小调。然而正好相反。序曲中阴暗神秘的烟雾很快散开，出现了一段新潮芭蕾——一首活泼的圆舞曲仿佛要用双手欢快地提起长裙，好在低矮的草丛间嬉戏。一个小淘气突然冒出，躲在纸板假屋内的先生们也一样，他们跳到这个冒失鬼面前。那种庸俗戏谑的音乐，剧院里的老观众已经看了十年。

我对这些技巧早已腻味，可在场的观众却很高兴能再次听到它，还像老朋友一样点头示意。

在这个乏味的主题之后，变奏曲就像一条响尾蛇那样无休无止，循环往复。蜈蚣只用一只脚来弹奏羽管钢琴作为背景低音，其他九百九十九只脚则在高低不同的音区翻飞，弹出激烈的装饰音。接着，曲调右移，把左边留给一大片三十二分音符。这样的变化不断重复，且有逐渐聚合加强的趋势。突然，音乐声骤停。这钢琴高手数了几个节拍，神情狰狞，就像托阿斯[1]一般，叫道："颤抖吧！你的苦难到了！"

他一把揪住无辜的动机的头发，拔掉它一条胳膊，砍断一条腿，压扁了脸，用手指绞，直到把它从八分之六拍转化成最初简单的二二拍，扔在冒烟的铁砧上，用他的千足疯狂锤炼。这是终章了，或者像谁说的那样，到了放曲终烟火的时候。

蜈蚣将残缺的动机捶打得越来越激烈，连着敲了五分钟、十分钟。有时，他敲击的速度如此之快，我们都跟不上了。后来，他捶打的速度又变得如此之慢，大家都身不由己地张大嘴巴，举着双手，等待他重新加速。他慢慢地回到了这辆快车，比刚才还要快，到了可怕的地步。节拍在这样的起伏之中尽职了。

看到蜈蚣不断地这样敲打，斑蝥们开始以难以察觉的方式跟着节奏点头；接着，点头的幅度越来越大，很快，整个身子都跟着摇晃起来，脚、手并用，表现出强烈的激情和十分的快乐。他们有的眼神炽热，有的暗送秋波，还有的怒目圆睁，看起来一片狂欢，就像患了癫痫一样。我没有受

---

[1] 希腊神话中的人物。

到感染，在喧嚣与爆破声中静思。乐曲在一连串噼里啪啦的和弦声中结束了，让人不得不承认蜈蚣们罕见的多产能力。

"啊！"一只斑蝥对他的邻居说，"音乐的力量多么强大！我的灵魂被充实、被烦扰、被折磨、被撕裂，它游遍了光明的天空，最后停下了，破碎了，发狂了，奄奄一息地落回这可憎的现实生活。现在，我想要一杯香草味冰淇淋。"

"啊！"另一只斑蝥欣喜若狂地说，"有那么一会儿，我体验了各类激情：爱情、嫉妒、绝望、狂热；一瞬间经历了一切。行行好，来点儿空气。给我打开窗。"

"啊！"第三只斑蝥嘟囔道，"可怕的暴君，我又爱又怕的和弦，就不能让我的想象平静片刻吗？我看到了花斑天牛们经过的柠檬树林；目睹了蚂蚁的队列从一座教堂黑色的门拱下鱼贯而过；看见郁郁葱葱的牧场，年轻的木匠们正在那里的白桦树皮上刻数字。蟑螂在吞食一块甜面包，暗绿色的枝叶间，一只美丽的蝴蝶突然变成了蜘蛛，消失在一个幽暗的洞穴深处。"

"哎哟！哎呀！哦哟！"一只成年的斑蝥叫道："太开心了！太快乐了！太幸福了！太有才了！这只蜈蚣实在是太了不起了！"

我转向一只胖胖的牛虻，他看上去很有见识。我腼腆地问他，大家滔滔不绝地谈论刚才这一新潮乐章，我却看不出有什么好，这是不是因为我太无知了。

"你太冒失了！"牛虻一边回答，一边把我拉到角落里，"你这么说要是被听见了，你会被斑蝥撕碎的。应该说，人们所说的了不起的东西其实都包含在这些可怕的音乐里面，因为潮流就是这样。你难道不知道潮流能把石子变成钻石，还能像摩西的手杖那样从石块里取水吗？潮流是个无法抵抗的暴君，它能让昔日的昆虫唱起乏味的牧歌。如今的变奏曲就是被戴上盖斯勒①之帽的木桩，必须恭恭敬敬地向它弯腰鞠躬，否则会受到羞辱。"

"感谢您的忠告！"我对这只善意的牛虻说，"可我们是否非得来听千足虫灌输给同侪的这些急流般的音乐呢？"

"很难不这么做。不过，谁没有被强迫走出过家门。"

此时，那首可怕的新潮音乐引起的激动稍微平静了些许，为了听一只螳螂演奏小提琴，现场

---

① 盖斯勒，瑞士民间传说《威廉·退尔》中的地方总督，将国王的帽子绑在木桩上，要求经过之人向其鞠躬。

再次被要求安静下来。又是晦涩难懂的序曲，然后是圆舞曲。一系列无穷无尽的变奏，以至于我觉得除了零星几处，蝗螂是在胡乱拉弦，就跟方才敲琴的蜈蚣一样，但他没有本领像对手一样使听众动情。只有三四只斑螯，以及几只最年老的斑螯才动动眼皮。而且，据说其中一只斑螯被这种音乐感动还是有一些特殊原因的。

蝗螂之后，一只有名的意大利蟋蟀登台献上一首男低音独唱。他独创了一种分节拍演唱法，这给他带来极大优势。用这种方式，我们能够在每个乐句的倒数第二个音节和最后一个音节之间吞一口水或是私语几声。他是这样念出《唐璜》中有关农民的那场戏里如此著名的宣叙调的：

> 我亲爱的马泽……（你好，鲁比尼）……哆，
> 我亲爱的赛尔丽娜……（你身体还好吗？）……呐，
> 我要对你说……（这话已经重复许多次了）……咽，
> 我的保护者……（今天早上？）……哩。

括号内的话歌唱时用法语来唱，这对主题的想象很有利，而且在这种高贵与富裕当中不可能辨别不出唐璜的自由与轻浮。牛虻在我耳边说，这种朗诵法就是最新的风尚所强制规定的，而我还得向这顶盖斯勒的帽子致敬。

"希望这是一个美妙的夜晚！"鳃角金龟得意

扬扬地叫道。

"实在是出乎意料，"我答道，"一天看这么多足够了，我们去上头睡觉吧！"

第二天，向导告诉我得去拜访几只鬼面天蛾，他们在高处的观景台上眺望大自然，他还力图模仿他们的形状与颜色。

这群不幸的家伙大部分因为太年轻就想尝试独自飞行，如今肩膀上只剩下残缺的一截。他们步履艰难，漫无目的，仿佛还在蛹的阶段，而且由于儿时就没有走正道，现在也就不知道该走哪条路了。有几只爬上一棵冷杉的树梢，并惊讶没能在那儿采到智慧树的果实；还有几只更走运些，安全地降落在一棵真正的树上，可他们绕着树干打转，却没法去到树顶，在无数次变换队形之后又回到了地面。

我们拜访的第一只天蛾给我们谈了不少他的职业：

"若没有艺术，我们就什么事都做不好。而且，没有规则的艺术是不存在的，因此要遵循大师们的教导。没有规则和节奏的作曲是不可能动听的。我们应当重现美妙的画面，在自然当中选取吸引眼球的事物，拒绝低俗与丑恶。你们将看到，这就是我在画中所追求的。"

　　天蛾一边说一边向我们展示了他的一幅画，画的是在光学显微镜下发现的一滴水中孑孓们在作战。

　　第二只天蛾向我们介绍了各种不可思议的体系，很像是一个疯子在胡编乱造。

画的是在光学显微镜下发现的一滴水中孑孓们在作战。

"当我给一只昆虫画肖像时，我不会偷懒地模仿我看到的色彩，而是会寻找跟模特之间有一定联系的植物；我会临摹这株植物，但并非照搬我眼中看到的样子。我就是根据这种想法画下这位鳞翅目虫子的。"

我原以为会见到一幅蹩脚货，然而恰恰相反，这位天蛾向我们展现了一个灰翅膀修女可爱的形象。

鳃角金龟告诉我，在这个时代，说的跟做的相互矛盾是很常见的事。接下来，他带我去参加一群自命不凡的火红介壳虫组织的聚会，他们在枯叶丛中笨拙地展示自己刺目的颜色。

"我们就是在这里与艺术家们愉快交谈的，"他对我说，"这儿全是别致新颖的东西。"

"朋友们，"一只介壳虫喊道，"对艺术来说，没有哪个时代有如今这么美好。"

我斗胆对他们说，人们往往列举四个伟大世纪，但我认为其中一个优于另外三个。

我以为自己不过是为了制造话题而老生常谈，可我一说出古代这个词，一阵哗然就使我明白自己说蠢话了。

"古代！"介壳虫说，"那是一个幼稚和悲惨的时代。昆虫们那时候还只是一个个眼瞎的蛹。"

"那您认为奥古斯都的世纪更好咯？"

一个更加讽刺的声音打断了我的话：

"奥古斯都的世纪！那是什么？我们不知道有什么奥古斯都的世纪。"

"或许您有理由认为文艺复兴……"

"文艺复兴是个没落的时代。"

"对不起，我不这么认为。它的名称本身就说得很明白了：我们都知道，复兴的意思就是衰退。"

"当然了，这很清楚。"

"那就只剩伟大的十七世纪了。"

话音未落，一片愤怒的呼声盖过了我的声音。

"这只易洛魁①甲虫是哪儿来的呀？"介壳虫们齐声叫道，"你以前生活在洞里吗？你要知道，一切被后世了解、承认、批准的东西，我们都要轻视它、推翻它、使之化为乌有。相反，一切被忽视、默默无闻、被掩埋在遗忘的尘埃下的，我们都要除去它的污渍、使它复苏、颂扬它、用我们的热情给它上釉、修复它。正如你所说的那样，从来只有一个美好伟大的时期，它延续了二十年零三个月：大约是在1021年，对撒拉森人②来说，

---

① 易洛魁人，北美洲印第安人的一支。
② 撒拉森人，罗马帝国时期的阿拉伯人。

也就是阿威罗伊①时代。当时，在北非的一个小村里，艺术高度繁荣。跟那个时代相比，总是被提及的四个世纪有的只是些臭虫。"

"介壳虫先生们，要是你们知道，我从小受到的教育就是相信二加二等于四，你们就会原谅我的错误。这错误的出发点已深深烙在我的脑中，以至于听了你们博学的谈话之后，我仍旧怀疑二加二是否在某些时候还是等于四。"

我走近我的导游，对他耳语道：

"让我们去见见其他动物吧？"

"乐意效劳。"

鳃角金龟飞过花园，领我到了一个我从来没去过的地方，它的名字来自以前的一条马路，马路现在已被它覆盖。我的伙伴钻进一朵漂亮的郁金香，内部装饰得富丽堂皇，我见到了一大群各种各样的昆虫。

"瞧，"鳃角金龟对我说，"各种昆虫这里都有：孔雀蝶、拟斑蛱蝶、发光叩头虫、王子蝶、伯爵蝶、三伏蝉、眼蝶，甚至还有优红蛱蝶和眼灰蝶。"

我好奇地看着，那些雄性能用距趾站立，而

---

① 阿威罗伊，即伊本·路西德（1126—1198），中世纪阿拉伯著名学者。

雌性则围成一圈，低声细语。在场的每位都衣着考究，似乎是在向我传达这样的意思：

"眼下，我们想表现得无忧无虑。我们想要什么呢？欢笑、闲谈、吃喝？我们一点儿也不想笑，也尽可能不聊天，不进食，很少喝东西。"

"这种对吃喝玩乐的厌恶是怎么产生的？"我问向导。

"这是因为他们要保持风度、腔调、矜持。不过这不会持续太久。可能他们刚才还正好相反，想吃喝玩乐，醉心于什么。在这个团体里碰碰运气吧；您只要说话，他们就会应答。"

对一只喜欢群居的昆虫来说，鼻子太尖，根据同类的鳞片就能猜出他们秘而不宣的想法和念头这是一种巨大的不幸。我表面上出生于一个埃及金甲虫家族，族内都习惯于解读复杂如象形文字的神态相貌。面容对我来说就像是年鉴，每当我从中看到什么，我的嘴就会不由自主地把想法都说出来。

我听从朋友鳃角金龟的建议，礼貌地走近一只年轻的黄道蟹，想跟他聊聊，问他是否旅行过。他眼中立即闪过一道奇异的光芒，他对我说话的时候，我清楚地看到了他半透明的表皮里的贫瘠脑髓。

"我是否旅行过？金龟子先生，我当然旅行过，而且我不只是为了谈资才去旅行的。我迫切地去看罗马、佛罗伦萨和那不勒斯，以便显出我确实看过它们的样子。"

就这样，黄道蟹跟我聊了五分钟，然后嘟哝着走远了：

"谢天谢地！我刚刚表现得像是去过意大利呢！"

我问一只大胡蜂，认不认识我手指的那位蛱蝶夫人。

"还真是巧了！"大胡蜂大声说，"我跟她很熟。准确地说，我甚至可以算是她的朋友。我还认识那边的王子蝶，还有背对着我们的发光叩头虫。我跟那位刚才被你踩脚的伯爵蝶关系也很近。"

"非常感谢。"我说着走到另一边。

大胡蜂走开了，嘴里念念有词：

"我今天没白过，我装作认识一大群重要的动物。在尊重那个外乡客的同时，我自己也得到了很多尊重啊！"

一只年轻的熊蜂在四位女士之间嗡嗡低唱了好一阵子。

"祝您度过美好的时光！"我对他说，"您至少懂得消遣和娱乐。"

"天哪！"他回答道，"您都看到了，我如愿了。啊！这真是快乐的一天！人们发现我开开心心的样子了！这只陌生的虫子看着我！我今晚能睡个好觉了。"

两只丑陋的虫子正在角落里闲谈。

"他们是谁呀？"我问鳃角金龟。

"那是金融界的蚁蛉，"他回答说，"他们的习俗很奇怪，他们一早就聚集到一座大殿里，互相在脚底下挖漏斗状的洞穴，这会使这座大殿的地面变得疏松而危险。那些笨拙的或是无知的虫子会失足落入这些漏斗里，立即被吞掉。要是蚁蛉在白天里吮吸了一只美味的猎物，他晚上就会神气活现，其配偶是一只浑身戴满珠宝的金色蜻蜓。"

我任由蚁蛉们谈论他们的漏斗，更让我感兴趣的是蜻蜓们的窃窃私语。

"亲爱的朋友，"她们当中有一只说道，"你那位年轻的歌唱家表兄总绕着你转。我们要是愿意，会拿他来嚼舌根的。总有一天，他会把你那位优红蛱蝶的脑门给蜇伤的。"

"嗨，你们怎么硬要说我跟他关系好呢？我们的兴趣爱好都不一样，他还指责我不去寻求艺术中有意义的一面。我在听蝈蝈以各种方式老调重弹时翻了翻白眼，他还嘲笑我。而且，他还因为我在听海顿或是莫扎特的鸣奏曲或者四重奏时吃小糖片跟我吵架，他那些不可理喻的想法不符合逻辑。他这样可没法征服我的心。不过，亲爱的朋友，我们不如来谈谈向你献殷勤的那只大天蚕蛾老头。"

"我承认对他有偏爱，他的董事身份使他有权支配剧院里的包厢，这难道还不够吸引我吗？没什么比看到这位大天蚕总是坐在最好的席位更令我浮想联翩的了。每当我想到他一晚上不用付款就能去看所有演出……"

"事实上，"另一只蜻蜓说，"那是一件很有诱惑力的事情。每只虫子都有如阿喀琉斯之踵①那样的弱点。对我来说，最触动我的是看到一只年轻的暗阔嘴鸟展开双翅，从沟渠树篱上空飞过，第一个到达教区钟楼的样子。"

"你可真容易被感动，"一只被视为品行高尚的蜻蜓叫道，"这么点儿小恩小惠是不能讨我欢心的。我不仅每次都要有最好的座位，还要他比其他虫子先飞到钟楼。此外，他还要有预测潮流的能力，吃穿用都要英国式的，假期里不会忘记去

_____

① 阿喀琉斯，古希腊神话中的勇士，除了脚后跟刀枪不入。

海边游泳，必须要去比利牛斯山的时候不会想着去巴登大公国。一月要吃樱桃，手脚的活动范围被严格限制，甚至不再走路，以最终拥有所谓的范儿。"

"太多完美汇聚在一起就成了妄想。对我来说，我只要求一点，但在这点上我要它完满无缺、独一无二。打个比方，美得不容置疑的袖笼。这是让我着迷的一个罕见的东西。"

"我嘛，更喜欢能在新年第一天挑选出最精致、最高级的糖果。"

"是的，但这点很难。"

"啊！"一只感染恶疾的母蜻蜓叹着气说，"我认识一只年轻的绢粉蝶，审慎而温柔，你们说的这些他全都会。他既是珠宝商、纺织物行家、卓越的糖果商，还是完美的马商。我不知道他从哪儿拿出来的巧克力杏仁糖，但我从来没见过重复的。而且，他一谈起马来，就会激情四射。"

独角仙宝贵的建议重返我的脑海，我开始意识到他一点儿也没有夸大其词。两只锹形甲虫的热烈讨论吸引了旁边虫子们的注意，不久讨论便扩展到了整朵郁金香内。大家不再装模作样，每只虫子都实实在在地各执己见。他们兴奋不已，不过仍保持礼貌，不曾越界。争论激烈，持续了许久。到了十一点一刻左右，问题都已弄清，多亏了最博学的几只虫子的天才总结和博学，结论以不容置疑的方式明示如下：

绿茶比红茶提神；

自尊是动物大部分行动的动机；

圣德尼①河岸跟克利希②河岸差不多陡峭；

在英国生活成本比在法国高；

友谊是一种没有爱情强烈的感情；

在伟大演员塔尔玛③死后，人类还没能找到一个能真正替代他的人。

最后一个问题由于太难，应蜉蝣们的要求而被舍弃。一只寄居蟹把这个问题记在备忘录上，好在空闲安静的时候回自己的小屋认真思考。

我用手肘撞了撞鳃角金龟，问：

"在这个大花园里，难道找不到一个地方能让大家平和地聊点儿有趣的事吗？"

"其实是有的，"他尴尬地挠了挠头说，"跟我来，我们去找找。"

我们在昏暗的夜色中飞了很远。鳃角金龟绕了好多圈，我看得出来他也不太知道该怎么走。

_____

① 圣德尼，巴黎东部郊区，位于塞纳河东岸。
② 克利希，巴黎东南部郊区，位于塞纳河东南岸。
③ 弗朗索瓦－约瑟夫·塔尔玛（1763—1826），法国著名演员。

在那儿可以遇到螺钿蛱蝶，他们会好好款待你的。

　　"我不想再带你到那片荒芜的沼泽里去了，"他说，"那儿的动物都像水鼩那样离群索居，过了河就没什么好玩的了。我可以介绍你去河对岸的百合花丛，在那儿可以遇到螺钿蛱蝶，他们会好好款待你的。虽说你不是一只上流社会出身的虫子，他们还是会把你当作一名绅士来接待的，这才是真正的处世之道。他们不会互相讲坏话，因为这得在坏话中加入他们所尊重的名字。心地不善的也必须装出和蔼可亲的样子，否则就没资格跟他们说话。"

"您为我描述了一幅充满吸引力的图景。可是他们在那儿快乐吗？他们会像从前那样吃夜宵吗？"

"吃夜宵的时期已经过去。百合花地区比别处更惨，原因嘛，说来话长了。"

"天哪！这可不是我想遇到的。"

我开始对鳃角金龟及这些徒劳的旅行感到厌倦，便借着昏暗的夜色，在一条林间小道的拐弯处抛下了他。

一颗明亮的星星在夜空中闪烁，指引我误打误撞地来到一株蜀葵的第四层，在那儿我终于找到了这么久以来所追寻的：在一间简朴而舒适的房间里，有一个正直而虔诚的家庭；优秀的昆虫并不傲慢，他们渴望体面的娱乐，不自我炫耀。谈话气氛活跃、友好、快乐，之后我们吃了一餐简单的夜宵，餐费就是愉悦的心情。

我坐在两位年轻的女主人中间，她们眼睛灵活，耳朵灵敏，机智聪慧，善良优雅，而且笑口常开。以后我会常来蜀葵这里，而不再去光顾郁金香、老鼠簕花和曼陀罗了。

说到这里，金龟子停了下来，重新爬上他的芍药叶。

"您的故事可不能就此结束。"哲学家猫头鹰说。

"是的，哲学家先生，"金龟子继续说，"我忘记讲故事的结尾了。

"自从快乐地离开鳃角金龟那天起，只有一回我很不高兴。有一天早上，一阵风将一片飞舞的叶子吹到我家，这是寄给我的，上面写着：'某一天，某一刻，请进到一株洋蓟里，穿上军装，然后到指定的哨所站岗。'必须服从，否则就会被关入监狱。我向来爱好和平，却要打扮成士兵的样子，跟其他同样温和的虫子们一起，笨拙地效仿好战的大胡蜂，美其名曰保卫祖国，实则那段日子里祖国并未陷入任何危难。红领的介壳虫们一点儿也不好战，他们有的原本生活在放李子干的木桶里，有的住在家具或是木材堆里，这下都得离开自己的小屋，集中到一个肮脏的洞穴里，天真地把对英雄的信仰当作消除疲劳的方法，二十四小时过后又回到木桶或是堆栈里去。我不想跟您重复那些地方的笑话，也一点儿不想谈论某些狭隘的头脑里无理和虚荣的观念，比如某个池塘底部的蝌蚪们。恼火与焦躁了一天一夜之后，我终于跟红领象虫们分开了。我自由了，可在胜利的那一刻光荣地得了感冒，犯了牙疼。我钻入一朵罂粟内部，在那儿如饥似渴地吞食忧郁的鸦片。睡意使我稍稍从苦恼中平复，接着我想重新起飞，穿过花园。就在这时，一只小偷喜鹊把我吓得直打哆嗦，她钢铁似的喙夹住我身体中部，把我抓住。这喜鹊

天真地把对英雄的信仰当作消除疲劳的方法，二十四小时过后又回到木桶
或是堆栈里去。

是一名资深的收藏家，还是一个巫婆。"她盯着我叫道：

"天哪！我要把这只小小的金龟子送给我教女。把他放在一片芍药叶子上，这就成了一件漂亮的首饰，好戴在鸽子雪白的脖子上。只要几句仪式用语，我们就能做出一个护身符，阻止对时尚的迷恋，不做可笑的事情。"

"您是如何脱离这险境的？"猫头鹰笑着问。

"您要知道，我们这些金龟子拥有上天赋予的珍贵本领，能够装死。当危险靠近时，我们就会收起腿脚和触须，仰面落下。我们对自己坚固的鳞片很自信。我依从本能演了这出戏，一动不动。巫婆喜鹊照她说的做了。我任由她把我放在芍药叶上，然后系到鸽子紫罗兰的脖子上。这脖子雪白且圆润，我觉得很舒服，便不再动弹。我听到了紫罗兰的自言自语，她聪明、漂亮而且温柔。我很喜欢她这个朋友，也相信自己能给她带来好运。"

"可是，金龟子先生，您讲的故事里有一处让我还不太明白。您在最有趣的地方中断了。您到了这个年纪还没有过爱情，我怀疑您对那几位听觉灵敏、笑口常开的年轻女主人动心了。满足一下我的好奇心吧！"

绿色的金龟子狡黠地看着猫头鹰，用触须摆出否认的姿态，接着后退爬上芍药叶，缩回腿脚，顽强地装起死来，不想再说什么。

猫头鹰戴上眼镜，想更仔细地检查这小虫。他承认这是一颗祖母绿宝石，装点在金色的珐琅叶子上。太阳升起来了。这只夜行鸟感到一阵不可抗拒的睡意，他把睡帽拉了下来，盖住眼睛，进入了梦乡。

当他醒来时，他相信梦到了金龟子对自己所说的一切，于是把饰针还给了紫罗兰，并向她讲述了这个改头换面的首饰的故事。故事被讲得就好像是他自己的创作一般。

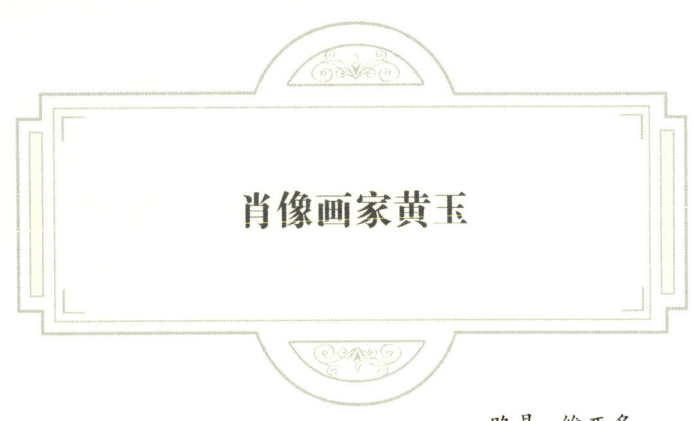

肖像画家黄玉

路易·维亚多

我是他的遗产继承者，也是他的密友。要讲述他那让人好奇而又有教益的故事，没有谁比我更合适了。

他出生在巴西的一片原始森林里，母亲曾在树荫下缠绕交织的藤蔓中摇晃安抚他，可他很小的时候就被印第安的猎人抓走了，跟一船的大鹦鹉、长尾小鹦鹉、蜂鸟还有水牛皮一起被卖到了里奥格兰德①。

---

① 里奥格兰德，巴西南部港口城市。

他与这群鸟儿为伴，到了勒阿弗尔[①]。一路上他在帆索和桅桁上跳来跳去，得到了水手们的喜爱。他还跟他们开了上千次淘气的玩笑，咬咬这个，挠挠那个，几乎一点儿都不怀念他的故乡，除了那轮大太阳，那么耀眼，那么火热，在它照射下就连猴子这种除人类之外最谨小慎微的生命都从不会牙齿打颤。船长读过伏尔泰的书，便给他取名"黄玉"，跟鲁士丹[②]的仆人同名，因为他有一张光秃秃的黄脸。

长话短说，到了港口的时候，黄玉除了得到名字，还受到了一定的教育，跟当年在马拉驳船上他的同胞黑脸绿猴所受的教育差不多，黑脸绿猴曾用语言侮辱了修女们。而黄玉所受的教育要更严格一点儿，因为这是在海上教的。

一到法国后，倘若我们想描写他的性格，或讲述他成年之前历任主人的故事，很容易把黄玉变成另一名托美思河的小拉萨路[③]，或是另一名吉尔·布拉斯[④]。但只要知道这些就够了：他青少年时期居住在巴黎新圣·乔治大街一位贵妇人富丽堂皇的客厅里。他是那位充满魅力的夫人的慰藉，为她制造欢乐，也是她的宠儿。她完成了勒阿弗尔的水手们对他的教育，把他当作是一个被宠坏的孩子。他在那儿过着无忧无虑的生活，比王子还快乐。可在这世间哪有什么安稳呢？有一天，一个悲惨的日子里，他淘气的玩笑开过了头，竟咬

---

① 勒阿弗尔，法国西部港口城市。
② 伏尔泰小说《白与黑》中的人物。
③《托美思河的小拉萨路》，又名《小癞子》，16世纪西班牙流浪汉小说。
④《吉尔·布拉斯》，18世纪法国作家勒萨日所著流浪汉小说中的人物。

了一位德高望重、被称为伯爵先生的小老头的脸，正是这位先生给了温柔、优雅的女主人以保护。

这位保护人盛怒不已，直截了当地告诉贵妇人，她只能在自己和这只凶狠的畜生之间选一个，另一个必须立刻离开这屋子。

可怜的黄玉并不能给人提供羊绒衫、首饰或是四轮马车。对他的判决已下，虽然伴着一声叹息。为了让这被迫的分离没那么让人难过，他被秘密送到了一名年轻画家的工作室里。快三个月了，那位夫人每天按时去那儿为一幅肖像画摆姿势，那幅画就像是佩涅罗珀织挂毯①一般。

不过志向就这样确定了！他坐在一个木凳而不是柔软的靠背沙发上，吃着干巴巴的面包碎块而不是马卡龙，喝着清水而不是橘子糖浆。贫穷让黄玉改邪归正了，贫穷没有让人深陷恶习和堕落，便能成为道德与品行的导师。由于没什么更好的事可做，他便思考起自己悲惨的处境：生活不稳，充满变数，寄人篱下。他梦想能获得自由、工作和荣耀，最后感觉自己到了关键而神圣的时刻，他得像人们说的那样，选择自己的生活状态。然而，还有什么比艺术家更美好、更自由、更光荣的职业呢？甚至上天都送他进过这所学校。

于是，就像委拉斯开兹②的奴隶帕雷哈③一样，黄玉试

---

① 佩涅罗珀，希腊神话中奥德修斯之妻，为拒绝无赖求婚借口织造挂毯来拖延。
② 委拉斯开兹，17世纪西班牙著名画家。
③ 帕雷哈，画家委拉斯开兹的奴隶，后在其帮助下也成为画家。

图从主人的工作中偷师，学绘画中的高超技巧。他整天都高坐在画架的顶端，窥伺调色板上每一次颜料的混合和画笔的每一个动作；然后，一旦画家转过身去，他就拿起画板和画刷，以轻巧的手法把已经完成的作品重新画一遍，以相同剂量的颜料在上面又涂了一层。他自豪而光荣地后退些许，欣赏起自己的杰作，齿间悄声嘟哝起科雷吉欧[①]的那句被巴黎画坛新秀们重复了无数次的话："我也是个画家了。"

一天，他得意到忘乎所以，在作画期间被主人当场撞见。主人满怀高兴与自豪，因为美术协会的主席刚任命他为全年下雨的滨海布洛涅的教堂绘制一幅《大洪水》。

没有什么比自我满足更能使人慷慨了，他非但没有拿腕托教训自己的替身，反而像委拉斯开兹那样叫道："天哪！既然你想要成为艺术家，我就给你自由吧！我要把你从我的仆人变为我的学生。"就这样，黄玉成了画家的学徒。

很快，他就像头发扑粉的乡下神甫那样，把头上所有的鬃毛甩到脑后，披在肩上，又把下巴的毛发捋成山羊胡，头戴宽沿尖帽，身穿男士礼服和紧身上衣，衬衫的皱领垂在上面。他努力做出安东尼·范·戴克[②]肖像画里的人物神态，然后夹着画夹，拿着颜料盒，开始出入美术学校。

唉！像许多艺术新手一样——不过他们好歹都是人类，成年且完美的人类，拥有身体的五感和精神的三能。黄玉的

---

① 科雷吉欧，文艺复兴时期意大利画家。
② 安东尼·范·戴克，17世纪比利时著名肖像画家。

夹着画夹，拿着颜料盒，开始出入美术学校。

真正志向，不是雄心勃勃的空洞幻想，就是事事不会的无能。他很快就看破红尘了。

一旦没了主人的笔迹，就得自己勾勒出线条；一旦不能再临摹，就要自己亲自作画；一旦要从模仿者成为原创者，猴子所有的天赋就都消失了。

他徒劳地工作、坚持、流汗、咒骂、撞自己的头、拔自己的胡子，灵感的缪斯却丝毫不曾出现。就像西班牙人说的那样，倔脾气的飞马珀伽索斯拒绝给这座赫利孔山[①]带来

[①] 赫利孔山，希腊神话中文艺女神缪斯的圣山，飞马珀伽索斯蹄踏在山里的岩石上创造出灵感之泉。

他梦寐以求的好运与荣光。说到底，他没做出任何有价值的事，老师和同窗也都一致建议他另谋出路：

如果你有当泥瓦匠的才能，不如去干那行。

这真的很遗憾，因为虚荣的黄玉需要根据自己的长处来考虑从事什么职业。但他自命不凡，不切实际，一心只想做伟大、神圣、慷慨、开明、人道的工作。

我常常听他说起中世纪犹太人的例子，他们前往阿拉伯人那儿学习医术，又回到天主教地区行医，想把人类关于艺术的知识传授给动物们，并用这一新的光芒启迪他们的同胞，把他们培养得差不多能与创造之王媲美，如今在许多方面已近乎达到这个状态了。

他以前的计划有多深思熟虑，现在的悲哀就有多深。他从骄傲的顶端重重落下，摔得鼻青脸肿，羞愧，忧郁，对这个世界还有他自己感到不满。他失眠，失去了胃口与活力。可怜的黄玉在萎靡不振中一病不起，危及生命。幸运的是，这并不用看医生，只要他直面自己的天性。

在那个时期，一位名为路易·达盖尔①的装饰画家有了一项完全能使他名垂史册的发现；同僚们都说，这是一个重大且值得关注的发现，不仅仅对物理科学，对于艺术也有作用。尽管它满足于起辅助作用，而没有野心去取而代之。

大家都知道，每个人都把这项发现用于各个领域。渐

---

① 路易·达盖尔（1787—1851），法国画家、摄影家，摄影技术的发明者。

渐地，在复制建筑古迹的精确印记，采用了透视法，选取静物作为对象之后，现在开始为有生命的事物作画了。

在人类中，我认识一名狂热的音乐家，他天生一副破嗓子，耳朵也不灵，唱歌跑调，跳舞踩不上节拍，但他最后对自己如此喜爱的音乐产生了一种不幸嗜好，找来老师学习普通乐理、钢琴、长笛、圆号、手风琴，甚至还学大鼓和三角铁；他借助威廉①、帕斯图②、雅各多③等人的手法，但徒劳无功，他从来不能准确地发出一个音，也不能标出一段节拍。那他是凭着什么才把自己的爱好和缺陷调和在一起的呢？他买了一台手摇风琴，不知疲倦地转着手柄，花的这笔钱使他日日夜夜都玩得很开心。手摇风琴的操纵杆足以让他成为音乐家了。

让黄玉兴致勃勃的原因与此相似，他希望自己声名远扬、财源广进、履行非凡使命。众所周知，对耶稣会会士来说，只要目的是好的，就可以不择手段，于是黄玉用灵巧的手偷了在他主人画室里呼呼大睡的胖金融家的钱包，而他的主人正在昏昏欲睡地给那人画像。

有了这笔财富，他也买了自己的"手摇风琴"，我是说一台达盖尔银版照相机。他认真自学了对他的智力来说不甚困难的操作方法，突然之间，他从画家成了物理学家。

---

① 博奎勇·威廉（1781—1842），法国作曲家、教育家。
② 让-巴蒂斯特·帕斯图（1784—1851），法国小提琴家。
③ 约瑟夫·雅各多（1770—1840），法国教育学家。

　　有了后天的才干，再加上最近这笔丰厚的款项，就像我们刚刚看到的那样，他所渴求的宏伟目标已经达成一半了。

　　为了达成另一半，他动身前往勒阿弗尔。搭上一艘横渡大西洋的军舰，经过一段愉快的旅程之后，他在几年前登船前往法国的同一个地方登陆了。可是他的处境已完全不同！他从小猴子成长为成年公猴；从被卖作奴隶的战争俘虏成为获得解放的自由之身，还从愚昧的野兽——所有的生命降生时都一样，成了文明开化的一种灵长动物。

　　踏上故土，他的心狂跳不已。漫长的离别之后，故乡是那么温柔。他赋予自己的教化者的使命以及早年的回忆，召唤他向偏僻原始的地区进发。他一天也没耽搁就启程了。

　　在这种急切（他向我承认了）当中，也有想引人注意的渴望，他想制造轰动，像珍稀动物那样吸引别人，还想享受旅行者的头衔、他的学识以及他的机器带给他的对于当地居民们的优越感；可他更喜欢欺骗自己，认为正是那种无法抵抗的冲动促使那些命中注定的人要在这世上扮演自己的角色。

　　到达他出生的森林之后，黄玉没去寻找自己的父母朋友，因为他想在取得辉煌成就之后再在他们面前现身。他在一片宽阔的林中空地上安顿下来，那地方像是一个公共广场，周围都是古木与矮树林。在那里，他得到了一名叫乌木的黑脸卷尾猴的帮助。"乌木"也是鲁士丹另一个奴隶的名字。他在两者不同的肤色之间找到了区分主仆的充分理由，在这方面竟也效仿人类，把乌木当作自己的仆人和黑奴，用树枝给自己造了一座优雅的小屋，上面严严实实地盖着几片巨大的荷叶，还在门上钉了一张标志牌，上面写着："黄玉，巴黎画家"。他派几对喜鹊向四面八方通报自己的到来，并公布他的住所与身份，之后，他的店铺开张了。

为了能在这个完全没有铸造货币的地区为所有动物提供服务，黄玉回归了物物交换的原始方法，收取食物作为报酬。一百个榛子，或五十个无花果，或二十个甘薯，或两个椰子，这就是一幅肖像的价格。

由于巴西丛林里的居民们仍处于黄金时代，不了解财产、继承以及一切冠以"你的"和"我的"这类字眼的权利，土地是共有的，果实属于最先占有者，说实话，只要弯腰拾取，即可支付这位巴黎来的画家所画的肖像。

尽管如此，他开业初期并不容易。他凭经验得知，墙内开花墙外香，在同类中更不容易成功。

他的首批客人是其他族群的猴子，他们好奇而热情，但是多疑、嫉妒心强、狡诈。看到那台机器的运作，他们没有仅仅欣赏这一发明及其效果，而是立刻谋求仿造和复制；他们没有兑现酬劳，也不尊重这位带来远方宝物的同族，反而千方百计地想窃取他的秘方以及他本应从这个行当里得到的利润。

就这样，黄玉首先要与那些伪造者作斗争。幸亏，这不是在比利时重印一本书，在这里偷窃没那么容易。

猴子先生们反复思考，绞尽脑汁，两两合作，甚至互相联合——因为我相信他们那儿跟别处一样，想干什么不道德的勾当总能很容易就找到同谋，但都是徒劳。他们所能做的也只有造出个木匣子来，外壳跟黄玉的相机很像，但缺就缺在内部的机械构造：说到底这只是一个没有灵魂的躯壳。

黄玉躲过了仿造的侵害，却没躲过妒忌。模仿失败使得那些猴子们气急败坏。没能夺去黄玉的相机，他们就更加厌恶他。为了妨碍他，使他破产，他们无所不用其极。确实如此，若说谁有敌人的话，就得在他的同胞和亲信当中，在同一个行业、同一个地区里找，乃至在同一个家族、同一座房子里找。谚语说得好：

"蜘蛛，谁挠到你啦？跟我一样的另一只蜘蛛。"

不过，没有关系，本领最后总会像油在水面上那样浮现，即使会有嫉妒者和恶毒者。

这时，来了个重要角色，一只重量级的动物，一头熊。他经过这块林中空地，看到这块招牌，认为黄玉并不一定是个江湖骗子，因为他来自远方，且断言有新奇玩意儿，而一个明智、稳重、不偏不倚的头脑，在对事物作出判断之前会进行认真的研究。他想检验异乡客的才干，还有另一个原因：虽然我们都用普遍准则和共同常识来解释生活中的每个行为，但不排除有时会有不便言明的个人动机，而那恰恰是真正原因。不管是野兽还是人类，我们都有点儿教条主义。

不过，这头熊可是奥德修斯那个伙伴的直系后裔，他的祖先被喀耳刻①的魔杖触碰到之后，回答船长时，抱怨说自己被施了咒，而他此前是那么英俊：

"我就这么被施了咒！就这样成了一头熊。

谁告诉你一个模样就比另一个好看？

凭你的样子就能对我们评头论足？

亲爱的，我相信母熊的眼光。②"

他有点儿自命不凡，又很多情，想要一幅自己的肖像，以送给他的情人。于是他走进店内，付了双倍报酬，因为他出手一向阔气，然后在指定的座位坐下。他举止严肃，也不乱动，况且他个头庞大，这画也意义重大，所以他能保持必要的静止。

黄玉就像平时那样，认真地开始作画，肖像最终令双方都很满意。那位先生激动不已。整幅作品将他缩小了，去掉了他身材笨拙的沉重感，金属那样的银灰色代替了他那身棕色大衣的单调暗沉，更是恰到好处。总之，他变得亲切、苗条、优雅了。

这头熊又高兴又骄傲，他喘着气，在他严肃的性格和笨重的体态允许范围内，立即跑去将这幅珍贵的画像展示给

---

① 喀耳刻，希腊神话中善用变形术的女神。
② 出自拉封丹的寓言诗。

他的爱慕对象看。那只母熊也爱极了这画，出于爱卖弄风情的本能，当着其他雌性的面，把这幅画当首饰一样挂在脖子上，接着又以另一种似乎也是天生的本能，到父母、闺蜜、邻居和朋友面前炫耀她的爱人所送的礼物。

多亏了这份热情，在天黑以前，方圆 5 公里内居住的所有动物都知道了黄玉的天分，还有他创作的杰出作品。他成了抢手货。

珍贵的画像。

从此，他的小屋一天到晚客人不断，模特的座位从不曾空着，黑脸卷尾猴忙前忙后，为每位来客准备碘化处理后的底片。除了那些怀着怨恨而保持距离的猴子们，无论是天上飞的、地上跑的还是水里游的动物，全都勇敢地走到镜头前拍摄自己的肖像。

我记得孔雀是最为急切的动物之一，他是一个住满鸟类的异族封地上的统治者，在幕僚和随从的簇拥下前来。他的幕僚中有红鹳将军，外号"火烈鸟"或者"红鹤"；有白鹭上校，还有巨嘴鸟少校，他们阿谀奉承又难以相处，当着孔雀的面溜须拍马，转过身就对黄玉说孔雀的坏话。

尽管他们吹毛求疵，肖像总算完成了。孔雀对自己色彩斑斓的公爵冠冕感到无比骄傲，像照镜子一样高兴地欣赏自己的画像。跟熊情侣不同，虽然有可爱的雌孔雀陪着——那妻子是平民出身，这幅画像他是送给自己的，他就像泉水边的美少年那样，整天都出神地看着自己。

可以肯定的是，自爱者是幸福的！他们不用担心会遭鄙视、冷落、变心，也不会感到离别的伤痛、嫉妒的折磨。要是真的像人类哲学家说的那样，我们所谓的爱情只是自爱的一种偏离，暂时栖居在他者身上；而不再去爱，只不过是对自己的爱回到了原地罢了。再说一遍，自爱者是最幸福的！

虽然黄玉根据模特们的意愿，假装把相机里出来的肖像加以润色，这并不意味着他总能成功地让主顾们感到满

尽管他们吹毛求疵，肖像总算完成了。

意。顾客当中鱼龙混杂，也并不都像孔雀那样把自己的丑陋都当作魅力——这可是自私所带来的真正洪福，他们足以自恋，所以在照片上发现了自己的缺陷，或是自己引以为豪的优点不见了，往往会感到不愉快。白鹦就是这样，他觉得自己鼻子太塌了，鸵鸟也觉得自己头太小了，山羊觉得自己胡须太长了，野猪觉得自己眼神太严厉了，而鬣狗则觉得自己毛发竖得太直了；松鼠看到自己一动不动感到很不高兴，

白鹳就是这样，他觉得自己鼻子太塌了，鸵鸟也觉得自己头太小了，等等。

他可是那么敏捷、活泼又机警；而变色龙的色彩那么善变，他看到自己没了颜色当然就不满意了；至于驴子这个新一代的夜莺，他本希望他的肖像能发出优美悦耳的歌声；拍照时看到阳光闭上了双眼的猫头鹰，厉声抱怨自己竟被拍成了瞎子。

在黄玉的冲洗室里，还有一小群年轻的狮子，这在画室里是常事，他们都是豪门公子，游手好闲，喜欢捉弄嘲讽别人，他们来这儿消磨打发时光，每天二十四小时，除了吃饭睡觉外都在这儿。他们自傲于有点儿绘画的学识，便用解剖学名词来称呼所有面部肌肉，谈论轮廓线条以及画像肌肤的细腻娇嫩之感，并就造型艺术和美学大发议论。他们借口要看看艺术家的工作，其实只是想拿黄玉的顾客开涮。乌鸦漆黑的身形出现在小屋门口，他眼神黯淡，走起路来好像患了痛风的法官。狮子们一看到他就齐声叫起来：

"喂！你好啊，乌鸦先生，

你可真漂亮，你真英俊！"

这番话使这不幸的家伙回想起自己上了狐狸的当而被骗去奶酪的事。若相反，是狐狸或是他的同伙狼进门来，他们就会嘀咕猴子在给两者定罪时的著名宣判：

"……朋友们，我认识你们很久，

你们俩都得交罚款；

因为你，狼，你没被偷却来诬告，

而你，狐狸，你偷了本应归还之物。"

有一天，鸭子离开灯芯草丛和沼泽地，蹒跚着来到黄玉的画室，他也想要一幅比池塘浑水倒映出的样子更好看的画像。他一出现，其中一头狮子就急忙上前，礼貌地摘下直筒高帽，说："啊！先生，您这来来去去的，能否好心给我们讲点儿新闻呢？"

总之，谁也逃不过他们的挖苦。很多来客都感到生气，且好几个都要发火了；可幼狮们自小就精通决斗的武器，在他们看来这争端形同儿戏。面对他们，最谨慎的做法是默不作声，或是全盘接受这些玩笑。

他们在这儿也让黄玉很头疼，他的工作受到了影响，跟主顾疏远了，自己的利益也会受到损失。可怎么能跟这些大家族的公子哥们翻脸呢？他们是地方上的权贵，高兴起来的时候又很大方。

他得像模特一样，耐心对待这群讨厌的家伙，一边诅咒他们，一边还要把他们的脸拍得漂亮。这是这个行当的责任之一。

虽然有这些小小的困难与烦恼（在这个神创的世界里又有谁能幸免于此呢？），生意还不错。

黄玉渐渐填满了粮仓，他的名气也跟储蓄一样与日俱增。他已经能隐约预感到自己梦寐以求的那刻到了：富有而出名的他终于能投身到教育、教化其同胞的崇高使命当中去了。

他做出了杰出贡献，将成为下一任立法者，消息传播开去，直至最偏僻的地方。在南美洲的大河之间，有一片我也不知道有多广阔的领土，但世界地图上却没被标识出来，因为人类还不曾进入其中，一头大象在那儿统治，他也听说了这位巴黎画家。他求贤若渴，就像弗朗索瓦一世传唤达·芬奇前去觐见那样，派了一名使节到黄玉那儿，报价之高，令画家没有商量余地。

绝对的王权就是在这种任性中诞生的。

除了一笔让黄玉富可敌国的财富，他还允诺给予黄玉酉长的称号以及象牙制成的高级勋章。

黄玉在仪仗队的保卫之下启程了，他骑上一匹骏马，后面跟着一头骡子，背上载着忠诚的黑脸卷尾猴和宝贵的相机。一路畅通无阻，到达了不倒翁苏丹（这便是大象的名字）的宫殿，黄玉随即被常任大使带去见大象。他在国王面前俯首磕头，而大象则怀着仁慈用长鼻领他起身，伸出一只巨大的前脚让他亲吻，接着是另一只脚……但千万别预言结局如何。

　　笨重的国王陛下好奇心如此强烈，以至没等黄玉休息用餐，就要他即刻开箱取出相机，开始拍照。黄玉准备器材，加热试剂，选了一张最漂亮的底片来拍摄高贵的肖像。

黄玉准备器材，加热试剂，选了一张最漂亮的底片来拍摄高贵的肖像。

模特必须全身都进入这个狭窄的相框内，因为不倒翁苏丹想让自己从头到脚整个威严的样子都被表现出来。黄玉乐意遵从这一任性的命令。他回想起与熊情侣的奇遇，他们是自己出名与成功的首要原因。"好吧，"他说，"既然这是陛下要求的微缩肖像，我就要让他满意，因为他会对自己满意。"

于是他让强壮的大象站在暗房镜头的远处，好尽可能地将形象缩小，接着他以如发的细心全神贯注地开始拍摄。大家都在寂静与焦躁当中等候结果，就好像是在熔铸一座塑像。阳光灼热。两分钟过后，摄影师灵巧地托起银制底板，虽然跪着，但也自豪地将其呈现到君主眼前。

大象扫了一眼自己的肖像，就雷霆般地哈哈大笑起来，而一众阿谀奉承者们虽然不太明白怎么回事，也扯着嗓子笑起来。这简直就是奥林匹斯山上的场景。

"这是什么？"大象重拾话音，嚷道，"这是一幅老鼠的肖像，你却想要我从中辨认出自己。朋友，你这是在开玩笑。"

嘲笑的声音越发响亮。

"怎么！"国王在片刻安静后补充道，口气越来越严厉，"这个地方没有哪只动物比我更高、更大、更强壮，所以我才是国王和主子。而现在我要臣民们看到的，是一副瘦弱的样子，是发育不全的早产儿，是虫子，这是想让他们失去对我应有的尊敬吗！不，国家的利益不允许我干这样的蠢事。"说着，他厌恶地把底板扔给惊恐万状的画家，黄玉的头都低到了尘土之中，出于谦卑，也是为了逃避灾难性的打击。

"我本应对他的装备起疑心的，"大象渐渐地由大笑转为盛怒，"所有这些兜售秘方和发明的商贩，所有这些向我们鼓吹文明世界的创新者，全都是人类的密探，他们为了自身利益前来腐蚀动物，蔑视古代美德，忘却对自然和法定权威应尽的义务。必须保卫国家，根除邪恶。"

"太好了！"大家欢呼道，"说得好，做得好，苏丹万岁！"

大象跨过黄玉仍旧匍匐在地的身子，三步并作两步地来到相机前，这台无辜的机器在他眼里是变革之下的粗鄙产物，他满怀堂吉诃德那样的正义的怒火，像主人皮埃尔肆意虐待土拨鼠一般，抬起一只巨大的脚，踩在脆弱的相机外壳上，稍一用力，就把匣子连同里面的内容全都踩烂了。"永别了，小牛、母牛、小猪、小鸡们！①"

这就如同贝蕾特的奶瓶。永别了财富、荣誉、影响力、文明。永别了艺术，永别了艺术家！相机在可怕的爆裂声中被踩扁了，黄玉的心也碎了。黄玉突然起身，绝望地跑起来，头朝下跳入了亚马孙河。

---

① 出自《拉封丹寓言》，送奶姑娘贝蕾特打翻奶瓶而无法赚钱买小牛等动物。

　　他的亲信和继承者就是我，可怜的乌木，黑脸的卷尾猴。我来到欧洲的人类社会，在那儿学会了他们使用的一种语言，为了教导他们，成了一名历史学家，专门研究我的主人。

燕子信札
——给一只在修道院里长大的金丝雀

梅内尼希耶·诺迪埃夫人

燕子的第一封信

亲爱的朋友，现在我终于自由了，我终于能依靠自己的翅膀飞翔了。我远远地飞过了蒙帕纳斯山，翻越这天堑可不比冲破社会的繁文缛节和陈旧思想来得容易。在我平生第一次毫无羁绊的旅行中，在我呼吸的空气中，有种东西令我着迷。出发时，我不禁向我的同类们投去鄙视的目光。那些燕子们，我的同类，宁可继续自己昏暗可悲的一生，也不愿像我一样去追逐远行的幸福。我可不是自夸，我从来不认为自己来到这个世上是为了成为一个筑巢工。然而在我这个退化的物种中，那些可怜的雌性成员似乎觉得，筑巢就是她们一生最光荣的使命。她们耗尽自己的青春和智慧，用翅膀和嘴来建造、打磨、加固一个摇摇欲坠的燕子巢，使之成为后代雏燕们成长的场所，这些雏鸟们注定要重复上一辈的劳累和无知。我可不想花时间来教化这些执拗的燕子，所以离开了他们，只希望我的离去能在这些燕子中间产生一点儿影响，让那些还有救的燕子们效仿我的做法。

在旅途中，我庆幸自己没有带上同伴。最怡人的群居生活也没有独立来得好。还有一件事，我心里清楚，与您的亲密友谊也不断提醒我，那就是性格决定我无法忍受别人的统治，而我又觉得自己太年轻，无法将自己的意志强加给别人。所以，我只能自己独自生活。我每天都庆幸自己勇敢地做出了这个决定，即使没有得到您的许可。

您忍不住大声谴责我想探索和了解这个世界的强烈愿望。亲爱的朋友，这个愿望使我离您远去，您的许多建议，虽然我不经常采纳它们，但从来没有不把它们当一回事儿；您的关心和救助，曾许多次地抚平了我内心的伤痛。

我了解您的恐慌，但这并不能使我放弃旅行。我们的生活和我们的性格越来越靠近实属意外。其实除了我们之间的友谊，我们的生活和性格没有任何相同之处。况且，我们的想法并不一致，我们对未来的目标也不相同。

您出生在鸟笼里，一切都表明您的出生就是为了死去。您从来没有想过离开这个鸟笼会让您接触到全新的世界，让您获得无限的自由。或许您想过，但把它当作邪念抛弃了。

至于我嘛，我出生在一间破房子的屋檐下，边上是一片树林：我首先听到的是风的穿林声，直至今日，我仿佛还能听见；我睁开双眼，首先看到的是我的兄长们在鸟巢边蹒跚学步之后，在忧心忡忡的母亲的叫喊和鼓励下，终于大胆地张开翅膀，踏上了永不回头的旅途。我应该像我的兄长们一样，展翅高飞。

当我通过兄长们的故事认识到生活的残酷时，您已经长大并且开始歌唱。当囚禁您的人为您带来食物时，您会用歌声赞颂他的功德；如果换做是我的话，我一定会诅咒他。当天气晴好时，有人会把您的笼子放在窗前，一点儿都不担心勉强照进鸟笼的几缕阳光会唤醒您的头脑，让您对它心生向往。这样也好，因为您的灵魂和您的身体一样，都被囚禁了起来。当寒冷的日子来临，您什么都看不到，除了在您周围长大、和您一样受奴役的"小狱卒"在嬉戏。

我呢，过着流浪汉的生活，我就是一个流浪者。我和流浪者面临同样的危险，身体同样疲倦。我勇敢地忍受着旅途的种种困苦，变得强壮了，足以承受一切。只要我仍能呼吸到空气，我就愿意忘记此刻我一无所有。

再后来，您听话地，甚至可以说心怀感激地接受了别人为您选定的配偶。您顺从丈夫的一切意志，并从这种服从中得到快乐，因为您总是需要一个人对您发号施令。

您总是被孩子们围绕，您爱他们已经到了宠溺的程度。总之，您就是模范妻子、模范母亲。我可做不到您这样，如果我被这群难以忍受的吵闹鬼围绕，他们还时常向我要这要那，而且总是想要同样的东西，我觉得我一定会因此死去。另外，那位您觉得充满魅力的丈夫，也会让我感到厌烦。啊！在我生命中短暂停留的爱情已经太多次让我心碎，我不得不下定决心，再也不让自己坠入爱河。我很清楚，您总是

我将这封信交给了一只路过的鸟儿。

把我现在的痛苦归因于我草率结束婚约的决定，还认为我不负责任地抛弃我的追求者，是因为我似乎不在意一段感情持续的时间长短。而在您的眼里，爱情应该是要天长地久的。可是您说也白说，因为这些并不是我们的苦难的根源。我们整个社会的根基都是坏的，除非从顶层到底层完全推翻这个社会，否则拥有超群才智的生命和心中有爱的人将永远无法获得安宁和长久的幸福。

我将这封信交给了一只路过的鸟儿，他的旅行路线会经过您住处附近。我之前答应您要介绍我此次旅途中的所见所闻，但因为信使赶路，我只好下次再找机会给您介绍。今天，我只能向您送去我最温柔的祝福和赞美。

燕子的第二封信

这样在信里跟您讲述我沿途的感受，咱俩分开的日子对您来说就显得不那么漫长，对我来说路上也不那么孤单。只要两人相互关心，即使身处最平淡的环境里也一样能找到生活的可爱之处。

一定是老天保佑，此刻我身边的一切都沐浴在阳光里，仿佛连太阳都在为我此刻的幸福而高兴。

我认识了许多新朋友，但是请您不要吃醋或者担心：现在的我没时间，也没心思跟他们深入交往。即使有时候不得不停下来寒暄几句，那也是因为我身上外地人的特点总是使那些好客的族群们对我热情招待。不过总的来说，我不在任何地方停留。相比于途中族群们精心为我准备的盛宴，我更喜欢漂泊的生活，喜欢漂泊生活里所有的出人意料和变幻莫测。您曾警告过我旅途中可能会有烦扰和沮丧，而我至今仍愉快地等待它们降临。我及时行乐、随遇而安，所以至今快乐仍是不请自来。

今天上午，我和我所听说过的最著名的歌唱家共进了早餐。他是一只夜莺。

今天上午，我和我所听说过的最著名的歌唱家共进了早餐。他是一只夜莺。

他高兴地答应了我的请求，在早餐的最后，告诉了我他自己喜欢的几首歌曲。想到现在正身处一个无数歌迷都渴望的位置，说实话我心里窃以为自己厉害得不行呢！所有的待遇都令我受宠若惊，尤其是能够作为唯一的听众欣赏如此动听的歌曲，我更加感到荣幸。

而且，这位歌唱家非常简朴。人们永远不会相信，眼前这只穿着随意、毫不矫揉造作也不装腔作势的夜莺，是一位才艺出众的歌唱家。至少就我而言，我一直有这样一个错觉，我坚持认为真正的才子一定伴随着一副严肃的皮囊。但是您也看到了，我在这方面已经大大改变，我已经开始意识到这种想法其实是错误的。听完这令人歆慕的乐曲后，我和这位歌唱家开始互相倾诉最私密的故事。有人曾邀请过他去巴黎发展，但他最酷爱的自由将因此而受到限制，所以他拒绝了邀约。

这位如此卓越的男高音说，他是为了自己的快乐而活，在他看来，这便是最好的生活方式。尽管这种生活方式成功的机会很大，表面上看起来也十分诱人，但是我确信我不会选择这样的生活。

自我有了感受和理解事物的能力以来，我就没有梦想过这种只是开心但一事无成的生活。我希望我的人生能够为从衰亡的文明的黑暗废墟中拔地而起的巨大建筑添砖加瓦。

长久以来，我一直想从事文学创作。那是我向往的职业。而且为了响应从我的青年时期就深深吸引我的"雌性奋起"思想，我应该全心全意投入到严肃认真的研究，努力创作，完成一部伟大作品。

写到这儿，我仿佛能看见您微笑的样子。您总是说我的这些想法荒唐至极，可我还是得再和您重复一遍：您永远无法想象我所追求的那种快乐，我也无法接受您向往的那种生活。但是随它吧，毕竟除了这些分歧，我们的关系已近乎完美。您性格中温柔的魅力让您可以容忍我骨子里难以平息的躁动，我也觉得我们的友谊能让您的静修生活不那么平淡无趣。这样亲密的关系会一直持续到我们生命的尽头，不是吗？

我刚才告别了可爱的歌唱家，但对这次离别并不感到后悔。自从我开始观察和学习以来，我的好奇心和学习新鲜事物的欲望就不断增强。我在这附近碰到了一只松鸦[1]，他比我先到这个地方。他向我承诺，他将会竭尽全力，向世人推荐我和我的作品。总的来说，我对这次旅行中遇到的人都十分满意。无论在哪里，我都能遇到真诚的朋友并受到热情接待。

如果我接受您诚惶诚恐的保守建议，我或许会小心提防我所受到的每一份善待。但这样做对我来说又有什么意义呢？啊！我想您一直都是用一种错误的角度在看世界。您总是站在一定距离之外用模糊的眼光观察这个世界，所

---

[1] 松鸦鸣叫的动词在法语里是"cajoler"，这个动词同时也有"哄、爱抚、奉承、讨好和诱惑"的意思。

以往往无法全面地看待这个世界上的一些事情。对此我并不感到惊奇，毕竟要考虑到您过的是那样的日子。如果我们不每天走出自己静修的场所，只是为了身边最爱的五六个人而生活，而且把他们视作高于一切的存在，那么对于未知事物的认识将很难达到准确的地步，也难以正确地欣赏我们没见过的东西。

没错，您是在宽敞的大鸟笼里度过青年时期的，您毕恭毕敬地从一个个以博学著称的老者那里学到了很多知识，获得了很多建议。但那些老东西甚至都不知道自由的滋味。他们引以为傲的人生阅历只是因为比别人多活了几年罢了，跟科学研究和发现一点关系都没有。我相信，我可以正确地推翻您的很多"老朋友"的陈旧观点，仅靠旅行就能弄明白那些老头子们耗尽一生才懂得的道理。为了完成我和我们族群里那些先进分子们倡导的改革，我需要学习研究更多的东西。我关心和同情的是许多所谓的"文明国家"里女性面临的难以忍受的境遇，然而我无法在没有帮助的情况下完成这样艰巨的任务。于是我向那些生活在水深火热中的生灵解释她们苦难的源头，企图唤醒她们反抗的热情。我希望我的声音在这里比在巴黎更受欢迎，因为在巴黎动物们都那么无精打采，他们宁愿在腐坏的社会架构里颓丧，也不愿改变环境。

最后，我想说，我有无数计划等待实现，我也不瞒您说，我们分开的日子可能很长。与您分别是我整个人生中最最痛苦的事情。想到之后难以得到您的消息，我感到更加伤

一只老鹦鹉。

感。但您是怎么想的呢？我不得不听从一个迫切的声音，在这个声音面前所有的情感都得让步。

今天就先写到这儿了。时光流逝，我准备继续启程了。依旧是中午出发，您知道的。

金丝雀给燕子的回信

孩子，也不知道您能否收到这封信。由于不知道您现在身处何地，我无法保证您一定能读到这段文字，它蕴含着我对您母亲般的关怀和爱。如果老天保佑，您能收到这封信，您将看到为了这次远行，您所抛下的，是我们之间深厚的情谊和我对您的关怀，这种关怀显得有点儿啰唆，有时却能阻止您的鲁莽。

看到您进行这次危险的旅行，我的心里不免感到一丝担忧。我不想向您隐瞒我内心的忧虑和不安，可惜我们亲密的关系难以战胜思想上的分歧。我没能劝您改变主意，我也不认为我的看法就完全正确，但您得承认，我的错误远没有您的错误那么危险。我的错误是想得到应该得到的东西，而您的错误是想得到不该得到的东西。

您在充斥着伪激情的书中拼命寻找真正的激情，在迷途上誓不回头。您可得牢牢记住，把您带上这条路的不会一直陪伴着您。

幻想越多，破灭时就越惨。无论是我的内心还是我的理性，都让我为您担心，担心有一天您会遭遇这样的宿命。

我也知道我这样会显得有些唠叨，您也一定在抱怨我对您孜孜不倦的布道。如果您愿意，您就抱怨吧，可是无论如何，该说的话我还是得说。

有人告诉我，当下确实有不少雌性同胞在用自己的羽毛①从事写作。我发现您也被这种时髦的邪乎劲儿迷住了。不管您怎么说，我很好奇，在美丽的白纸上涂抹上丑陋的黑色到底有什么用处，又有什么好看的呢？让我们来谈谈吧！

---

① 原文中"plume"一词原义为羽毛，引申义为旧时使用的羽毛笔。

或者您写作的天赋异禀，或者您只是小有才华，再或者您根本没有任何写作的天赋。我再也找不出第四种可能性了。

就算走运，您天生就有非凡的写作才华。可在这个雄鸟们掌管的世界里，您的观点将永远无法占据主流地位，因为主流地位永远是留给雄性的。不过您将身处在一个比现在略高的地位，这个略高于雌性鸟类但低于雄性鸟类的地位暂时没有名字，它容不下您作为雌性的任何情感、工作和娱乐，也拒绝让您获得只有高我们一等的雄鸟们才能拥有的趣味、职业、忧虑和消遣。甚至您可能会将这些都混淆在一起，那将更是一团糟。

另外，除了成名后必将面对的公众生活，您或许还想要另一种更私密、更平静、偶尔能让您从取得的成就中走出来得到喘息的生活。您需要一个空闲、谦逊、和您共享这种生活的伴侣，他还得穿上您的成功、荣耀、您的批评者和仰慕者为他定制的男仆制服。这样的伴侣，您上哪里去找呢？如果真有这样的雄鸟，那未免也太可怜了吧？身边人时刻想着的是推翻自己作为雄性的地位，明明依靠性别优势可以开创自己的事业却非得成为妻子的陪衬，我想，上哪儿也找不到这样的雄鸟。即使您怀着最深的情和最真的心，最后也只会让您的伴侣极度不幸。您也可以选择强大而孤独地生活。这样的生活很酷，但也很可怜。换作是我的话，我宁愿用这份天生的才智来让日子更加快乐，并和身边的人分享这份快乐，而不是将天赐的才华用来让自己远离世间的所有快乐。还有些我没提到的小事情：仇恨、嫉妒还有诬蔑！在鸟窝里，这些都不可能存在，可是换做是在所有人都能读到的报纸专栏里，那可就需要认真考虑了。

先把报纸专栏的这个话题搁一边，我们谈谈您从事写作事业的小算盘吧！如果您不惹事，大家都高高兴兴的。可这就是症结所在呀！在自己的朋友圈里，怎么写都可以，因为大家都很宽容。但惹恼大众是万万不可的。因为他们可不会怀着宽容和善意的心来评判您的作品。

一开始，在这条荆棘满布的道路上我们会走得小心谨慎。随着前进的脚步越来越大胆，我们开始习惯于吹捧，赞美也会习惯性地涌向我们，于是就会失去了对现实的清晰判断，追求永远无法获得的荣耀。对于批评的声音，起初会充满耐心，可一旦对其生厌，便会恶言相向。为了反击批评，失去对现实清醒认识的鸟儿会严厉地向惊愕的朋友们指出批评者的智力平庸，之后便气势汹汹地躲进鸟巢。前进道路上遭遇的阻力激发了年少成名的鸟儿的自尊心。她把自己当作受害者，身边朋友的安慰接踵而至。才华横溢的鸟儿，本该更为理性，现在却完全变了。以上是我的第二个观点。

请允许我继续阐述我的第三个观点，虽然内容丰富，但是我们没有注意到同时从事文学创作和家庭劳动的雌鸟身兼作家、女儿、妻子和母亲的多重身份。想象一下，令人敬仰的作家一只手怀抱着婴儿，另一只手用来写作。她的孩子在她写作的同时还不停地破坏她的手稿，甚至是在她的作品上乱涂乱画。我就不细细向您描述这种一半是墨汁一半是婴儿食物的怪人了，免得让您感到不适。

不过我并不担心您会如此可笑。我太了解您了，您的趣味能让您远离这样的生活，所以我一点儿都不为您担心，也不会费心去提醒您要经得起它的诱惑。

令人敬仰的作家一只手怀抱着婴儿，另一只手用来写作。一半是墨汁一半是婴儿食物的怪人。

真正让我害怕的是，这种做法会让您接受一种思想，这种思想越是普遍受到谴责和抵制，接受起来就越快、越坚决；我担心您会把这种巨大的虚荣当作是高贵，它将永远是您保护软肋的武器，尽管您并不承认有什么软肋。也正是这种经过审慎考虑和预先计划的冒失行为，让您觉得您荒诞的梦想大有可为，您甚至丝毫没有想到地球上其他生命也是有脑子、会思考的。

我本打算给您写一封语气温柔、友好且简短的信，然而这封信却显得无比的严厉。亲爱的孩子呀，也不知道我能否成功说服您？您得记住，是我对您无限的爱让我写下了这样狠心的文字。如果不是因为如此关心您，我就不会费心如此严肃地批评您了。

最后，或许我的担忧是多余的。根据以往的经验，您并不会因为我给您提意见而感到被冒犯。可是，您也有可能把我的建议当作耳旁风。啊，如果真是这样，我将多么担心、多么不幸呀！

燕子的第三封信

红喉雀窝的故事

亲爱的朋友，刚才我碰到了最巧的事情：一只乐于助人的鸽子愿意为了帮我寄这封信而推迟行程。他身上带着些重要的急件，而且看起来值得信赖。我昨晚找到了这个落脚点，今天早晨我就在这儿给您写这封信，趁他还在欣赏周围醉人的美景，我得赶快把我近来旅途的遭遇、心情和一些奇闻逸事跟您分享。至于目睹身边美好的自然风光和享受眼下这份自由而从我心中溢出的诗意，我想先珍藏起来，改天再和您分享。如果我现在就描写这些美好的感受，这封信将永远无法完成。我更愿意好好准备，经过长时间的独处和思考，再向您传达我内心的这些感受。

若非环境所迫，我一定会改天才给您写信。可今天早晨一起来，我就有一丝不祥的预感，担心信中有糟糕的情绪。昨晚到这儿的时候，我结识了友好的邻居一家：鸟爸爸、鸟妈妈还有五只仍在母亲羽翼下的雏鸟。昨晚他们用最大的热情欢迎我的到来，今天早晨我感到理应去拜访他们打个招呼。第二次见面，我受到了更加热情的接待，然而也增加了我的不安，并验证了我的预测：正当我准备离开他们住所的时候，红喉雀窝里传来一声凄厉的惊叫，让我停住了马上要踏出门槛的脚步。眼前的一切让我震惊：一只雏鸟在练习飞翔的时候不小心从窝里掉到了地上，虽说没有摔得太重，可是鸟爸爸和鸟妈妈并没能松口气，因为一只巨大的猛禽正从上空盘旋下降。鸟妈妈立刻决定了应对方案，她向自己的丈夫交代了几句，又向自己的四个孩子嘀咕了几句，大概是说妈妈就要离开他们了。在混杂着永别的心情亲吻了丈夫和孩子之后，鸟妈妈俯冲向了还停留在刚才掉落地点的雏鸟，用自己的身体和翅膀护住了他。可怕的猛禽越飞越快，

眼前的一切让我震惊：一只雏鸟在练习飞翔的时候不小心从窝里掉到了地上。

他早就已经锁定了猎物，看到猎物一动不动，他更加确信，这将是一次唾手可得的胜利。

接下来发生的事情就像大家预料到的那样：鸟妈妈被猛禽抓走，雏鸟还留在原地。寂静了一阵之后 —— 出于谨慎，鸟爸爸来到这个伤心的地点，找寻猛禽利爪掠过之后留下的东西。他把孩子重新放回窝里，承担起这个家庭属于母亲的工作。事情就此告一段落。

我暂时不敢介入这令人伤心的场景，我注视着，不忍心打扰这位可怜的鸟爸爸，曾经他是那么的快乐、那样尽情地歌唱。这时，一个可怕的声响从远处传来，我和鸟爸爸不约而同地向声音传来的方向看去，一个新的危险似乎即将到来。然而发生的一切让我们欣喜若狂。我在这里就不跟您描述了，相信您一定能够明白，那只劫持了鸟妈妈的猛禽刚才被猎枪击中了。鸟妈妈很快飞回了巢穴，那个她以为再也回不去的地方。我和这个家庭共享这一兴奋的时刻。对于红喉雀一家来说，必须找到倾诉的对象：他们呼唤我，轻抚我，共同的痛苦和喜悦让我们陷入同样的幸福之中。

由于担心继续打扰他们会显得不得体，我起身离开了。这时，一只巨大动物，住在城里的那种动物，吹着口哨在慢慢靠近一片浓密的小树丛。那是一个偷猎者，躲在红喉雀看不见的地方。他背着一个背包，能看见他们的敌人的头从包里露了出来。偷猎者肩上背的，正是刚才击毙猛禽的武器。可怜的鸟妈妈，看到猛禽的头之后，忍不住开心地叫了一声。这一发自内心的啼叫，能感动世上最凶残的人。可惜，我所说的那些人并不会被感动。

"唱得好呀！我的美人！您的歌声真是动听！但是您最好的归宿还是被做成烤串儿。这些小的们吧，虽说没啥用，可一家人最重要的就是团团圆圆啊！"

那是一个偷猎者。

　　说罢，偷猎者抓住这些惊愕的红喉雀，把他们装进自己的背包，吹着口哨离开了。我今天就是因为这件事感到难过。

燕子的第四封信

　　亲爱的朋友，这几天以来我感到非常痛苦。因为一个小事故，纵使满心懊悔焦急，我也不得不中断行程，待在这个狭小局促的地方，而且可能得待上挺长一段时间。不过转念一想，能找到这样一个地方歇脚，我也应该偷着乐吧！

不久前，在离这儿不远的地方，我遇到了一场可怕的暴风雨，狂风用它巨大的力量将我重重地砸在了今天为我遮风挡雨的屋顶上。接着，我又从屋顶狠狠地摔了下来，我的一只脚也因此脱臼了。我自个儿还感到震惊，竟然只受了这点儿伤。

几只热情、直爽的麻雀，在暴风雨来临前就到了这个地方筑巢。他们发现我后，立刻就跑过来救我。可是不巧，太阳很快又重新出现，阳光一来，我这些好心的朋友就离开了这里。我艰难的处境并不能让这些麻雀留下来。他们离开后，我面临更大的窘境：在我养伤的这段时间，麻雀们的储备粮已经被消耗得所剩无几，可我又尚未恢复到能够外出觅食的程度。

自打受伤、受穷以来，关于我的邻居红喉雀一家、关于您的回忆，自然会纷纷地重现在我眼前。红喉雀的父权现象是那么严重，待人又是那么好客；而您对我的友谊是那么深厚，您内心如此平静，我在感到伤痛时，总会想到您的温柔。

虽然孤独有如此大的魅力，但也带来许多不便。我这样说，并不是想让您感到痛苦，因为我相信您听了以后会高兴。我承认，此刻我特别需要我之前严重怀疑的东西，而且在这种时候，朋友的照顾和关怀对我并不会有坏处。可是明天也会这样吗？

尽管我在出发前就考虑到在这样长的旅行中会遇到障

碍，尽管第一个小小的障碍并没有让我泄气，也没让我受惊，我不想隐瞒您说，您是一个平静的人，勇敢地与威胁您稳定生活的一切作斗争，您有比我更大的耐心，来忍受着我这种小小的伤痛。我认为这是因为您习惯待在原地，这种被迫的休息，并不会影响您的头脑和内心习以为常的平静。而对我来说，这就完全不一样了。

这种躁动是我幸福的源泉，在我身上已经根深蒂固，我觉得，如果我要很长时间这样什么都不做的话，我是会疯掉的。

我时常听到周围传来的难听歌声。很不幸，我附近住着一只恶毒的伯劳鸟。也不知道是怎么回事，她竟是两只可怜的莺的婆婆，把她们完全囚禁起来，而且似乎很喜欢违背自然规则，强迫她们唱一些明显不是为她们年轻的嗓音定制的女低音歌曲，有时这两只莺甚至要唱上一整天。伯劳鸟是位寡妇，一天中的大多数时间她都用来训斥、监视她可怜的儿媳妇们，尽管两只莺的行为都再正常不过。伯劳鸟就是一个女性暴君，她的思想和处事原则与我完全背道而驰。因此，当她通过我的老相识，她唯一的朋友松鸦请求在她离家期间（她离开家相当于一个奇迹）由我代替她"照顾"她的儿媳妇们时，我断然拒绝了。我非常清楚这份工作的报酬将会非常丰厚，以我当前的状况，无视这样一份能让我解决吃喝的工作，这很不慎重。可我真是无法抑制内心的抵触。这份"狱卒"的工作让我感到恶心。为了我自己，也是为了那两只可怜的莺（如果接下这份工作，我将负责阻止她们呼吸，不让她们在自由的环境里去生活、去爱），我觉得我做不到。

但是我的举动冒犯了这只脾气暴躁的老伯劳鸟，我之后是没法指望她对我有任何帮助了。所以我得鼓起勇气。

她竟是两只可怜的莺的婆婆，把她们完全囚禁起来，而且似乎很喜欢违背自然规则，强迫她们……

倘若我的伤势总是不见好转，我得克服伤痛，一瘸一拐地去别处寻找富有同情心的人，最重要的是，他们必须有开明的思想。

您曾用您令人感动的善良，在与今天类似的情形下收留过我，分担我的痛苦，为我唉声叹气，超出了我所应得的。一想到您深情的关怀，我就有了力量，就像您机智的怜悯曾给我带来力量一样。所以，请您继续给我同样的关怀，让它笼罩在我头上，指引我前往等待着我的幸福的地方。我今天远远地在这里，就像以前近近地待在您身边，感受着您有益的关怀。

我的头脑现在仍被忧愁包围，以至于无法利用当下的空闲来收集资料，用于我计划要写的著作。我很伤心，我病了，孤独的内心有许多想法想被别人听到。收到这样一封没什么内容却如此冗长的信，请您不要惊讶。随信献上我的心。远离了您，我的心空空如也。

燕子的第五封信

我离开上次向您写信的那个暂时居所已经一个月了。一只在周遭闲逛却没有明确方向的朱顶雀，答应做我的拐杖。我立刻抓住这个机会，离开我烦人的邻居还有长久以来让我怒火中烧的牢笼。我的脚暂时还无法恢复到原来的状态，虽然我的同伴不停地安慰我一定会好起来，但我依旧担心我余生或许将永远当一个跛子。这时候想到那篇叫做《两只鸽子》的寓言正合适不过，不是吗？这篇寓言也是您批评我喜欢流浪时最喜欢引用的文章之一。

可能面临的终身残疾又增添了我的忧虑。我在途中时常需要通过伙伴的欢笑来暂时忘记伤心。

身处这些陌生的鸟儿中间，我曾指望的未来日渐昏暗。我的思想、我的计划都无法成功面世。在这里像在其他地方一样，雄鸟拥有至高无上的地位；在这里像在其他地方一样，雄鸟是我们雌鸟的主人。我们能做的，只有承认这个事实并逆来顺受。有一种流行性传染病强迫雌性鸟类被统治、被击败，这种病几百年来不断地从母亲传给女儿。在我们找到金鸡纳霜或牛痘等办法，治好雌鸟身上这种固有的疾病之前，智慧只能让位给暴力，雌鸟们也只能默默地被套上枷锁。

但我绝不会屈服于雄鸟的奴役，我将耗尽我的一生来实现雌鸟的解放。我觉得您这类雌鸟对于陈旧道路的坚持，似乎在某种程度上阻碍了我们实现雌鸟解放的进程。由于找不到对抗您所代表的那种习惯力量的方法，所以我们的一切努力都难以取得显著效果。我深切体会到这点，并对此感到惋惜。可我又能做些什么呢？坚持？努力？受难？让我的名字被未来的雌鸟们铭记？这样的理想固然美好而又高尚，然而我承认，它并不能给我足够的勇气，以对抗在前面等待着我的失望，或重复过去两个月来我所经历的忧愁。

于是我被未知包围，每天得过且过。只等待有一天，或许老天保佑，我能找到办法，摆脱当前的焦虑。

我担心我头脑简单的朱顶雀朋友很快就要对她现在做的善事感到厌倦。我对未来社会的构想有时并不是那么容易被接受，我能感觉到她时常试图中断我们关于这个话题的探讨。

尽管我一点儿都不想见人，我的朱顶雀朋友昨天还是把我拉到了一场热闹的集会上。要是放在过去，参加这种集会一定会让我感到狂喜和充满希望。集会只向雌鸟开放，我的所有期冀都与集会上年轻雌鸟们内心迫切的呼喊不谋而合。关于我们未来的合法权利，大家慷慨激昂，讨论得非常热烈。我实在搞不懂面对我们所提出的变革，反对者担心失去什么。反正今天的立法者马上就会被下一批取代，下一批的立法者也跟这些雄鸟一样：数量多、任期长、体型大。是时候听听雌鸟们的声音了，我们已经太久没有听到她们的观点。

集会结束后，我们又来到了一个纯文学创作工作坊。工作坊的组织者是一只斑鸠，她向我们生动地介绍了她年轻时候的故事，这些回忆她仿佛至今还历历在目。她还向我们讲述了她的许多爱情故事，为了这些爱情，她写下了大量的诗篇。斑鸠发言之后，一只害羞的年轻山鹬当众演唱了一首自己作词的曲子。由于她太局促不安，我不太能理解歌曲想表达的意思。不过女儿演唱时，她母亲急忙向大家补充她因

斑鸠发言之后，一只害羞的年轻山鹬当众演唱了一首自己作词的曲子。

为紧张而没有被唱出来的歌词。有了这些补充解释，我们就
能更好地欣赏这个表演了。

　　众多来自不同社会阶层的其他鸟儿，本来只是抱着观
赏节目的心态前来，在被再三恳求之后，最终妥协于大家的
请求，战战兢兢地走上了舞台。回忆给她们带来了无数诗
歌、散文和音乐的创作灵感。需要分享的内容是如此之多，
想让大家停下已为时过晚。散场时，大家都纷纷向女主人道

谢，感谢她的优雅和多才多艺为我们带来这么多的欢乐。她既能利用她的才华做出最独特的创新，也可以在最温柔、最感人的话题上大显身手。

我让自己的思想从包围它的旋风中稍获喘息，但我很快又重新感觉到暂时被遗忘的灵魂深处的忧伤，于是带着疲倦和忧虑进入了梦乡，想着今后又该重新开始等待，却不知等待什么；我又该继续前行，却不知前往何方。

燕子的第六封信

亲爱的朋友，在多次失望和无谓的尝试之后，我能做的难道不就是在我的朱顶雀朋友的陪伴下完成这次远行了吗？您若不是如此善良，此刻肯定会对我无情嘲笑。好在您不是那种落井下石的金丝雀。而且，睿智的您能轻易发现我此次远行的荒谬一面，虽然这并不占主要地位。回到您身边时，我会忧伤、会沮丧，但不会改变自己的想法。这次远行只是让我懊恼，我所代表的思想决定了我无法像您一样享受您的思想给您带来的快乐。我希望能够改变自己，因为是时候放弃改变他人了。

我并不认为我做错了，只是我自认为无法证明自己是对的。然而，自己做错了和无法证明自己是对的，其结果都是一样的。我观察过、央求过、像传教士一样布道过，可我接触到的都是些聋子：雄鸟们听完说的话耸了耸肩，雌鸟们拒绝听我的发言并同样耸了耸肩。倘若我还想继续我的斗争，恐怕需要获得我当前并不具备的耐心，我敢肯定您身上也没有这样的耐心。

再有，我现在残废了。在这个世界上想完成一个这样困难的使命，哪怕是简单的行善，都需要有一副好的皮囊。在这样一个飞速发展的时代，人与人之间的碰撞永不停歇，一只跛脚的燕子能够家喻户晓的概率微乎其微。从意识到这一点的那一刻起，我便开始感到泄气，而一直以来我都笃信预感。

于是我停下脚步，甚至开始调转方向返程。巴黎的春天马上又要来临，我希望能和它一起回到巴黎，毕竟就像咱俩说的，春天来得如此之慢大概是腿脚不太好，就像今天的我一样。

到时候，我将向您介绍我的好伙伴，虽然有时候她会显得有些冒失。这只朱顶雀有顶好的心肠，至于她的头脑，您就别抱太大指望了。

鲁莽的鸟儿们通常都比较善良，我也意识到我对这类鸟儿的偏好并没有让我失望。我想我再也无法得到比我的朱顶雀朋友给我的关心更大的照顾，而且我发现她并没有觉得照顾我是一个累赘。我希望您能向她传授一下基本的处事原则，作为我对她照顾的答谢。您不知道，我这位朋友的小脑袋瓜总是能不断地想出各种各样的蠢事。

我的朱顶雀朋友曾经爱上了一个我们路上遇到的浪荡

子。我不得不目睹她为了追随这个浪荡子而弃我而去的那一刻，而只能用最凄凉的方式描述离开她之后我的悲惨处境，以说服她离开那个对她来说只是有美好皮囊还略显放肆的自大的浪荡子。我确信，这个浪荡子会给她带来不幸。曾经的一次心碎让我学会不要通过外表来判断别人，因为您应该记得，世界上没有比让我流了无数眼泪的负心汉更英俊的皮囊。我的这一段隐秘的忧伤，震惊了我这位没头脑的朋友。通过严肃认真、合情合理的劝说，对她进行有效的监督，我们能成功地让她免于遭受心碎的痛苦。

您看，不知不觉间，我谈论起"监督""严肃"这样的词，就仿佛它们和我所信仰的原则并非针锋相对。这意味着什么？我染上了大众的通病。这是不是意味着我也得放弃那种无时不在的内心满足？在我唯一和初始的道路上，无论世事如何变迁，我都绝不动摇。我真的不知道答案。这场旅行，我本希望它能对我有所教益，但它从我所陌生的角度向我展示了生活的面貌。在意识到这一点之前，我一直只看到现实的弊端和变革的好处。当然我现在仍然能看到这些，只不过现在的我，懂得算计改变会带来什么危险了，哪怕这种改变一定能带来裨益。维持一个坏的体制好过改变它，我并不是第一个说这句话的人。

亲爱而温柔的朋友，当我回到您身边时，您将看到这样一个我：忧伤、屈服于现实，即使觉得世界丑恶但再也不想强迫它变得美丽。可能您觉得这个转变很合理，可对我来说是一次幻想的破灭。谁又知道这是不是同一个东西呢？在没人打扰的这段时间，我仔细想了想我学到的东西：真正的睿智就是满足于眼前的幸福，而不是以当前的幸福作为代价去奢求更好的东西。这份睿智，目前的我尚未拥有，但您却拥有。我准备一直在您身边生活。希望能马上见到您，且和您再不分离。

第七重天 [1]

——穿越云端的旅行

P.-J. 斯塔尔

幸福总在梦中！ [2]

一

我就这样去世了……

就像人们还分不清生和死

孰优孰劣时便死去；不知以何种

方式，也不知道在哪一个时刻死

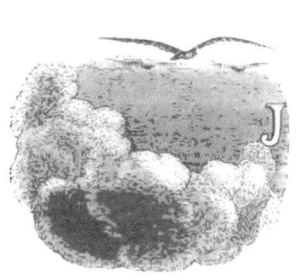

---

① 西方传说中的善良之地有七重天堂，故第七重天是至善之地。
② 选自在 184X 年 X 月 1 日逝世于达姆施塔特精神病院的一只德国雄斑鸠未出版的回忆录之《梦境》一章。

去，在世间没有激起一丝涟漪，用世上最简单的方式，就这样死去。

我的死太过突然，我的灵魂甚至没有发现它已经离开了我的肉体。所以在离开的过程中，它并没有受太多苦。

如果死亡并没有什么大不了的，那么为什么活着？

我没有留下关于死亡那一刻的任何记忆。除了在断气之前，我记得月亮在无云的天空中温柔地照耀，就连我的灵魂发现它不再属于大地时，月亮也没有收起它的光芒，天空也没有失去它的纯净。再有，我还记得我的死亡并没有给我曾生活过的地方带来任何改变。

大千世界又怎么会因为我这么一个小东西的死亡而做出任何改变！

二

我曾想，我的灵魂和肉体能分别得如此顺利，主要得益于我的灵魂完全信赖我的肉体。它相信这个忠诚的服务者善良的天性，以及它在凡间的行为举止。

事实上，当我的灵与肉尚未分离之时，我的灵魂就多次为了另一种生活而抛开我的肉体，有时甚至完全遗忘了它！

在那些幻想出来的生活中，我的灵魂不满足于这个大地，把这个新的世界当作一种预感或是回忆。会不会这类梦境在我们不知不觉间就已经把一种生命转换成另一种生命了！

三

然而，见到这位忠实的朋友失去生命，看到这具上一秒还听命于它的肉体，想到必须马上放弃这具躯体——把它交到死神手中，就意味着让它毁灭甚至消灭它；换句话说，就是把它转交给这无情的孤寂，孤寂会包围逝者并控制他们，无论他们周围如何嘈杂，它都迫使他们孑然一身——我的灵魂注视着我的身躯，黯然神伤。

"你能不能别走得这么快呢？"我的灵魂对肉体说，"如果你放慢死去的脚步，我就能感受到你正在死亡，分享你的不幸；如果你曾有痛苦，我还能和你一起分担痛苦。这样，我就能在你生命的最后时刻与你做伴，至少我们在离别前能够好好地互道永别。"

"可怜的身体！"我的灵魂继续说道，"你现在默不作声，但请你听到我的声音，速速醒来，请你再看你热爱的这片丰饶田野最后一眼，只要你的一个动作，一个动作就好，我就能确信我们曾共同度过的这一生并非幻梦，确信你确实在这个世上存在过。"

四

第一次，我心中的呼喊没有得到回应。

它伤心地问："为什么要爱上那些注定要死去的东西？没有永恒，为什么要行动？为什么还要结合？"

"既然别无选择，那就让我们分开吧！"沉思良久，它终于说，"但就像命中注定我们要分离，当灵魂回到自己的肉体上时，我会在尘埃里认出你的尘埃，把你刚刚失去的生命交还给你。永别了，请相信我！别怕我会认错，因为我只回到你一个人身边，这一次，我将永远陪伴你。"

五

宁静的夜，只有偶尔几片落叶离开树木的声响打破这份静谧，落叶，是因为它们也死了。

突然，远处传来猛禽阴森的叫声。

我的灵魂被吓坏了，大声地喊："树上的小花儿们呀，请你们落在这具毫无遮挡的躯体上吧！它所热爱的绿叶，请你们把它覆盖，别让它被那只亵渎神灵的秃鹫看见！"

可是，唉！那可怕的叫声再次传来。不过，这一次，它很近了。

就在这一刻，在我身体中的最后一滴血停止了流动，并凝结在血管中。

就在这一刻，在我身体中的最后一滴血停止了流动，并凝结在血管中。

六

有个必须服从的声音要我的灵魂离开大地，回到天上，它在人间的任务已经完成，而天空则是灵魂的故乡。我感到内心深处有一种甜蜜的欲望，想前往声音所指的那个方向，我感到自己很快就离开了地面，仿佛我会高兴地被这纯洁欲望的无形翅膀拖上天空。

七

也是在这一刻，我忘了我曾经有过肉身，对我来说，我好像从来都只是一个纯粹的灵魂。

我平静地上升，周遭的空气也如我一般平静，根本不需要我做出任何动作。只要这样，我就成了一个不死的灵魂，用来从地面升上天空。于是我服从新的要求，有点儿像我们在尘世相爱和思考，虽然不知道如何去爱也不知道如何思考。

八

很快，我就远离了地面，远到此刻在我眼里，大地就像是在广阔空间里的一个小点。我就这么飞升——飞了很久，直到最后再也看不到它。突然我意识到，离开地面的我，孤孤单单。

"唉！"我的灵魂感叹，"在天上等待我的东西一定要让我忘记我所失去的东西吗？谁将把我所抛弃的尘世间爱我的东西归还给我？这么说，痛苦啊，你也是不朽的！"

九

鼓励真诚相爱的苍天，为什么不能让曾经真心相爱的灵魂在上天的荣光里继续相爱，并彼此保持清晰的回忆？

十

我还是得继续上升，继续穿过天空中无声飘浮的云朵。我见到了无数星星，并一一从它们身边飞过。"亲爱的星辰，天使的盛装，我该向何处去？"

它们听到我的提问，却没有回答，只是腾出一条通道，让我前行。

十一

这一部分天空，投掷出善良的阳光，让大地的花儿开放，果实成熟。现在，它就在我身体下方，好像缀满钻石的蓝色地毯。但我很快就飞过了这里，来到了一个没有星星的地方。

我感到了一种敬畏，茫然地停了下来。

"继续前进吧，放心吧，"有个声音对我说，"你不知道吗？你现在已经在天上，这里没有痛苦，没有什么好怕的。

跟我来吧，我们只有到了你感到幸福的地方才能停下。"

"啊！幸福，幸福！"见我还在犹豫，那个声音又说："相信我吧，跟我来。"于是我选择了相信它，并跟着它走，因为如果世上有信任，那一定是在天上。

十二

一直用声音指引我的，是一个年轻美丽的不朽灵魂，它来自一只幸运的白鸽，尚未享受生命的第一缕春光就被死神夺去了生命，死神甚至没有给它从壳中孵化的时间，不过它也因此没有遭受人间的苦难。白鸽的灵魂在天界主要负责指引像我一样新来的灵魂，之后再以最快的速度将它们带到它们该去的地方。

十三

在这之前，我的视力还没有完全恢复。到了这个地方，我才看到刚才我没能看到的东西。出现在眼前的是各个物种的灵魂，它们像我一样，都在赶往各自的目的地。它们也像我一样，都有自己的向导。

发现自己身处如此多的灵魂当中而不知将会遇到什么，我感到有些害怕，同时又存有一丝希望。

"为我引路的灵魂呀，"我对走在我前方的白鸽说，

"斑鸠的天堂离这儿还很远吗？"

"你看，"我的不安和焦急让她笑了起来，"你看天空中最高的那个光点，那里就是第七重天。我们的目的地就在那里。"

"啊！谁会在那里等着我呢？"我想，"会不会是她呢？"在继续上升的途中，我忍不住发问："为什么我会死呢？是因为死神非得要把我和她分开吗？"

十四

又路过了无数世界和无数层天，很久之后，我们终于来到了一扇闪耀着比阳光还耀眼千倍光芒的大门，门上用火红色的文字写着："此处，爱将永恒。"下面写着："此处，我们恒久不变，如果改变，那也是为了更好地去爱。"

随后大门打开，我无法用言语描述我所看到的东西，因为我不知道怎样才能准确地形容满天的光芒。它既耀眼又温柔，它照亮我们心中的黑暗，甚至不费吹灰之力，它就能看清一切，弄懂一切。

十五

"现在，我们到了。就是那儿！"小白鸽对我说，"你的目的地到了，我们就此别过！"

她的话音未落，我的目光便已被天空的一角吸引。在一朵比其他云朵要纯净三倍的云中，我发现了一颗神赐的珍珠，一朵永不凋谢的鲜花，一个宝贝，啊，我的宝贝！终于见到你了！我最最亲爱的斑鸠！

"啊！"我高喊，"我心爱的，是你吗？我看到的真是你吗？"

我满怀欣喜地向你奔去，你也大声地对我喊："啊！你是多么爱我！"

你一点儿都没变，甚至有了更多的非凡之处。我越看越觉得你比以前更美。我从你的第一个眼神里就读出了爱意，我该如何向你诉说？来吧，我的姐妹，忠诚的心中所有的伤痛瞬间就能治愈。

"我得知你去世的时候，"你对我说，"我没有想过为你流泪，只是想随你而去。我好幸运，我难过得让我几乎与你同时死去。"

谁还能不相信幸福？我们就如此幸福！幸福得让你感到不敢相信："唉，这不会是梦吧？"

十六

可惜，这真是一个梦……

可做了一个这样的美梦，为什么还要让我醒来？这场梦境、我的幸福都是如此短暂。当我再次睁开双眼，我以为已经和你一起离开的这个世界没有任何改变。月光仍那么亮，天空仍纯净。我再次孤身一人，再次远离了你，来到这个感情不知何去何从的世界上。没有什么可以叫醒沉睡的大自然，除了猛禽在深夜寻找猎物时发出的恐怖叫声——这竟是我梦中唯一的真实。

永别了，亲爱的你！

关于以上片段之作者的生平注释

我们相信，人们会因为我们在这里加上有关上述文字的作者生平而向我们表示感谢。有关该作者的所有生平细节都来自达姆施塔特精神病院的院长，可以保证绝对真实。

上面提到的那只雄斑鸠不到两周前在达姆施塔特精神病院去世了。

尽管他年纪尚轻，他的早逝以及死因并不让生前了解他的人感到惊讶，我们的读者也许也同样。

他的童年充满了艰难和不幸。他很小的时候就成了孤儿，他的父母有一天突然消失了，没有人知道他们到底出了什么事。然而，这些善良的鸟儿全都这样，由于思想单纯，在他们所居住的森林里受到爱戴和尊重，他们都认为死亡或者至少是暴力，才能使父母离开他们亲爱的孩子。不过从这个悲惨的日子起，人们就再也没有听到他们的消息。

他很小的时候就成了孤儿。

这个可怜的孩子倒是活了下来，这都得益于上苍保佑，也因为某些善良的邻居，他们常常从自己雏鸟的口粮里节省出一些来喂养他。

斑鸠从羽翼丰满能够飞行开始，就下定决心要去寻找自己的父母。后来他真的勇敢地出发了。唉！这又未尝不是一场空想。

"我会找到他们的，"每当有人劝他说，这一勇气可嘉的举动最后只会徒劳无功时，他总是固执地答道，"我一定会找到他们，除非我累死了。"

在很长一段时间里，他拍动翅膀，跟着希望走，向遇见的每一个人打听他父母的行踪，但总是没有结果。

在一次旅行中，他遇到并爱上了一只美得像白昼一样的年轻雌斑鸠，这只斑鸠也爱上了他：因为他是如此不幸！

但对于忠诚者来说，爱情并不会让他忘记自己的职责，恰恰相反：他不但没有放弃虔诚的找寻，反而觉得找到了新的力量更好地实现梦想。

"我会回来的。"离别的时候，他对他所爱的雌斑鸠说。

"我会一直等你的。"雌斑鸠伤心地回答。

他们从此分别。他在路上总是这样对自己说：

"她会等我的。"

她确实在等待。

可等待了这么长时间之后，这可怜的雌斑鸠（确实得这么形容她），等不到爱人回来，最后成了另一只斑鸠的妻子。雌斑鸠们都害怕做老姑娘。

经历了无数次失败，付出了巨大的努力之后，斑鸠沮丧地回到了他所爱的人身边……他看到自己的爱人已经属于一个与自己无关的家庭，身边簇拥着她和别人所生的可爱的孩子。他悲痛欲绝，失去了理智。我们为了比这更小的事情也会失去理智。如果雌斑鸠确信他能回来，她绝对不会放弃等待。但老斑鸠们说了很多远行的有情人的坏话，不断催促年轻的雌斑鸠赶快结婚，天真的女孩最后听信了他们的话，做出了让步，但内心并非没有遗憾，她的良知和内心肯定备受煎熬。

看到自己从前的未婚夫重新出现在眼前，看到他一副前所未有的痛苦模样，女孩的绝望和内疚感达到了顶点。

但她又能怎么办呢？

作为一只明白事理的雌斑鸠，她继续扮演好母亲的角色，加倍关怀孩子们，她的丈夫也没有因此失去幸福的生

看到她的小家庭时，大家都会说："看，她多幸福！"

活。她将自己的痛苦深埋心底，没有人看得出来她内心的波澜。看到她的小家庭时，大家都会说：

"看，她多幸福！"

许多人这么说，但他们从来都不知道幸福为何物。

至于我们可怜的雄斑鸠，由于他的疯狂并不会威胁到别人的安全，人们也相信他的病症会自动消失，所以就让他随意活动。最后他隐居在一座美丽高山的顶峰。

在那里，他日日夜夜地梦想。

在那里，他日日夜夜地梦想。

他在尘世间无法找到的人，有时或许能在梦中游移的国度里遇见。在那里，人们除了生和死而返回家乡之外，都喜欢在外远游。我们在他死后，在一片落叶下发现了他的一份手稿，这可证实我上述所说。他给这份手稿命名《一个疯子的回忆录》，卷首题词是："幸福总在梦中！"整份手稿几乎用的都是散文体。相比于严格押韵句式整齐的诗歌，从内心流淌出的不带韵脚的诗句更能表达他心中的自由和不羁。

毫无疑问，我们之前所引用的那段文字，一定是写给他心里的那只雌斑鸠的。因为对他来说，世上只有一只雌斑鸠。

有些爱开玩笑的鸟儿或许会嘲笑这只可怜的雄斑鸠及其不幸，尤其是他写的东西。但没有一只雌斑鸠会这么做。我想问她们：是否有雌斑鸠不希望在自己的生命里遇到一只如此忠贞的雄斑鸠呢？

注：为了让这个故事的一切都变得清晰明了，还需要补充说明一下雌斑鸠得知自己爱人的死讯之后发生的事情。她没能承受住这个噩耗。她的孩子们已经羽翼丰满，不再需要她的照顾，所以她也去世了，世间再也没有什么羁绊能够阻止她。希望上天能让所有的美梦都实现，正如我们的雄斑鸠所想的那样。他的女友在天上找到了他。我们坚信，在天上，所有的美好情感都应该有自己的一席之地。

　　或许有的人会说，在决定为爱人而死的那一刻，雌斑鸠最好等待他并且为他继续活着。这显然是站着说话不腰疼。对我们来说，首先要关注的是事实真相。记录一个故事并不像写小说那样；当涉及确实存在过的人物时，我们不应该在纸上写下任何与事实不符的东西。

二兽之恋

给智慧者提供榜样 ①

（动物爱情故事）

奥诺雷·巴尔扎克

一

格拉纳尤斯教授

　　一天晚上，格拉纳尤斯教授在椴树下自言自语："现在巴黎城里最奇怪的就属雅尔佩阿多了。要是法国人都能像他那样为人处世的话，我们也就不用都守着条条框框和清规戒律，也不会看到那么多丑事发

---

① 在这个故事里，我们要讲一种杰出的动物，他想证明那些被人类贬称为野兽的造物要优于人，并希望保持匿名。但一切都向我们证明，他在安娜小姐的情感中占有很重要的地位。他属于思想家一类，笔者对他们深有体会。——原编者注

生了。一切都表明，正是'理性'这一人人为之骄傲的品质，才造成了社会的种种丑恶。"

安娜·格拉纳尤斯小姐那时正爱着一个研修自然学的学生，常常羞红着脸，况且她一头金发，细皮嫩肉，宛如苏格兰小说的女主角，再加上一双蓝色的眼睛，总让人忍不住多看几眼。她发现，这位青年看上去老实得近乎愚蠢，像个老教授，说话乏味，举止做作。她站起身，去植物园散步，植物园已经关门，因为已是晚上八点半。在七月份的时候，当夜曲响起，植物园便会让游客离场。在这样僻静的公园里散

格拉纳尤斯教授。

步，实在是件惬意开心的事，尤其有安娜在旁做伴。

"我父亲对整天弄得他晕头转向的雅尔佩阿多先生是怎么看的呢？"她一边想，一边在大暖房旁边坐了下来。

美丽的安娜陷入沉思，在她身上不难看到年轻人才有的全神贯注的劲儿，她专心地思考着，浑然忘我，就这样呆坐在石头上。老教授忙得没有时间来找他的女儿，任她一人烦躁不已。要是在 400 年前，她这样是会被送上巴黎沙滩广场烧死的。这就叫生逢其时。

她就这样呆坐在石头上。

二

雅尔佩阿多王子

雅尔佩阿多发现在整个巴黎城最奇特的是他自己，就像一位从热那亚飞到凡尔赛的总督。这个身材不算高大的小伙子也许双腿纤细，但衣着讲究，气度不凡，穿着一双饰有宝石的皮靴，靴子的三边像中世纪的高筒靴一样高高立起。他披着一件唱诗班成员那样的无袖长袍，这在他的家乡卡特利亚纳可是时兴的打扮，但在查理十世统治下，教会的显贵人物都以此为耻；长袍上饰着阿拉伯式的图案，青金石样的底色上布满小钻石，袍子从中间分开，就像碗橱的两扇小窗；两边由一条金色的铰链连接，跟神甫的法衣一样可以任意从下往上滑动。他是克克里鲁布里的王子，所以显得非常庄严，他戴着漂亮的天蓝色护颈甲，头上的羽饰精美得让王子们在国庆节才会用来装饰简简军帽的绒球都相形失色。

但安娜觉得，他除了手臂太短太细之外，还是很有魅力的。那高贵的朱红肤色显出他纯粹的血统，与阳光十分和谐。是因为太阳的光芒让他看起来熠熠生辉，高贵如斯？看到他的样子，还会有人在意那微不足道的缺陷吗？但安娜很快就明白了父亲的用意，看到了在可怕的巴黎不被人注意的那些神秘事物之一。巴黎，多么充实而又空虚，这里的人们既傻里傻气又博学多才，既焦躁不安又灵活轻快，比学究的德国更富有幻想，远远强于霍夫曼①所在的地区，那位庄严的柏林法院议员在那里见识了那么多事情。

事实上，跳蚤师傅②和他逐渐加厚的神奇镜片从来就不及女巫的催眠术那么强大，"欣喜"仙女魔杖一挥，那种能摧毁一切的力量就交给了迷人的安娜。"欣喜"是我们仅存的唯一仙女，我们的诗歌和我们最美好的梦想都要归功于她，但她的生存在科学院（医学系）受到了严重的损害。

三

圣安东尼的另一个诱惑

这座玻璃宫殿的三千扇窗户映照着月光，这束光很快就变得像是日落之时太阳落在古城堡上的一道火焰，远远路过的旅者或是归家的农夫常常产生错觉。仙人掌倾洒出它宝贵的味道，香草发出了阵阵芬芳，马鞭草③的浓密枝叶跟它漂亮的花朵散发出醉人的香味；这些植物好似舞女，菖蒲上的茉莉喋喋不休，玉兰使空气充满微醺的醉意，曼陀罗的气味像波斯国王那样声势盛大地袭来，威严的中国百合比我们

---

① E・T・A・霍夫曼，德国著名的浪漫主义小说家、画家、作曲家和法学家，其作品具有神秘怪诞的色彩，下文提到的跳蚤师傅出自他写的同名童话。
② 在《跳蚤师傅》中，跳蚤师傅赠予故事主人公的神奇镜片可以透视人的内心。
③ 马鞭草是中国特有的植物，19世纪法国将其引入，在暖房栽培。

的晚香玉要强十倍，花球就像荣军院的炮弹一样①，倏然穿过这热烈的气氛，收集各种香味用来武装自己，就像银行家在所到之处疯狂投机敛财。在这片灯火辉煌的丛林之上，令人晕眩的疯狂大合唱正在进行，就像穆萨②在巴黎歌剧院里挥着指挥棒，在炫目的灯光和音乐的声浪中，带领巴黎的男女老少疯狂地跳圆舞。

芬娜公主是无花果国最漂亮的女子之一。她穿过草地湿润光滑的诺帕利斯坦山谷（那是人们抢来献给王子的住处）去见雅尔佩阿多。这次，他可没法躲过去。在这个不光彩的联姻计划中，政府给了王子一个妖女，她的眼睛像星星一样闪闪发光，诡计多端如美第奇家族的凯瑟琳③，身后跟着由美丽的女臣民组成的危险的侍卫队。

她远远望见王子，朝他挥了挥手。手势一出，一首曲子便在芬芳寂静的夜响起，像极了麦布女王④的谐谑曲；在《罗密欧与朱丽叶》的交响曲中，伟大的柏辽兹拓宽了乐器的艺术界限，加入了蝉、蟋蟀、苍蝇的声响，还原了大自然的声响：正午时分，高高的草丛中，溪流在银白色的沙滩上潺潺流淌。柏辽兹的曲子精致优美，这才是安娜内心的音

---

① 荣军院是路易十四下令兴建的一座用来安置伤残军人的建筑，此处用来强调百合花与众不同的浓烈香气。
② 菲力蒲·穆萨（1792—1859），19世纪巴黎歌舞音乐作曲者与指挥。
③ 美第奇家族，1434年创立的意大利佛罗伦萨名门望族，凯瑟琳·美第奇是法国国王亨利二世之妻。
④ 麦布女王，凯尔特神话故事中的仙女，据莎士比亚在《罗密欧与朱丽叶》剧本中的描述，她可以帮助人类变梦为现实。

乐；大号洪亮粗犷的声音与巴塔琴①的延绵之声相应，琴声抒发爱情，使人想起那些感情丰富的女人的美梦，一个吸鼻烟的老头经常是边擤鼻涕边（在门口）烦扰她们！

光线对这些美丽的生命关怀备至，先是香气扑鼻，最后音乐缭绕，那是光线孕育的果实，他们本身就是光，现在又回到了光之中。在这场令人沉醉的香味与声音的音乐会之中，雅尔佩阿多王子如痴如醉。这是多好的王子啊，诺帕利斯坦地区最富有的王子要结婚了。芬娜，政府临时安排的"克利奥帕特拉"②溜到王子脚边，六个少女载歌载舞，舞姿可与西班牙的卡楚恰舞和哈来奥舞媲美。这些欢快的精灵发出的低沉叮当声比柏辽兹的神圣音乐还要美妙。舞蹈是由处女表演的，所以显得特别端庄。这种技艺精湛的民族舞是由先辈传给舞蹈者的，而先辈们又是从阿拉伯仙女那里习得的。它纯洁而又撩人，就像加格里亚来附近希腊殖民地坎皮达诺妇女们跳的圆舞那样精彩。（你去过撒丁岛③吗？没有。太遗憾了。去那里看看穿得亮闪闪的女孩吧！）毫无疑问，你会善意地看着那些纯洁的女孩手拉着手，十分得体地转动着身躯。不过，合唱太性感了，弄得那些不苟言笑的英国领事不得不离开，他们甚至在议会中也从来没有笑过。可是，撒丁岛坎皮达诺省的那些女子，虽然会跳纯洁而又性感的舞

---

① 巴塔琴是由意大利制琴师安东尼奥·斯塔蒂瓦里1714年发明的大提琴。
② 克利奥帕特拉，一般称为"埃及艳后"，曾出于政治目的色诱恺撒大帝及他的手下安东尼。
③ 撒丁岛，位于意大利以西的地中海岛屿。

蹈，但与芬娜比起来却差远了；就像迪比夫的肖像画远远不及拉斐尔①画的德累斯顿圣母像（我们不是指画作水平，而是表现力）。

"你想杀死我吗？"雅尔佩阿多大声地说。出于谦逊和爱国主义的考虑，他本该让一让某位英国领事。

"不，亲爱的，"芬娜凑近他的耳朵，温柔地说，像猫舌头上的奶油一样甜腻，"难道你不知道我爱你就像大地爱太阳？我的爱是如此无私，我多想成为你的妻子啊！哪怕我知道会因此而死！"

"你不知道，"雅尔佩阿多说，"在我的国家，种姓森严，唯真主是从，就像印度教中的婆罗门。婆罗门对贱民也没有我对你们无花果国最美的人那样厌恶。你们那个可恶的国家太冷了，你的爱更是要把我冻僵了。你这不洁的舞女，给我走开！要知道，我可是很忠贞的。就算你权力大过天，身家千万，那又如何？我就是饿死或无爱而死，也绝不会跟你这种人产生什么纠葛。要是雅尔佩阿多跟你这地方一霸结婚，就跟黑人跟白人、奴仆跟女公爵结婚没什么两样了！在法国，只有贵族之间才能联姻。我爱的人她在远方，很远的地方，要么她来找我，要么我孤独终老，客死异乡……"

一声惊叫让我没有听清芬娜是怎么回答的："快抢王子！"一群忠实的随从冒着危险冲向她所爱的人。

---

① 拉斐尔·桑西（1483—1520），文艺复兴时期著名的意大利画家，以画圣母像见长。

你这不洁的舞女，给我走开！

四

格拉纳尤斯连紧身裤都不知，可见是什么人……

安娜被吓得浑身的血液都凝住了，茂密的头发中两只红金色的眼睛睁得大大的，就像出现了两个千尾彗星：

"是团藻！是团藻啊！"人们惊慌地喊道。

这次的团藻就像1833年的霍乱一样，入侵了整个世界。

大街上车来车往，母亲们带着孩子，一家人不知道去哪里避难。团藻要入侵雅尔佩阿多的身体之时，芬娜挡在了中间。这个可怜的女子救了雅尔佩阿多一命，但他仍然对她虎着脸，就像科纳彻的养父为他牺牲自己的孩子们一样[1]。

"唉，真是个王子。"看到他如此冷漠，安娜感到很害

这次的团藻就像1833年的霍乱一样，入侵了整个世界。

---

[1] 见英国小说家沃尔特·司各特爵士的小说《铂思丽人》。

怕，心想，"要是一个男人为了救一个女人而牺牲自己，那女人至少会为这个男人流下眼泪，即使她并不爱他。"

雅尔佩阿多颓然地说："我就想这样去死，为我所爱的人而死，在她的眼前长眠，将我的生命献给她……人出生时是否知道自己会得到什么？青春正当时，人们才知道自己所得到的东西的价值……"

听了这番话，安娜自然就不生他气了。

她说："这王子的爱情，跟一个普通的博物学家的爱情没什么两样。"

"你是我的国家的音乐、光芒、香气还是太阳？"王子欣喜若狂，安娜担心他是头脑发热。"啊，我的卡特利亚纳啊，在一片赤红的海面上，我会找到一位美丽的拉娜格里达，她只爱我一人，而我与你隔着天涯海角……当一对恋人无法超越彼此之间的距离，他们便永远无法相见……"

他的这一想法如此深刻忧伤，令安娜激动得浑身战栗。教授的女儿站起来去植物公园散步，到了古维埃街，她像小猫一样机灵地一直爬到 15 号楼房的屋顶。正在工作的儒勒刚把手中的笔放在桌边，搓着手，自言自语道："要是那位亲爱的安娜愿意等我，那我三年之后就可以获得荣誉勋位十字勋章，成为候补教授，毕竟我懂一点儿昆虫学；如果我们能将球菌仙人掌成功栽培在阿尔及利亚……那将是一场巨大的胜利！"

他开始哼起罗西尼①的曲子来：

"哦，马蒂尔德，我心中的偶像！"

他边唱边弹钢琴，这架钢琴没别的毛病，就是声音有点儿浑浊。自娱自乐了一会儿之后，他移开桌上的一束花——这是跟安娜一起在温室里采的，继续工作。

第二天早晨，安娜躺在床上，清楚地回忆了一遍昨晚发生的众多事情，无法解释她怎么会爬到屋顶上去，还看到了儒勒的内心。博物馆的那个年轻画家是父亲的学生，她非常好奇地想知道雅尔佩阿多王子究竟是什么人。

鳏居的老教授又当爹又当妈，独自照料着19岁的安娜，她很聪慧，但缺少管教。因为有些专注于科研的人，既尽不了父亲的责任，也尽不到母亲的义务。这位学识渊博的教授戴着卷曲的假发，终日忙于著书，穿着没有背带的裤子，能在显微镜下发现无穷的世界，却不知道人们发明了背带裤，能让他保持裤子笔挺，但会让肩膀有点儿吃力。当儒勒·索瓦尔第一次跟他谈起这种裤子的时候，这可爱的教授竟以为是"亚属②"！您现在应该明白为什么格拉纳尤斯教授一直不知道女儿有梦游症，也不知道她爱上了儒勒，而且这种爱情强烈得让她寝食不安。

吃午饭时，看到父亲差点儿把盐撒在咖啡里，安娜便

---

① 焦阿基诺·罗西尼，意大利作曲家，主要代表作有《塞维利亚的理发师》《奥赛罗》等。
② 亚属，植物学术语，这个词与背带裤近似，所以有此误会。

激动地问道："爸爸，雅尔佩阿多王子是什么人？"

这句话起了作用，格拉纳尤斯教授放下盐瓶，看着女儿。女儿的眼睛里还留有梦境带来的困惑。他开心、善良、和蔼地笑了。当别人跟学者们谈起他们喜爱的话题时，他们就是这样笑的。

"糖在这里。"她说着把糖罐递给了父亲。

亲爱的孩子们，在生活中，在植物园里，现实和幻想就是这样交融在一起的。

五

雅尔佩阿多的历险

这位可敬的学者说道："雅尔佩阿多王子是卡特利亚纳帝国的最后一个王子。"他的神情就跟那些父亲一样，误以为自己的女儿还是玩洋娃娃的年纪，"卡特利亚纳国土广阔，繁华富饶，是阳光普照率最高的国家之一；它距离我们非常遥远，你完全不知道这个地方；那些观察家就更不知道，我说的是那些光看书本的人。那地方的居民跟中国人一样多，甚至更多，因为它有几亿人，但常常受到滚烫的洪水的侵害，这洪水来自人为建造的名为哈罗左·里奥格兰德的大火山。大自然似乎很喜欢用具有毁灭性的力量来对付生产力，吃海鱼的人越多，在海里生育的家庭也就更多……卡特利亚纳国有一条奇特的法律，只要王子遇到自己的爱人，就可以弥补瘟疫造成的损失。学者们都知道瘟疫的后果，但不知道其原因。这是他们国家的霍乱。这微生物世界中发生的景象，难道不应该给我们以启示……这霍乱不就是……"

"咱们的团藻！"小女儿大喊道。

教授跑去亲吻他的孩子，差点儿把桌子掀翻："啊！我亲爱的安内特①，你太懂科学了……看样子你以后只能嫁给学者。团藻！谁告诉你这个词？"

（年轻的时候，我认识一个商人，他时常噙着泪水说起他的一个孩子。那个 5 岁的孩子在废纸篓里寻找玩具的时候，发现了一张无意中掉进去的一千法郎的钞票——这可爱的孩子，5 岁就知道钞票的价值了！）

小女儿大声地叫道："是王子！是这位王子！"因为她担心父亲又陷入沉思，那她就什么也打听不到了。

老教授理了一下假发，说道："王子在法国政府的关照下逃过了此劫，但他们在他毫不知情的情况下，夺走了他美丽的国土和光明的前途。他能不能活下去都成了一个问题。确切地说，雅尔佩阿多就是他的帝国里的百亿富翁……"

（此时，教授顺便举起手中沾着咖啡的细长面包，指了指天花板上那些动物标本。波旁王朝②和奥斯曼帝国③的达

---

① 安内特是安娜的昵称。
② 波旁王朝，在欧洲历史上曾统治若干公国的跨国王朝，1830 年七月革命后统治被推翻。
③ 奥斯曼帝国为土耳其人建立的帝国，极盛时势力达亚欧非三大洲，处于东西方文明交汇之处。

官显贵们，你们出身高贵，自命不凡，小心翼翼地经历了十五六个世纪伟大的文明……啊！多么……算了，还是不要谈政治了。）

"雅尔佩阿多出生前十一个月才成为王储，他以此身份传给我的前任——著名的鸭子学创造者拉康普①。拉康普写过相关的书，但很不幸都被我们遗失了。他就像插画家所画的《驴皮记》中的驴皮②，整天凝视着他那些宝贝鸭子。为了科学的荣誉，我们的朋友普兰谢特，接过已故的拉康普的火炬，去调查十一个月后出生的王子们的体貌、身高、体重和体质，力求面面俱到。普兰谢特已表现出能胜任这一使命，与居维叶③的狡猾说辞不同，坚持认为王子们应该是色彩斑斓的好动的小虫子。

法国政府应拉康普生前的要求，重新与著名的投机天才合作，要废黜雅尔佩阿多王子。幸亏王子从瓜萨迦省走海路而来，他躺在用他父亲的无数随从的肉身所做的床上，床体呈绛红色，由印度人保鲜，他们保存尸体的能力显然与迦纳尔④博士不相上下。因为运输法并不涉及尸体，这些宝贵的干尸被贩卖到波尔多，用以取悦白人，直至太阳，也就是

---

① 拉康普是巴尔扎克笔下的自然学者，因为过度沉迷研究并不算高级动物的鸭子，因而显得十分可笑。
② 巴尔扎克所写的一部长篇小说，讲述一块神奇的具有魔法的驴皮，当你拥有它的同时，你的生命也会缩短。
③ 乔治·居维叶（1769—1832），18—19世纪法国著名的古生物学家，创立了比较解剖学与古生物学，他可以根据少数骨骼化石对动物进行整体复原。
④ 迦纳尔（1791—1852），生于德国，现代遗体保存和防腐技术的奠基人。

卡特利亚纳三大部落首领（雅尔佩阿多、拉娜格里达和黑鸭三族）之父用阳光把他们吸干……是的，我的安娜，你要知道，无论是鲁本斯[①]画的仙女、里斯[②]画的美女，还是沃弗曼[③]画的小喇叭都离不开这些部族。是的，我的女儿，在博物馆里朝你微笑或蔑视你的，是整整一个族群啊。哦！如果发生了奇迹，这些被风干的生命复活，那会是多迷人！就像拉斐尔画中的圣母或是鲁本斯画中的战斗场面动了起来。这些可爱的生命仿佛允诺我们，将来有一天他们会永久复活。啊！也许在天上有个威力无比的画家，他把一代代人类都画在画板上；也许有个无形的滚轮会把我们压碎，让我们变成某幅巨大的风景画中的一种颜色，啊，上帝啊！"

老教授每次说到上帝这个名字，都会陷入沉思，深受女儿的敬重。

六
另一个雅尔佩阿多

儒勒·索瓦尔进来了。有这样一群年轻人，他们稚嫩又朴实，满怀对科学的热爱，博学多才，却又天真可爱，这种天真不会妨碍他们的勃勃雄心，他们雄辩的口才或刚强的外

[①] 皮尔·保罗·鲁本斯（1577—1640），荷兰画家，巴洛克艺术的杰出代表，代表作有《莱尔马公爵骑马像》等。
[②] 威廉米·范·里斯（1662—1747），荷兰画家，代表作有《狩猎女神狄安娜》等。
[③] 菲利普·沃弗曼（1619—1668），荷兰画家，擅长画狩猎和战争场景。

表足以颠覆整个欧洲。儒勒·索瓦尔就是这样的一个人，他憨厚淳朴，一贫如洗（唉！可能他富有之后，纯真也会随之消失吧？），植物园就是他的家，他对待格拉纳尤斯教授就像对待父亲一般，非常崇敬这位伟大的杰欧弗拉·圣希莱尔 [1] 的门徒及继承者。他辅助教授进行工作，成为他的左膀右臂，就如拉斐尔的那些杰出忠诚的弟子。但在这位年轻人的身上，最值得称赞的是，即使老教授没有这样美丽迷人的女儿，他也会酷爱科学！因为，我先告诉你吧，他喜欢自然史甚于喜欢美女。

"小姐，"他说，"上午好！教授怎么样？"

安娜答道："很不幸，他让我完全沉浸到雅尔佩阿多王子的故事当中，让我思考人类的本质……我一直待到雅尔佩阿多来到波尔多。"

儒勒接过话头："……来到刚成立的巴格利公司的一艘船上。那些体面的银行家，他们把王子交给……"

"是太子党……"安娜指出。

"对，你说的对，他被交给拉菲特－卡雅运输公司的一个公共马车车夫，那个粗鲁的人没有因为王子出身高贵、品德高尚而对他高看一等，而是把王子扔到座位底下深不见底的货箱里，箱子里还有大量钱币，王子和随从都苦不堪言。这事如今让我们感到难堪。最后，运输公司的一个普通

---

[1] 杰欧弗拉·圣希莱尔（1772—1844），法国著名的自然史学家。

职员把他交给了拉康普神父，神父乐坏了……更把王子到来的消息向法国政府正式宣布，一位叫埃斯蒂的大臣利用这个机会为我们取得了土地开发权。他在众议院委员会上竭力强调给我们建造住宅的重要性，说必须让王子过上高贵的生活。他的口才太好了，获得了六十万法郎来建造宫殿，让雅尔佩阿多及其族群居住。他对报告人（此人刚好是伦巴第①街富甲一方的药剂师）说：'先生，这将免去我们要向外国缴纳的赋税，还能从让我们亏了几百万的阿尔及利亚捞一笔。'一位老元帅称。在他看来，拥有王子就是一种胜利。这时，报告人对委员们说道：'先生们，要知道播种是为了收割……这句话影响很大。因为在众议院里，必须跟听众平起平坐。反对派已经对猴子宫殿②牢骚满腹，但坐在议会大厅里的大多数都是业主，他们的自然反应一下子就把反对派打败了。'"

老教授已从梦中醒来，在听学生说话，他说："这条法律被通过时，给了我们一个绝妙的启发。我当时在花园里经过一棵大雪松旁边，看到我们的一位园丁在翻阅《导报》，我停下脚步，甚至还批评了他。但他回我说，这是最好的期刊，'先生，听说咱们要有一个配置齐全的暖房了，而且还是建在最高处，南北植物都可以在里面栽种，这是真的吗？'

---

① 伦巴第，意大利北部大区，重要的经济区。
② 《猴子宫殿》，意大利童话，讲述一位要在异国迎娶一位猴子公主的王子，每天都让一只猴子帮他送信给父王报平安，每一次国王会把猴子留下来，后来王子带公主回国，国王丝毫不觉得惊异，因为此时他的国家已经有成百上千只猴子了。

我对他说：'是的，朋友，我们以后就无须再求英国了，甚至只要做一点儿改进，就能直接把植物引进到我国来。'园丁兴奋地搓了搓手，大喊道：'七月革命之后，咱们国民终于真正知道自己想要什么了，所有的花草都将在法兰西盛开。'见我笑了，他又补充了一句，'那咱们薪水能涨点儿吗？'"

"唉！先生，我刚从大暖房来，那里什么都没了！"儒勒说，"即使我们付出再多心血，也没办法将雅尔佩阿多和任何类似的动物结合起来，他拒绝了榕属球菌。我刚花了一个小时，用多隆德①最好的显微镜察看了他，他快要死了……"

敏感的安娜大叫起来："是的，但他会忠诚地死去！"

"天哪，"格拉纳尤斯教授说，"涉及死亡，我看不出忠诚和不忠诚有什么区别……"

安娜提高嗓门，好盖过她父亲的声音："你们永远都不懂我们！但请不要去引诱他，他不吃这一套。儒勒先生，您太坏了，竟然用这种可怕的仪器。您无法像他们那样去爱！看得出来，雅尔佩阿多只爱拉娜格里达一个人……"

"我的女儿说的对，但我们如果在失望之中，把雅尔佩阿多从他那美丽的国度带来的绛红色床褥保持在王子出生前十个月的状态，也许又能出现一个拉娜格里达！"

"对啊，父亲，这件事多么神圣啊，所有的女人都会赞

---

① 多隆德（1731—1820），英国光学仪器发明家。

美你们。"

儒勒喊道："大臣也会称赞吗？"

教授反驳说："学者们都会感到惊讶，法国商界也会感激我们！"

儒勒说："是的，但是测量板也没说王子出生前十个月是什么状态啊……"

教授打断他的学生，轻声说："孩子，你没看到吗？到处都一样的大自然，也让雅尔佩阿多这一族延续多年！啊，但愿钱袋没有把他们压扁……"

教授刻意让儒勒和安娜独处，但儒勒却激动而好奇地紧跟在教授身后，不愿陪伴她，安娜见状不禁大喊："他根本不爱我！"

七

植物园中的大温室

安娜看到父亲回来，手上攥着一张纸片，便问："先生们，我能跟你们一道吗？"

这位慈祥的教授说："当然了，孩子。"

格拉纳尤斯教授尽管心不在焉，但他把由此带来的各种好处都给了女儿。他的温柔有多少次是通过冷漠表达出来的呢？几乎跟慈善变成算计的次数一样多。

"儒勒先生，我们昨天分享的花今晚让您头疼了。"安娜任父亲在前面走着，对儒勒说："您唱完那首'马蒂尔德啊，我心中的偶像'之后，把那些花放在窗台上了。这不好，为什么要唱马蒂尔德呢？"

"是我的心在歌唱，安娜！"他感到有些惊慌，问道，"您是怎么知道这件事的？难道您梦游了？"

"梦游？"她接着说，"啊，真是这个堕落世纪的年轻人！总是妄图用什么电磁流比例……用丰富的能量来解释人的情感……"

儒勒扑哧一笑："对动物来说是如此。您看，我们现在有这个……"他不无骄傲地指着坐落于植物园平台所在山下的那座温室，"我们现在得到了赤道那样的温度，栽种了赤道植物，为什么再也没有大型动物了呢？那些动物残块的复原曾让居维叶扬名天下。因为我们的大气里没有那么多的碳，或者说，正因为我们这些孩子太贪图享受，地球消耗的碳太多了……所以，我们的情感是建立在均衡关系上的……"

"哦，科学，真叫人受不了！"安娜叫起来，"那您喜欢在植物园里，埋头在解剖学实验室和试管中，用动物化学理论得出一个人在爬山时燃烧的能量？你们的感情是建立在嫁妆的恒等关系上的！您一点儿都不懂得爱情，儒勒先生……"

"我很清楚，小姐您要是想让我成为您的丈夫，我就得花很多时间挣钱养家，累得不成人样。只需用显微镜观察一下欧洲拥有的那个仍然活着的雅尔佩阿多。要是他结婚了，要是这个童话故事以'他们生了很多孩子'结尾，那我们也结婚吧！我会得到荣誉勋章，成为副教授，然后在博物馆有一套住处，每月领着三千法郎的薪水，也许还会去阿尔及利亚栽培这种植物，我们会过得幸福美满……所以，您就不要再抱怨我对雅尔佩阿多王子的研究热情了……"

安娜一边走进温室，一边想："原来他跟随我父亲，就是一种爱的证明。"

于是她对儒勒笑笑，耳语道：

"那好，儒勒先生，您可要对我发誓，对我要像雅尔佩阿多对他的高贵种族一样忠诚，您还要蔑视所有的女人，就像王子对待无花果国的公主，那样我才会不担心。而且，要是我看到您在阳光下吸烟，还望着烟雾，我会说……"

儒勒大叫："您会说：'他在想我！'我敢发誓……"

两人听到教授的喊声，赶紧跑过去。教授庄严地把一张小纸片塞到植物园里最先开的仙人掌中。这些仙人掌的成功栽培多亏了众议院的六十万法郎，这笔钱还用来修建了新的温室。

"这不过是纸糊的温室罢了！"见证了这一科学实验的一个英国佬嫉妒地说。

格拉纳尤斯教授大声地说："打开暖气！上帝可能也希望今天暖暖的！图安[1]说过——热，就是生命！"

---

[1] 图安，法国植物学家。

八

动物界的保尔与维吉妮 [1]

第二天晚上，在铁栅门快要关上时，安娜正在林荫大道上悠闲地散步，塞纳河水蒸腾出来的湿润的热气，与植物园里散发出的香气交织在一起。今天入伏，温度计上显示的刻度都到顶了，但这种天气是最美妙迷人的。为了避免有关此事的所有争执，堵住八哥叽叽喳喳骂个不停的喙，我们可以指出，早期教堂里的那些隐士，只知道去非洲或其他炎热地区滚烫的岩石当中；苦行僧和托钵僧只出现在最令人眩晕的地方，圣约翰则在帕特莫斯岛经受烈日炙烤。正因为如此，安娜小姐对这炎热的环境有点儿生厌了，那里狮子在吼、大象在叫，还有长颈鹿——那是阿拉伯地区热情的公主，有小羚羊、有四只脚的燕子，他们在空旷的黄沙上追逐打闹。安娜坐在一块滚烫的石头边上，温室的透明墙就从那里开始。她可爱地待在那里，等待清凉的时刻，但只等来温室传来的闷热空气，就像是从《纳布科》[2] 的辎重部队里散发出来的一样。那个男人被描述成动物模样，因为他藏在动物园七年，终日埋头苦干，忙着给不同的物种分类，连胡子都忘了刮。好像从现在起六百年间，居维叶都会成为学者们

---

① 18世纪法国作家雅克－亨利·贝尔纳丹·德圣皮埃尔同名小说的主人公。
② 改编自《圣经》故事的歌剧。

钦佩的对象。

午夜，神秘的时刻，兴奋之中的安娜透过巨型显微镜，又看到了诺帕利斯坦碧绿的大草原。她听到了从"极小"王国传出的轻柔旋律，尽情呼吸着让人陶醉的芬香，浓烈的香味抚慰了她因过于激动而疲劳的身体。条件发生了变化，她更清楚地看到了低级世界：那儿正在进行越障赛马，团藻怪骑着马想跑到终点，优雅的尾蚴想超过他。但这场赛事的目的远不是我们的玩家所能想到的：吃掉可怜的钟虫。

但这场赛事的目的……

钟虫生于花间，既是动物也是花，既是花也是动物！无论是波利·圣文森特①还是穆勒②——这位不朽的丹麦人创造的物种甚至可与上帝媲美，都无法断定尾蚴到底是动物还是植物。也许他们跟某些被马车夫称作"蠢瓜"的人在一起会胆壮一点儿。学者们也猜不到那些车夫是怎么认出那些"蠢人"来的。

安娜的注意力很快被雅尔佩阿多欢快的神色吸引过去。雅尔佩阿多正一边弹着竖琴，一边用堪称是维克多·雨果写的浪漫曲歌唱自己的幸福。诚然，这曲康塔塔③本该被荣幸地收入《东方集》④中的，因为它由1111节诗行组成，代表着拉娜格里达最漂亮的女儿扎莎莉（您可以称之为维吉妮）的1111种美。这个名字（所有的波斯名字都有意思）的意思是光造就的处女。在变得和朱砂、红铅或是世上最红的东西一样红之前，这精致的造物要代表三种昆虫，而动物学的造物也是如此，包括人类。

维吉妮的最初形态是楼阁，欣赏摩尔人或撒拉逊人的建筑物的人看了一定会感到吃惊，因为其纹饰远远超过阿兰布拉宫⑤、赫内拉利费宫⑥和其他有名的清真寺（请参照诺帕利斯坦的画册，里面有七千幅雕刻版画）。这个楼阁位于一个深

---

① 波利·圣文森特，法国自然学家。
② 穆勒，丹麦自然学家。
③ 康塔塔，一种包括独唱、重唱和合唱的清唱套曲。
④ 雨果所著的诗集，富有地中海东部色彩。
⑤ 阿兰布拉宫，为西班牙境内原格拉纳达摩尔人国王建立的伊斯兰教宫殿。
⑥ 赫内拉利费宫是格拉纳达苏丹的夏宫。

身穿蓝色军装的士兵，跟法国士兵穿得一模一样，守卫在河谷下游的两边。

谷，山坡上都是茂密的森林，就像夏多布里昂在《阿达拉》①
一书中所描绘的那样。一股带着香味的流水保护着它，附近
科隆和葡萄牙的河流，还有其他能够美容的水都汇集在这
里，就像比埃弗尔②乌黑、肮脏、发臭的水注入塞纳河去过滤
一样。许多身穿蓝色军装的士兵，跟法国士兵穿得一模一样，

————————————

① 夏多布里昂（1768—1848），法国浪漫派作家，其《阿达拉》以北美为背景，描写
了壮丽原始的景色。
② 塞纳河支流之一。

守卫在河谷下游的两边，上游也有不少哨岗守卫。在楼阁四周，舞女们载歌载舞。王子神情慌张，来回踱步，不停发号施令。哨兵们几百米一个，重复口令。

事实上，现在的处境，会让这个年轻姑娘遭到凶残的精灵米索冈普[①]的迫害。此人穿着紧身胸衣，就像中世纪的

米索冈普。

---

① 米索冈普（Misogampe）是作者根据 misogamie（厌婚症）一词创造的。

载兵，一件钻石般坚硬的绿色长裙起着保护作用。他生着一副令人怖惧的面孔，就像食人魔一般，残忍得史无前例。他丝毫不害怕成千上万个雅尔佩阿多人，喜欢单刀赴会，把他们当午餐或是晚餐吃掉。可怜的安娜远远地看到米索冈普，就会想起《费尔南·科尔特斯》①中的西班牙人登陆墨西哥的情景。这个残暴的军人目光炯炯，眼睛好似灯，以汽车的速度向前冲，也像汽车一样无须借助马匹，因为他双腿非常长，像五线谱的线一样细，又如舞者一样灵活。他腹部透明，犹如广口大肚瓶，东西一吃下去就会被消化掉。保尔王子已经在所有森林和诺帕利斯坦各村庄都张贴了公告，命令智慧者赶紧前来，与米索冈普作战，要么闷死这个怪物，要么被他吃掉。王子承诺让牺牲者留名青史，这也是他能允诺给大家的唯一事情了。教授的女儿十分钦慕保尔·雅尔佩阿多王子对臣民的爱，认为他的这一创举非常高明。多么温柔，简直是关怀备至！年轻的公主完全像还在襁褓中的婴儿，被英国贵族骄傲地抱到海德公园里呼吸新鲜空气。保尔对他亲爱的维吉妮的爱，就像母亲般无微不至，而她也真的只是个小宝宝。

安娜自言自语道："她到了适婚年龄又会怎么样呢？"

保尔王子很快就发现扎莎莉有可能遇到危险，美人们往往都会有这种经历。在他的命令下，装满爆炸物的雷管们

---

① 《费尔南·科尔特斯》，法国歌剧，为支持拿破仑皇帝入侵西班牙而创作，讲述西班牙的科尔特斯入侵墨西哥阿兹特克的故事。

向全世界宣告，公主将被深锁在修道院里，直到结婚之日。依照惯例，她将穿着灰色的纱裙，沉沉睡去，以免受到巫术的威胁。菲兹娜[1]仙女希望所有的生物，从比"人类"还高级的物种——包括全世界的人，直到"极小国"的国民，都享有同样的法则。一些隐身修女用棕色的布小心翼翼地卷起公主，就像哈瓦那的奴隶卷金黄色的烟叶，做成雪茄，献给乔治·桑或其他西班牙公主那样。她可爱的脑袋刚好从裹身布里露出来，但身体乖乖地待在里面，贞洁又温顺。保尔·雅尔佩阿多王子站在修道院门口，也很聪慧、贞洁、温顺，但急不可待！他就像路易十五，猜到与父亲坐在杜伊勒里花园露台上的一个 7 岁小女孩，到了 18 岁会成为美丽的罗曼小姐[2]，于是对她十分关心，让她远离世人，健康成长。

维吉妮从金色的裹身布里出来，就像维纳斯女神出自水中，保尔王子十分欢喜。安娜都看在眼里。维吉妮就像弥尔顿[3]诗中的夏娃（不过她是英国的夏娃），对着光芒微笑，心想这是否真的是自己。看到自己如此"养眼"，她狂喜不已，望着保尔，说："啊，英国人真是大惊小怪。"

王子像奴仆般顺从，自荐为她的引路人，带领她穿越他的帝国的山山水水。

---

[1] 菲兹娜（Physine），是巴尔扎克根据 Physique（物理）一词创造的。
[2] 巴尔扎克似乎坚信路易十五年轻时就供养了轻浮的女子罗曼小姐。
[3] 约翰·弥尔顿，英国政治家、学者，著有史诗《失乐园》。

"啊，我心爱的皇后，我等了你那么久，王子我和臣民都受到了你的目光的祝福。你的出现会让这些地方大放光彩。"

这些话感情如此真挚，后来在许多歌剧中都被谱成了乐曲！

维吉妮任由王子领着她，心想她已万千宠爱集于一身。她越走越开心，聆听着大自然的壮丽声音，欣赏着香花扑鼻、绿色无边的高山，但最让她感动的还是王子对她的关爱。他们到了一个像图恩湖一样美的湖边，保尔去找一条树皮制成的小船，那船漂亮得不可思议。这一叶可爱的轻舟就像抒情维奥尔①的琴身，镶嵌在棕色软皮里的珍珠在精致的船面连成一道线。雅尔佩阿多让他的爱人坐在绛红色的坐垫上，划船穿过这片湖。湖水波光粼粼，像凝固之前的钻石。

"啊，他们多么幸福！"安娜说，"要是我能像他们一样去瑞士旅行，看一看湖，那该多好！"

诺帕利斯坦的反对派在首都的《吵闹报》上发表文章，声称这所谓的湖不过是 1100 里高处的玻璃上掉下来的一滴水。但人们知道，亲政府派一定会嘲笑他们的这种说法。

保尔给维吉妮吃最熟、最好的果子，自己只吃剩下的。

---

① 一种弦乐器。

雅尔佩阿多让他的爱人坐在绛红色的坐垫上，划船穿过这片湖……

能跟她共饮一杯水，他兴奋不已。维吉妮肤白如脂，身穿箔片耀眼的衣服，看起来就像因雨果而闻名的爱斯梅拉达[①]。但爱斯梅拉达是一个女人，维吉妮却是一位天使，她不会出于俗世的价值观，爱上一位宫廷元帅，更不会爱上一个上

[①] 爱斯梅拉达，法国作家雨果的《巴黎圣母院》中的女主人公，是一名美丽善良的吉卜赛女郎。

校。她的眼里只有雅尔佩阿多，见不到他便无法活下去；而可怜的雅尔佩阿多由于唯亲爱的扎莎莉是命，很快就疲惫不堪，唉！因为不管身处何处，只有精神之恋才是永恒的！当保尔筋疲力尽，睡着，维吉妮坐在他身旁，看着他入眠，不时驱赶空中的钟虫，以防他们来叨扰保尔的睡眠。这难道不是个人生活中最甜蜜的场景吗？彻底放飞自己的灵魂，而不是将之囿于撒娇献媚的陈规之中。人们可以大胆地爱，也可以悄悄地爱！雅尔佩阿多醒了，在维吉妮明亮的目光下睁开双眼，突然发现她正坦荡地诉说温柔的情话，不像其他女人那样用语言、手势或眼神遮遮掩掩。保尔被维吉妮传染，也变得兴奋起来，他们情不自禁跳起了萨拉班德舞，其舞步让人想起了英国的快步舞。这说明，无论在哪儿，在极度兴奋的时候，我们都会忘了自己的生存环境，只想跳舞（参看学院成员五李·德·细杆儿先生写的：《关于古代武器舞①的思考》）！在诺帕利斯坦和在法国一样，不仅资产阶级模仿宫廷贵族跳舞，在最偏僻的乡村人们也会跳舞。

　　保尔突然停下来，感到一阵恐惧。

　　"怎么了，亲爱的？"维吉妮问。

　　王子说："我们要去哪儿？要是你爱我，我也爱你，我们就举行隆重的婚礼，但这之后呢！……我的天使，你知道，你会有怎样的命运吗？"

---

① 武器舞，古希腊的一种宗教和战争舞蹈。

她答："我知道。我不会像书店的维吉妮那样在船上死去，或像圣克莱尔修会的修女一样在床上长眠，或是跟玛侬·莱斯科①或阿达拉②一样在荒漠里丧命，而会在神圣的分娩中死去，就如我的种族中所有母亲那样：这命运可一点儿都不浪漫。但是，能爱你在整整一个季节，这难道不是世上最美好的命运吗？在春天的时候看尽自然之美，然后怀着种种幻想早早逝去，留下出色的一大家子，个个虔诚敬神，这世上还有比这更美好的命运吗？让我们相爱吧，让神灵们去担心未来。"

这番有点儿直率的道德教谕起了作用。保尔把他的未婚妻带到了他阳光灿烂的宫殿，他皇冠上的钻石全都从贮藏室里拿出来，他帝国中的所有奴隶、躲避瘟神钟虫的舞女们都出来了。大家载歌载舞，比七月国庆节时香榭丽舍大街上的国庆庆典热闹一百倍都不止。负责照料皇室孩子的"中立者"，穿着灰色服装的姐妹们，正着手未来的工作。王子将与拉娜格里达人扎莎莉结婚的通知被寄往各个省份，信中要求臣民们大量上贡王室所需的物资。雅尔佩阿多收到了国家各团体的祝福，他上千次重复一句话予以感谢。宗教仪式是必不可少的，但雅尔佩阿多王子却想方设法拖延，以此证明他对维吉妮的爱，因为他不可能不知道他将失去她，他对她

---

① 玛侬·莱斯科，法国18世纪同名小说的主人公，作者为普雷沃神甫。
② 阿达拉，夏多布里昂所著同名小说的主人公，小说讲述她与异族青年浪漫的爱情悲剧。

的爱比对子孙后代的爱要强烈得多。

"啊!"他对迷人的妻子说,"我现在看清楚了。我当时本该和芬娜一起建国,然后把你变成我理想中的情人。维吉妮啊,难道你不是我理想中的爱情吗?光看你这朵天上之花我们就满足了。你将待在我身边,而芬娜则会孤零零地死去。"

失望之下,保尔采用了古代东方的理念发明了重婚制,希望一个女人管理家庭,一个女人美化生活。古代的这种美好想法,到了现在却被当作有违道德的阴谋。但雅尔佩阿多王后将他的希望化成了泡影。在一个繁星满天的夜晚,香气满园,在同一个地方,即树荫浓密的花园里,一切都让人想起爱情。她又愉快地让芬娜来跳舞。保尔勇敢地抵抗芬娜的魅力,却无法让雅尔佩阿多王后对他的移情别恋不生气。

"天哪,可怜的小动物!"安娜心想,"她们是多么幸福,多么富有诗意!爱情是低级世界的法则,也是高级世界的律法。但对于动物与天使之间的人类来说,理性横扫一切!"

九
某位啄木鸟小姐出现了

在格拉纳尤斯教授的女儿因这些事情而激动时,儒勒在姑姑的带领下,出入玛莱区的社交圈,姑姑非要他建一座豪宅。8月的一个良宵,多瓦尔夫人硬要侄子去啄木鸟先生家里拜访，此人曾在昂克尔过道上卖小玩意儿，后来携 4 万多里弗尔的年金退出商界，隐居在布瓦西·圣莱热乡下的一座房屋里。他有个 27 岁的独生女，头发略红，但他给了她 40 万法郎，那是他 9 年来的积蓄，此外还有望得到 4 万法郎年金，乡下的这栋房子和他刚在玛莱区旺多姆大街买的公馆。啄木鸟当然为这位有名的自然学家准备了晚餐，他与国家首脑交往甚密，十分希望儒勒能获得荣誉勋章。他想把女儿和女婿留在自己身边，但又想要女婿出名，能当上教授，出书，成为报纸报道的对象。

用完甜点，姑姑挽着儒勒侄子的手臂，把他带到花园里，突然问他：

"你觉得艾米莉怎么样？"

"她长得太难看了，鼻子像喇叭似的，还有红色的雀斑。"

"是啊，但是这房子实在是太美了！"

"脚太大。"

"布瓦西·圣莱热的房子，一个 30 公顷的大花园，有岩洞，还有一条河。"

"胸脯扁平。"

"40 万法郎。"

"而且傻傻的！"

"每年有 4 万里弗尔的年金，那家伙还有五十几万法郎的积蓄。"

"她很笨拙。"

"一个富有的人，必然会成为教授和学院的院士。"

"对了，"啄木鸟先生说，"您好像在植物园做大事，我们应该招您做女婿……我呢，我喜欢学者！但我也不是个傻子，我只想把女儿嫁给一个有才能的人，即使他身无分文，负债累累……"

这话的意思再明显不过了，但儒勒完全不认同他那种小市民思想。

啄木鸟小姐。

十

安娜小姐想得更加长远

几天之后的一天晚上，安娜在格拉纳尤斯教授家里赌气地对儒勒说："您现在心不在焉，一点儿也不热衷于温室的事了。据说您看到胭脂虫长出来之后，您就爱上了这红色的东西，还有一位啄木鸟小姐让您抽不开身……"

"啊，亲爱的安娜，我……"儒勒有点儿不知所措，"您难道不知道我爱的是您吗……"

"哦不！"安娜答道，"对你们这些学者来说，如同对其他人一样，理性会伤害爱情！在大自然中，大家不会追求金钱，只服从于天性，不假思索，盲目走路。要是生活也是如此，那至少不会有痛苦……这个迷人的小生命，披金戴红，身上戴的钻石首饰比亚述巴尼拔 [①] 还多。他只娶和他出生在同一片阳光下的女子，如果不能迎娶他的同类、他的精神伴侣，他宁可去死。而您呢！您要去娶一个红发女孩，她没教养，没身材，没头脑，没风度，长着一双大脚，满脸红雀斑，还穿着重新染色的裙子，每天都会伤您的自尊心好多次，还会用她的奏鸣曲来摧残您的耳朵。"

她打开钢琴，开始弹奏起关于《韦伯最后之思》[②] 的变

---

① 亚述巴尼拔（前668—约前627），亚述国王。
② 《韦伯最后之思》为法国巴纳斯派诗人戴奥德尔·德·邦维尔（1823—1891）所作的一首诗。

奏曲，肖邦要是能听到，他也会感到满意的。这不意味着这琴声迷住了音乐迷蜘蛛的世界？他们在格拉纳尤斯家房间天花板上结的网里摇摇晃晃，花儿们从窗口探进来聆听。

"太可怕了！"她说，"动物比把他们放到瓶子里的学者还要有思想。"

儒勒长舒一口心里的苦闷，不再痛苦，因为安娜的美貌与智慧，这个美人的光芒，足以使啄木鸟脑袋里叮当作响的钱币协奏曲黯然失色。

十一
结　语

"啊！"格拉纳尤斯教授大叫起来："我们的新闻登报了！安娜，听着！"

> 在睿智的格拉纳尤斯教授和他的得力助手儒勒·索瓦尔先生的努力下，我们在植物园大温室的仙人掌上找到了大约十克胭脂虫，这绝对能与在墨西哥收集的最美丽的物种相媲美。毫无疑问，这一成果将在我们的非洲领地生根开花，我们不用再给新大陆①进贡了。因此，建造大温室的拨款完全合理，虽然反对派曾一度反对。这个项目也

---

① 旧大陆是指在哥伦布发现新大陆之前，欧洲认识的世界，包括欧洲、亚洲和非洲。与此相区别，新大陆主要指美洲大陆。

会给法国商业和农业带来好处。获得荣誉骑士勋
章的儒勒·索瓦尔先生正打算写关于球菌类的专
著。

"儒勒·索瓦尔先生这样做对我们不好，"安娜说，"因
为您已经开始写关于球菌类的书籍了……"

"哈，"教授大度地说，"他是我的学生啊！"

一只企鹅的生活与哲思

P.–J. 斯塔尔

"幸福要去寻找吗？"我问野兔。他回答说：
"去寻找，但会胆战心惊。"

——无名鸟

一

如果我不是在正午被烈日
孵出，我那勇敢的企鹅父亲也
会把我这只（很硬的）蛋扔在
沙滩上，我得啄破蛋壳，来到
世上……如果我还有心情拿
那么严肃的事情来开玩笑，我

会说，我天生命苦。

但就如我刚才所说，我是在烈日下出生的——那时候天上没有一颗星星，不管是好星星还是坏星星，我要说，那一天不是黄道吉日，我会证明给你们看的（接下来请看我的历险吧）。

当时我正竭力要摆脱这个将我困住许久的蛋壳——它太狭窄了，我向您保证——刚刚发生的一件事情让我蒙了，整整一个小时都没缓过神来。

我得承认，出生是一件难以预料而又如此新鲜的事。尽管在这种情况下，人们要比平时机灵得多，但因为从未有过此类经验，所以对那一刻也只能留下一个极其模糊的印象。

"说实话，"我一有意识（不是恢复意识），心里就这样想，"不久之前，当我缩在这可怕的蛋壳里无法动弹的时候，谁对我说过，现在蛋壳对你来说是太狭窄了，但出生以后，你就有足够的空间了？"

坦白说，当我第一次睁开眼睛的时候，眼前的景象给我更多的是惊讶而不是喜悦。看到天上弧形的穹顶时，我一时还以为自己不过是从一个无穷小的蛋里到了一个无穷大的蛋里。我还要承认，来到这个世界，我一点儿都不高兴，虽然我此刻的第一个想法是，眼前的一切都是属于我的，大地也许只是为了承接我和我的蛋而存在。原谅我这只可怜的小企鹅这小小的骄傲吧，在这之后，我的想法就要大大改变了。

当我在猜测双眼能有什么用时，也就是说当我在用心地观察周遭事物时，我发现我正待在一个岩洞里（我以后才知道），离大海不远（这也是我以后才知道的），而且，我孑然一身。

因此，我首先看到的，就是岩礁、大海、石头和水，没有尽头的地平线，总之是一望无际，身处其中的我微如尘埃。

最令我惊奇的是，一切都那么大，我立即问自己："为什么宇宙如此宽广？"

二

那是我第一次自问这个问题。之后我又多少次问过自己，将来又会多少次问自己？

事实上，世界这么大，又有什么用处呢？

一个小小的世界，只留给友人和相爱的人居住，这难道不比一个庞大的世界要好得多吗？这个世界好像一个深渊，一切都迷失其中，混淆不清。因为这个世界里，生物们不但互相厌恶，而且互相偷盗、互相打击、自相残杀、互相吞食。至于那些敌对的物种，彼此更是凶狠，因为他们喜好不同，性情各异。更糟的是，那些动物都在呼吸同样的空气，看同一个月亮、同一个太阳和同样的星星，浑浑噩噩地活过之后，愚蠢地死去。

正在读这篇文章的企鹅们，我亲爱的朋友们，我要问你们，如果有一方小小的天地，那里只有一座不高的小山，一片小树林枝繁叶茂，生机勃勃，树上挂满了美丽的花朵和饱满的果实，让树枝也感到荣耀和喜悦；小树林中有一二十个可爱的鸟巢，里面住着一群快乐的鸟儿，羽毛丰满，身体健康，五彩斑斓，美丽动人，总之，根本就不像你我这种企鹅一样可怜；每个鸟巢里，都有一只鸟或许多鸟亲密无间，角落里有几个蛋被暖暖地温柔地孵化。我想问问你们，这样的一方小小天地，与你们无关，与大家都无关吗？

有谁会不喜欢这样可爱的小地方、这片小树林、这些美丽的树木、这些相亲相爱彼此友好的珍稀鸟类呢？

当然，写下这几行字的不会是我，我也十分希望不是你们读到这几行字，因为，如果是你们……好吧，我就让你们讨厌我吧。即使要付出代价，我也要说，滚吧，你们欺骗了我，你们压根儿不是企鹅：合上这本书，生我们的气吧！

但是对不起，亲爱的读者朋友们，对不起。独处的习惯让我变得有点儿郁郁寡欢，甚至是粗鲁，我忘了自己，也忘了面对你们这些强大的读者时，人们无权忘记自己！

三

我得说，我不怎么懂得什么大事，数数也数不到二，我对自己孤单一人丝毫不感到惊讶，因为我觉得不孤独几乎是不可能的！因此，孤独就是我的伴侣，我不会抱怨这种不幸。不过，我的运气还是很好的，以后我也不会放它走。抱怨抱怨似乎也挺好的，有时我觉得这就是幸福。

我出生还不到一个小时，就已经尝到世间冷暖的滋味。温暖的太阳突然消失，我所在的岩石变得十分寒冷，好像骤然间变成了一座冰山。没什么更好的事做，我就开始动弹。

我感到在我的肩膀和身体里面有某种东西，我猜它应该有什么用。我努力晃动这些可以说是大自然刚刚赋予我的小胳膊、小翅膀和"腿"似的东西（据我所知，大自然久负好母亲的名声，平等地爱着她的每一个孩子）。经过长时间的努力，我学得很好，终于……我从岩石上滚了下去。

这也是我生命中的第一步，就像大家看到的，我掉了下去。人们都说只有第一步最珍贵，他们说得太不对了！

我摔到地面上，鼻青脸肿，死了一般。我还是个小孩子，我用可怜的小喙啄着这把我摔伤的无情大地，越啄越受伤，不禁让我思考起来。我想，显然，第一步要谨慎，想清楚之后再行动。

我开始很严肃地思考我作为一只企鹅的命运，这并不是说我对哲学有什么野心，但当你发现自己不得不活着，可又不习惯时，就得好好想想用什么方法才能做到了。

什么是好？什么是坏？什么是生活？什么是企鹅？

这些大问题要一个个来解决，但在此之前，我睡了一会儿。

睡觉多好啊！

四

我饿醒了。

我忘了自己的决定，没有问自己"饿是什么"？我的第一餐吃了几个贝壳，在我对这一古老习俗可能造成的危险进行长篇大论之前，它们好像躺在沙滩上向我微微张开。

我因此受到了惩罚，因为我太单纯，我吃得太快了，险些被噎住。

我不想跟你们说我是如何渐渐学会吃喝、走路、摇摆、左行右走，学会用目光测量距离，弄懂并不是见到的一切都可以去拿，学会爬上爬下、游泳、捕鱼、站着睡觉、容易满足，有时什么都没有也很开心，等等。我只需跟你们说，学习这些技能让我花了无数力气、碰到了极倒霉的事和难以置信的考验！这也是我一生中度过的最美好时光，额头布满汗水，什么都干，一点儿一点儿成长，锻炼出我这个年纪应有的好力气。

五

崇高的神灵，你是怎么看待企鹅的呢？判决那天，你会怎么处理他们？当你答应让那些尸体复活时，你想到了什么？创造一只没有羽毛的鸟、一条没有鳍的鱼或是一只没有腿的两足动物，是否对你的荣耀至关重要？

我时常大喊："如果这就是生活，那我情愿回到蛋壳里去。"

一天，思考许久之后，我终于睡着了。睡梦中，我隐隐约约听到一种声响，既不是海浪的声音，也不是风或任何其他我所知的声音。"醒来吧！"有一部分灵魂在内心深处对我说，他总是活跃着，似乎永不睡觉。我不知道他为什么总是那么精力充沛地在我们身上醒着，让我们得到救赎或是毁灭。"醒来吧，你会看到非常值得看的东西，你的好奇心会得到满足。"

"我肯定不会醒的。"沉睡在我们身体里的另一个奇妙部分答道，有了这个部分，我们才可以在任何时候都能睡着，"我一点儿也不好奇，也什么都不想去看。我见得太多了。"

由于另一个部分坚持不懈，睡眠的这部分又说："我不应为了这么一点儿事就坏了美梦。而且，我就什么都听不到了。你们想骗我，这个声响并不是一个声响；我睡了，做梦了，这就是全部。就让我睡吧！这世界上还有比好好睡觉更美的事吗？"

说实话，我因为喜欢睡觉，也一直坚持在做这件事。我尽可能地闭上眼睛，紧紧抓住要溜走的睡眠。对于真正的睡眠者来说，即使他们在睡梦中，也还是会小心翼翼的。

但我也许必须醒了。唉，那就醒来吧！

我曾以为自己是最厉害的，甚至是造物当中独一无二的动物（我完全搞错了！），当我看到至少有六七种可爱的造物，他们会说、会跳、会飞、会笑、会唱、会咕咕叫，有羽毛、翅膀、双脚，我有的他们都有，而且全都达到了完美的程度，我傻眼了。我丝毫不怀疑他们是另一个更完美的世界的居民，比如月亮，甚至是太阳。不知他们为什么这么任性地来到了我的岩石上。

她们好像很忙碌，其实本来就是。她们整天玩，玩得很投入，全身心地做自己想做的事情：挥动轻盈的翅膀，一遍遍掠过大地与水面，轻巧灵活得让我都想不到嫉妒，因为她们穿越的地方我想都想不到。她们起先没看到我，我就那样静默无声地待在小岩洞里。我被这些开心玩耍的鸟儿吸引，我这个年纪又特别好动，尤其是一种难以遏制的冲动会使一切生命都变得更加美丽，我后来才明白，它才是真正的大地之王。我尽情地投入到了她们当中。

"天鸟！"我大喊，"空中仙女！女神！"

为了追上她们，我拼命地跑，拿出了吃奶的力气，使劲跑，又不让自己摔倒。我已经筋疲力尽，多一个字都说不出来了。

一只嬉戏的鸟儿大喊："企鹅！"整个鸟群都喊起来："是只企鹅！"她们看着我，全忍不住开始笑了，我觉得她们应该不会不喜欢我。"这些鸟儿真可爱。"我想，我又重新找回了勇气，恭敬地跟她们打招呼，说出了我有生以来说过的最长的一段话：

"小姐们，"我对她们说，"我刚刚出生，蛋壳还留在那上面。我一直以来都孤零零的，有你们这些美丽的鸟儿陪伴我很高兴。你们在玩耍，能带我一起玩吗？"

"企鹅朋友，"一个我觉得像是鸟群中的王后对我说（我后来才知道她是红嘴鸥），"你还不清楚自己在说什么，但你很快就会知道了；像你这样口齿伶俐的小企鹅，我们是不会拒绝的。你想玩就玩吧。"说着，她用翅膀把我推到她的朋友们当中，另一只也在推我，接着又是一只，最后是每只鸟儿都在推着我，一会儿这边，一会儿那边，我就这样玩了起来！

"我不想再玩了。"在我可以说话的时候，我立即说道。

"啧啧！你玩得太差劲了！"她们齐声叫道。

游戏又开始了，玩得我筋疲力尽，感到丢脸又绝望，滚到了地上。

"我太佩服你们了！"我对她们说："我喜欢你们！爱你们！我觉得你们真的是特别棒！"

她说："你想玩，那就玩吧！"

而我受到的痛苦，又怎么说呢？

那只称我为"小企鹅朋友"，但对我态度最差的鸟儿有点儿尴尬地看着我，对自己的行为感到自责：

"请原谅我们，我可怜的小企鹅，"她对我说，"我们是海鸥，准确地说是红嘴鸥，如果说我们毫无价值，这并不是我们的错，因为我们被造出来可能就不是为了成为好人。"

在说这些的时候，她走近我，面带善意。尽管她对我说了那些话，我还是在她身上看到了美丽和善良，也就忘了她的过错。

但同情只意味着自己刚才太无情，起初被我当作爱的东西也不过是做了错事之后的悔意。因此，她看到我稍微宽慰了点儿之后，就跟同伴飞走了。

她们的突然离开太让我吃惊了，我竟找不到一句话或是一个动作来挽留她们。我又变得孤独起来。

也就是说，每一个忧伤的日子之后都有更忧伤的明天。因为，从那时起，我就再也无法忍受孤独了。

六

总之，我疯了，因为我恋爱了，就是这样；我无法原谅自己没有采取任何行动来挽留她，而是自己来承受这份痛苦！"这确实是一种痛苦，"我对自己说，"你不过是一个傻瓜，你必须要让别人爱你……那就让别人爱吧，可别人都不爱你们！"我强烈地谴责自己，我也知道，我这是罪有应得，我不知道花了多少时间才平静下来。

我愁眉不展，喝不下水，也吃不进东西，整日整夜待在同一个地方，保持着同一种姿势，不敢动也不敢呼吸，因为我觉得要是不发出任何声音，我爱着的那只负心鸟就有可能回来。有时，我闭上双眼，并且尽可能长时间地闭着。我对自己说："当我重新睁开眼睛的时候，她也许就会在那儿。她第一次出现在我眼前时难道不是这样的吗？"

只有在海边，我才感觉稍微好一点儿，因为我发现，忧伤过度的时候，没有哪里比待在海边更好。海水无边，大海尽头仿佛空无一物，这难道不像无边无际的痛苦吗？我不停地眺望远方，追问地平线是否带走了什么，盯着她消失的地方。"回来吧！"我大喊，"因为我爱你！"我仍然强烈地相信，即使相隔万里，我们这样所许的愿都应该实现。但当我发现她没有回来，可能再也不会回来了，我仰天倒地，站起来也只是为了再次呼唤她。

"我再也坚持不住了！"有一天，我这样想，然后跳入大海。

七

八

很不幸，我会游泳。结果，我的故事并未就此结束。

九

我浮出水面（人在完全被溺死之前总会浮上水面一两次）时，自言自语的天性还改不了。我问自己，我是否还有权利掌握自己的生命？自然界中有一只小企鹅，世界是否会变得更加糟糕？要是我发现我的冤家在深深的海底（在珍珠之间），或是没发现她，我是否能找到其他东西作为补偿呢？等等。

我笔直往前走了700法里，一路都在自言自语，但没有做出任何决定。

我常常每隔几里就往水底沉几米，想一直沉到海底，待在那儿。我承认，这有点儿是为了让自己问心无愧。但不管出于什么原因，我得说，每次试图下沉，我都觉得水面上的空气更加怡人。

我试图自杀，但第七次或第八次都失败了，我决定还是好好活着吧，毕竟我好像也在一直坚持。在重见阳光之时，我突然发现身旁有一只鸟，他看起来天真无邪又明白事理，我的心一下子就被抓住了。

"您之前在水下做什么呢，企鹅先生？"他愉快地向我打了招呼，并问我。

这个问题于我而言实在是尴尬，我朝他摆摆手，意思是说我自己也不知道。

他又问："那您要去哪儿呢？"

我答道："我也不知道。"

"那好，我们一起走吧！"

我十分乐意地接受了，因为说实话，我忍受不了孤独了。

途中，我向他诉说了我的痛苦，他听得全神贯注，也不打断我。

我说完时，他问我打算怎么办。我对他说，我有点儿想追求我爱的那只鸟儿。

他回答我说："只要去追，一切都会变好，因为在爱情当中，追逐比占有更好。因为一旦你追到了你爱的那只鸟，你的痛苦又会卷土重来。"正当我惊讶于他的这番奇特言论时，他又说："您想要一只海鸥怎么去爱您呢？海鸥爱海鸥，就如企鹅应该爱自己的同类一样。她翅膀灵活，不会老是停在一个地方，精灵和风总会将她挟走。您这样肥硕的鸟，又怎么去爱她呢？"

"也真是！"我大声地说，"要说我知道些什么，绝对不是爱如何到来。至于我的爱情，我已经荣幸地告诉过你，它是从天而降的。"

我的旅伴大叫起来："从天而降！这绝对是恋爱中的人的说法！如果他们的话可信，天空也会有一半属于他们。"

"您看起来像是万念俱灰了，先生，"我问他，"您之前发生了什么？经历了什么不幸？"

　　我的新朋友并没有直接回答我，而是报以一个苦笑。刚好，潮水退了，露出了一块岩石。他向我表示，如能稍微休息一会儿，他会舒服得多。他爬到岩石上，我也爬了上去。他沉默不语，我也就不再说话，只是静静地打量着他。他看起来心事重重。出于谨慎，我和他保持一定的距离。几分钟后，他动了一下，我想应该可以接近他了。

　　"您在想什么呢？"我问他。

　　"什么都没想。"

　　"那您究竟是谁？"我说，"一只能说话但又像智者一样沉默不言的鸟？"

　　"我呀，"他回答说，"我来自蹼足禽类，但我的名字很奇怪，大家都叫我'鲣鸟'①。"

　　"您叫'鲣鸟'啊！"我喊道，"真有意思！"

　　"是啊，鲣鸟，"他重复了一遍，"他们这样叫我们，是因为我们尽管强壮，但心眼不坏。但从某种角度来看，我们并非好人。他们说得有道理。"

　　哦，这挺公平的！

---

① 法语中"鲣鸟"与"狂鹅"是同一个单词。

十

"但这里说的不是我，"这只真的十分漂亮的鸟对我说，"谈谈您吧。在这个世界上有一座小岛，叫做'企鹅岛'，离这儿不远。岛上住着您这样的物种，有企鹅、海雀、海鸭，跟您一样长着短翅膀的所有鸟儿。我的朋友，您应该去那儿。在那座岛上，您不会比其他鸟更丑，他们甚至会觉得您长得特别帅气。"

"那我在这里很丑？"我问他。

"是的，"他答道，"你的那只海鸥，披着天蓝色的大氅，通体雪白，行动灵敏，在您看来她是不是很美？"

"简直是仙女！她就是一个仙女，完美无缺！"

"您像她一样吗？"他问我。

"我们走吧！"我大声地说，"有您这聪明的鲣鸟陪伴，我可以走到天涯海角。"

十一

在奋力向企鹅岛游去时，我们已筋疲力尽，却发现那座岛不是我们要找的那座，这只会让那些从来不曾迷路的人感到惊讶。

我们出发之后，一路顺风顺水，天气很好，虽然在路上遇到一场暴风雨，但这吓不到任何人，除非是那些从未出壳的小东西。

而且，只要狂风暴雨持续，哪怕它再怎么猛烈，问题也不大。我们一会儿被甩到海底，一会儿被抛到空中，我的良师益友平静依然，面不改色。

"前辈，"对巨浪的恐惧平息之后，我问他，"是谁教会您在暴风雨之中镇定如常的？"

"如果我们没有什么可以失去，那我们就不必逃跑，也就无所畏惧了。"我的旅伴这样回答说。他再次露出我之前看到过的苦笑。

"我们会无数次失去生命啊！"我大声地说。

"啊，"他又说，"人总是要死的，怎么死有那么重要吗？又有什么关系呢？……反正都是死。"在一阵沉默之后，他压低声音补充了一句，就像一个自言自语却好像忘了别人会听到他说话的人那样。

我想，我的好朋友内心深处真的藏有巨大的悲伤，却不跟我说。我差点儿冒失地让他跟我诉说他的痛苦，就如我之前对他说了我的伤心事一般。他抱怨了一会儿，然后突然捡起了他刚刚没说完的话头：

"那您现在就好好活着吧，"他对我说，"您刚才是想结束自己的生命？"

"唉，先生，我承认，"我对他说，"但您对我说，地球上有一个角落，大家不会看着我当面嘲笑我，这给了我很大希望，我又重拾勇气。而且我觉得哪怕是出于好奇，我也不会介意活久一点儿。我的想法有错吗？"

"当然没错。"他答道。

十二
幸福岛

"天哪！"我们踏上陆地、抖动了几下好甩干身上的水珠时，我的向导叫出声来。我们身后的这个地方应该有 500 法里，这简直让人难以置信。我们拼命往后退，实际上却没有倒退一步！

我问他这是什么地方，他说：

"这里是幸福岛，任何地图上都没有这个岛的名字，它几乎不为人所知。但总的来说值得一来，像您这个年纪的企鹅在这儿待上几小时，不是毫无益处。要是您愿意，我们就往前走。"

"我十分乐意！"我激动地亲吻了一下这座富饶的小岛，它完全配得上这个美丽的名字……

"别激动，"向导对我说，"这儿既不是秘鲁也不是企鹅岛。这景色把你吸引了？

"幸福岛之所以叫幸福岛，是因为它的居民一出生就有强烈的幸福生活的愿望，他们终其一生去实现这一愿望。为了自己的幻想，他们付出了巨大的努力。否则如此缺乏经验和常识的生物，生活肯定会很不幸。

"世界上总有什么事情会变糟，这并非坏事，但这些可敬的岛民不相信，他们也相信好事都有坏的一面。不管做什么，只有付出代价才会感到幸福。总之，要想幸福就要牺牲什么。有快乐的日子，但没有天天的快乐。

"至少表面看来，这些可怕的动物都身强力壮，但他们怎么能够想象得到，在生活这种容易被破坏的事情当中，他们所谓的幸福有自己的位置吗？

"实际上，这些勇敢者有着世界上最美好的愿望，他们流血流汗，却什么都不做。正如一位智者所说，最好还是安安静静地待在自己的躯体里吗？

"我听说，他们尝试过'幸福的各种秘笈'，但没有成功。那东西虽然出名，但已经很破了。他们用最古老的残片制造了一本全新的秘笈。

"刚开始的时候，他们约好，什么都不做，除非是个人兴趣。大家都践行了这种做法，这是对的。自那之后，友谊、努力、忠诚、牺牲、感激、道德、义务，以及一切随之而来的东西，比如意志、自由和责任，都成了词典上的无用之词和无用之物。即使在词典上，他们也必须像所有其他词一样被重新修改，还必须加入一些不清楚、不准确和不典雅的新词，来表达同样的意思。

"所有的事情都应该能让人们从中找到快乐，如果没有巨大的快乐，那这件事就不应该去做。

"没有结果的工作，也就是说，在一块荒凉的土地上为薄情寡义之人流血流汗。这种工作有点儿类似于某些社会机制，会变得非常吸引人。必要时，也不缺人手帮忙，因为大家都很乐意装满这个'达那俄斯的女儿们之桶'①，或热情地打扫奥革阿斯的牛圈②或是什么其他牛圈。

"可我在胡说什么呀？没有任何工作是毫无结果的，也没有任何努力是无用的。所以这个世界才会变得那么富有。人们所缺少的只是欲望，而且，人们肯定会找到能比今天吃得多五六倍的方法。

"在某种程度上来说，大家都有自由去自我牺牲，但没人会感激你。比如说，某某人为了救朋友甚至是敌人的命而自杀，以满足于自己也许不太值得鼓励的特殊爱好或虚荣行为。

"曾有人写道：'你们要互相关爱。'还说，'要爱你们自己！'在大自然的大合唱中，共同的幸福和广泛的和谐将来自这种自私的爱与孤独的幸福，也来自你所演奏的独一无二的音符。其他的事情您就不要管了。

"他们的秘笈能治愈一切。

"再无灵魂之疾，也无不当的、矛盾的敌对情感，也没

---

① 据古希腊神话，达那俄斯的女儿们犯下了罪行，被罚往无底的桶里倒水。在西方典故里，这象征"永无止境地重复着无效的劳动"。

② 源自古希腊神话，比喻藏污纳垢之地或长期积累难以解决的问题。

有战争（除了一些肉馅饼和鱼肉香菇馅饼之争）；终于告别了生活中大大小小的不幸。人们来到世间，将大声歌唱：'朋友们，早晨多美好！'或者：'啊！当一名法伦斯泰尔[1]居民多快乐！'我们不是叫喊，而是哀叹，好像直到现在还一直犯这样的错误。人们会没有痛苦地活着。过上幸福生活之后，就无怨无悔地主动离开了这种幸福。总的一句话，他们会为了自己的快乐而赴死。否则，他们宁愿不死。

"我们去看看这种特别的新事物会有什么样的结果吧。在那边那幢不太好看的大房子里，这片土地上幸福的新使徒正在玩一些天真的游戏。咱们进去吧，也许值得一看。"

只见门上写着：

法伦斯泰尔

首个试验区 —— 基层合作社

（被阉割的和谐）

用通俗的语言来说，就是"我们在这儿生活了400年，非常幸福"。

和谐教育的一大好处，就是消除那些只会耽搁和毒害孩子的家长的影响。[2]

一进门，我们首先看到的是一群杰出的年轻母亲在拒绝孵蛋。"够了！"她们喊道，"不要逼我们生蛋了。"然后，她们就悄悄地来到花园里，在一群种卷心菜的、葡萄和

---

① 法伦斯泰尔，法国空想社会主义者傅立叶幻想建立的社会基层组织。
②《合作社》，傅立叶。（引自原文）——原注。

一位蔬菜朋友。

种其他蔬菜的朋友①中寻觅新的爱慕对象和情人。如果一些
小可怜被孵出来，她们好歹会对他们说："我把你们生了出
来，还孵化了你们，现在让别人来哺育你们吧！如果我们还
记得的话，以后还会来宠爱你们的。"

　　也许你们会觉得这些蛋或是小家伙一直待在那儿？完
全不是这么回事。

————————

① 根据傅立叶的设想，每种作物都有专门的人负责种植。

奶妈们都是富有同情心的老游蛇。

大家都知道，在合作社系统中，自然法则、心灵逻辑与上帝造就的这些父母亲，他们一钱不值。合作社很快就可以用一些个体来替代他们，他们虽然是养父，但会做得更好，因为他们本来是没有任何理由成为父亲的。

四足的长老和奶妈们会不时过来，将孤儿夺走，免费给他们喂口吃的，为他们融入社会做准备。每只鸟都会根据其年龄和性格的不同，被分配到不同的房间，高的、中等的、矮的还有其他体型的，都各有其所。

神秘的大羚羊告诉我们，长老和奶妈们都是富有同情心的鸭子和黄鼠狼，甚至是老游蛇。他们显然对那些刚孵出的和尚未出生的蛋很感兴趣。

稍远处，狼正在吃羊。为了让这些可怜的狼不至于饿死，羊让他们大口地吞吃自己。有几只还没被吃掉，好像正翘首以待呢！

"什么！"我对他们说，"你们真的就那么想被吃掉吗？你们这样等待死去真的非常享受吗？"

"有什么不行呢？"一只可爱的小羊对我说，"这种快乐很平常。他们要活，我们就得死。"

"……老天让狼群

吃掉几只羊……"

一只猴子听到了我的问题，这样对我说。

"他们把羊全都吃掉了。"

他窃笑着补充了一句，然后把长面包伸到一只蛋里蘸了蘸。这只猴子被当作是这只蛋的父亲，而他真正的父亲是我在第一个房间里看到的一只公鸭。

我清楚地看到，无论在这个中心的什么地方，不管是在会议室里还是在大马厩，都能学到新的理论。

门上有个牌子，上面写着：

学习室 —— 吸引人的劳动

　　参加聚会的人很多，劳动者们互相堆叠在一起，当然了，体型大一点儿的趴在小一点儿的身上。驯化的野猪，在趴着睡累了的时候，肯定会翻过来朝天睡；牛抛弃了他们的犁；骆驼想把自己的驼峰放在旁边的骆驼身上，而旁边的骆驼心想这驼峰要也是扁平的那该多好，而在法伦斯泰尔这样拥挤的地方是不可能有什么希望的。那些没睡的打着哈欠，或即将打哈欠，或打过哈欠了。大家似乎都厌倦极了。一只猴子坐在中间，抱着一个膝盖，头微微后仰，好像沉浸在思

那些没睡的打着哈欠，或即将打哈欠，或打过哈欠了。

考之中，并且在替别人思考，尽管其实并不是这么回事。

"先生，"我对他说，"这些人看起来这么悲伤，他们真的幸福吗？"

"恐怕不幸福，"他答道，"但他们没有更好的办法了。至于我，"他接着说，"我坐在这个圆凳上不舒服，如果我不是法伦斯泰尔的首领，我就跟他们一样睡觉了。"

我们继续走着，经过一家马蹄铁匠铺门前。铁匠就像所有同行一样，成了鞋匠，卖鞋给那些穿浅口鞋、半筒靴和绣花拖鞋脚容易痛的马。

"天哪，"我对我的旅伴说，"我受够了幸福岛和这场和谐的散步。如果这就是幸福，幸福这个词就恶心死了。"

"如果这个新制度的拥护者没有东西吃，也没法维持制度运转的时候，除非他们互相吞食，否则，我希望他们……"

我没能把话说完，眼前的景象让我惊讶不已。我的向导，我想世界上没有比他更冷静的人，就像诗人所说的那只神鸟："灾难造就勇者①"。我的向导在这之前一直都很镇定，他在一条小河边停住，喝了一点儿水，突然露出一种极度绝望的神情。"我太不幸了！"他喊道，"我太不幸了！"他深深地叹了一口气，我满眼泪水地跑向他。

"天哪，您怎么了，我亲爱的朋友？"我问他。

"我怎么了？"他指着河对岸的一群麝香鸭，他们围着一只我从来没有见过的那么美的卷发鹅，傲慢地蹚过河流，"我怎么了？没什么，只是我曾疯狂地爱过你看到的那位小姐，而她也爱过我！可是有一天，她消失了……我一直以为她死了，整天以泪洗面。现在，在这个愚蠢的小岛上看到她，看着她无微不至地关心围在她身边的那些小蠢鸭，我再也控制不住自己的情绪了。"

"别伤心，"我对他说，"或至少要设法自我安慰。"

---

① 原句为"Si fractus illabatur orbis, impavidum ferient ruinae."（贺拉斯语）

"设法自我安慰，"他抬起头，回答说，"就是没有耐心去等待对你冷漠的人。我们不需要自我安慰，而是要忘记。我会忘记的。"

他张开双翼，像乌云一般，飞向我们之前到达的那片海，没说一句话，也没回头看一看。

"可怕的爱情啊，"我想，"人们说了你那么多坏话，是否应该相信？这只卷发鹅是怎样欺骗这只善良的鸟的？谁又能向我保证我所爱之人没有骗我呢？可是，亲爱的读者朋友，跟你们说这些又有什么用呢？"

十三

企鹅岛

两天之后，我们终于到达了企鹅岛。

"这是要干吗？"我看到两三百个跟我同类的鸟排列在海岸上，好像要打仗一样，我问，"我的兄弟们这样在海边列队，这是欢迎我们还是不欢迎呢？"

"别急，"我的朋友说，"这些企鹅跟你很像，他们在那儿什么也不干，我们没什么好担心的。他们像其他鸟儿一样，喜欢漫无目的地聚在一起，不做其他事情，天天像木桩一样站在那儿。这既不会伤害别人，他们自己也满足了。"

我们受到了十分友善的接待，我们最先见到的那几只鸟殷切地带领我们去见老企鹅，说那是岛上之王，确实如

企鹅岛。

企鹅国王。

此。看到他时你就明白了，因为这是我们见过的最大的企鹅，我们对他的敬意油然而生。

这个善良的国王坐在一块石头上，那是他的宝座；四周围着他的臣民，好像个个都与他十分亲近。

"尊敬的异乡人，"远远看到我们的时候，他就喊道，"热烈欢迎，很高兴认识你们。"

由于他周围都是鸟，我们没办法走到他跟前。

"这样吧，"于是他说，"孩子们，你们往旁边站一站，让这两位先生过来。"

很快，女士们站到左边，企鹅们站到右边。

这位贤明君主道歉说，由于行走不便，他无法离开座位，示意我们上前去。

"异国的先生们，"他对我们说，"就把这儿当成你们的家。要是你们觉得还不错，就留下来吧！感谢老天，我的这个王国虽然小，但大家都有地方。"

我们回答说，太感谢了，我们觉得他的小王国很大，

这个善良的国王坐在一块石头上，那是他的宝座；四周围着他的臣民，好像个个都与他十分亲近。

这番话让他立即就笑逐颜开。

国王问我们来自何方。知道我们旅行了很长时间之后，他便让我们讲讲路上的故事。他津津有味地听着，当他以为我们要停下来时，便大声地说："继续继续！"这给了我们很大的勇气。

当故事全都讲完时，再也没有什么可说的了，他扔掉头上那古老的弗里吉亚旧帽，那是这个国家千百年来的王冠。他把手杖也扔了，这是智慧的象征，是权杖；还有手上拿着的空心蛋，象征着宇宙。他扔掉所有东西之后，向我们张开双臂，说：

"拥抱我吧，你们是我所喜爱的诚实的鸟。我们以后再也不分开。"

"陛下，"我对他说，"我觉得我们要是拒绝您就大错特错了。如果我的朋友跟我想法一样，我们就留下来。"

"您意下如何，鲣鸟先生？您该说说了。看看这座岛吧！如果这些俯瞰着大海的峭壁有一处是您喜欢的，那它就属于您了。"

"陛下，"我的朋友答道，"像您这样的君主以及这样的王国非常罕见，我巴不得能在您这里生活一辈子。"

"说得太好了！"国王大声地说，"而且，"他补充说，"亲爱的先生，您不是这座岛上唯一的鲣鸟，您要知道……鸟越多就越热闹……"

由于这句玩笑很受欢迎：

"我的孩子们，"欣喜若狂的国王说，"这两位先生现在是我们的人了，好好招待他们。"

每只鸟都大喊："国王万岁！国王万岁！"当然，我们也跟喊起来，甚至喊得比他们更大声："国王万岁！"

在这之后，国王还特别对我说：

"至于您呢，这还不止。我有个想法，您结婚了吗？"

"陛下，"我答道，"我还是个孩子。"

"他还是男孩！"陛下转身对一旁的女士们说，"男孩！"

"哦，他是个男孩！"她们也很快叫道，"这简直就是犯罪，他得结婚。"

国王开怀大笑："你们这样说了，我敢保证你们会这么说的！"

"可是，陛下……"我叫着。我终于知道他想干什么了，但为时已太晚，我的心……

"好了，让我们唱歌吧！您别说了，您心地善良，肯定不会拒绝做我女婿，我没有儿子，您就当我的儿子吧，以后继承我的王位，那我死也瞑目了。快去帮我把公主找来！"他补充了一句。

我完全没有料到会有这一出，惊得哑口无言。

"沉默即同意！"国王说。

我还没来得及表态，公主就跑着赶来了，大家已经把事情告诉她。我抬起眼睛，正好遇到她的目光，啊，看起来

您不觉得她很美吗？

很温柔。

"好好看看她，"想成为我岳父的国王说，"好好看看她。难道您不高兴吗？您不感到特别快乐吗？您不觉得她很美吗？"

"天哪！"我心想，"她好美！跟我长得一模一样！"

"您要知道这女孩有多漂亮，您要知道您会有一个多么肥美的妻子！"这位父亲爱怜地扫了一眼年轻的公主，补充道，"我的爱妾中没有一个比她的脚更大，腰更粗，眼睛更小，嘴更黄。还有她的裙子，"他接着说，"难道不好看吗？她的小胳膊，难道不是跟大家希望的一样短小吗？她的裘皮衣服在她背上漂亮地鼓起来，您见过比这更美的吗？"

"唉，"我低声对我朋友说，"裘皮衣都过时好几个世纪了！"

"你会有一个世界上最好的岳父。"他答道。

"又不是他要嫁给我！"我说。

"婚姻是诸多坏事中最好的事，"他说道，"如果还没结婚，就忘了你的海鸥吧。"

"唉！"我想，"回忆让人痛苦，但谁又想要遗忘呢？"

这时，年轻人问："婚礼什么时候举行？"

"这会是对佳偶。"老人们说。

"他们会多子多福。"碎嘴的妇女们加上一句。

"他可真幸运！"嫉妒者说，"一只一钱不值、不知出处的企鹅，娶一位公主！我敢打赌他会答应的。"

"结婚！结婚！结婚！"四面八方的群众对我喊。

我结婚了。

岳父承包了婚礼的所有费用，因为在企鹅国，无论是国王还是最穷的臣民，都得风风光光地嫁女。

这就是我成为国王之子的过程。一场荒诞的婚礼就是这么操办的。动荡的生活以不幸告终，因为我的妻子并不是特别善良，我也一点儿都不觉得幸福。

所以，我什么都没忘记。

十四

我可以一直待在那儿的，但我说过多次，我一定要去寻找她。也因为我还有一件事要跟你们坦白。

我一直梦想着有一天能与我所爱之人重逢，而她也一直在呼唤着我。

我在梦里清楚地看到了她以及她所在的地方，醒来时，也相信这个地方一定存在，要是努力去找，就一定会找到。于是我决定出发，稍做准备之后，我借口有外交使命，就离开了我的妻子和孩子们。这样做确实不地道。

至少在两年间，我一直满世界跑，但没有找到我一直在寻找的地方，也没有任何收获。如果勉强要说有的话，那就是知道了地中海的波浪比太平洋小得多，地球上海洋面积占地球表面面积约71%。这让我增长了见识，尤其是关于鱼的知识。

但就在我开始绝望的时候，我重新回到沙滩……并蹲在一只搁浅的鲸鱼肮脏的残骸上……旁边有只胆怯的鸬鹚，她是海鸟中最为弱小的一种，这是一只轻盈的海鸥，非常漂亮，空中的仙鸟，这一迷人的景象我一辈子也忘不了。

我才明白，不是所有闪闪发光的东西都是金子。全心全意地付出之前，先看两次没坏处。我说了什么？但看了一百次，看得太清楚了，反而不会付出真心。

哦，我的初恋！我多为你感到难为情啊！当我发现自己一直找寻的不过是个幽灵，我喜欢的是一个幻影，那只无与伦比的海鸥不过是种类中最差的海鸥时，我会怎么样呢？

我痛苦惯了，最后变得擅长自我安慰……"一切都很好！"我大声地说，"与其相信温柔的谎言，不如拥抱残酷的真相。"我启航重返企鹅岛，这次，我下定决心不再离开，也决定要做一个好丈夫、一个好爸爸和一位好王子。

十五

一到那里，我就去拜访那里的居民，他们的身体都很好。我的岳父呢，感谢老天，他看起来比他的子民还要健康！接着，我去寻找我亲爱的妻子，看到她正和我的两个孩子在一起——这是上天的恩赐！我多了两个孩子！

十六

之后，我去找我的朋友鲣鸟。

之前，国王十分赏识他，还想任命他为总理，但他推辞了，称自己身体欠佳。确实，他虚弱不堪。一个医生给他检查过，说他的胸部恐怕已经受到撞击。

"朋友，"我对他说，"你脸色不好，要好好休养。"

"算了吧！"他说，"时间每时每刻都在伤害我们，幸运的是，它最后会把我们杀死的。"

他待在一块高高的岩石上，比别的岩石都高，完全遗世独立，不见任何人或者说几乎不见任何人，因为他说，一

接着，我去寻找我亲爱的妻子，看到她正和我的两个孩子在一起——这是上天的恩赐！我多了两个孩子！

个人独处，仍和所爱之人一起。

这只无名的鸟儿，只有沉寂与孤独陪伴。

"显然，"我跟他讲了我遇到的事情之后，说，"我并不幸福。"

"见鬼，您怎么会变成这样？"他对我说，"您配活着吗？瞧，您找到了什么？您包里装着什么？给我看看您弄到的宝贝。您跑够了！折腾够了！您受够惩罚了吗？说到底，您付出这么多努力，不是也没有达到任何目标吗？"

"别说了，"我大声地说，"如果我能知道幸福究竟是什么，哪怕知道一点点，我也就不会对幸福有什么不满。"

"嗨！"他怒气冲冲地说，"真是头倔驴！您是一只企鹅，又怎能幸福呢？大家幸福吗？

"要想生存，就必须更爱云朵而不是太阳，更爱下雨而不是晴天，更爱忧伤而不是快乐；渴望开怀大笑，或把泪水当作幸福；一无所有，容易满足；认为所做的一切都是好的，所说的一切都是真的；要相信废话，相信囊袋就是灯笼①；坚信自己在梦中仍然清醒，醒时也在做梦；热爱幻觉、表象和阴影；有一套哪里都能用的本事；光说漂亮话；死不讲理；什么都知道，却什么都不说；颠倒黑白，最终颠倒一切。

"而且，"缓过气来之后，他又补充说，"您要是感到

---

① 来自法语俗语"把囊袋当作灯笼"，指相信极其荒谬的事情。

不幸，那就等着，时间会摧毁一切。"

于是，我就在等了。

亲爱的读者，如果您也感到不幸的话，那就像我一样做吧：一切都会结束，甚至包括这个故事。

植物园里的长颈鹿

夏尔·诺迪埃

给沙漠中的情人的一封信

极其感谢仁慈万能
的神给蚂蚁、长颈鹿和
人类的保护！啊，我亲
爱的，不久之后，我们
就会知道我们将永远走
到一起。我待会儿要讲
讲那些学者（这些人是
管晴天和雨天的，但是

晴天很少见），我得说，那些学者们刚刚明智地决定，完全
应该把我们都集中在有关长颈鹿的论文集里，以便好好研究
某些特殊事件。这些事刚开始对你来说可能不甚清晰，但是

我解释两句之后你就会跟我一样明白了。

我无意让你回想起我们分别时的痛苦，唉，你跟我一样感到这样痛苦。我也不想让你回忆起我穿过大海、冒着风暴被抓到木笼中去的场景。你不也一样跟我同受此苦吗？然而你比我幸运多了，因为经受几天的考验之后，你肯定能找到我！《动物杂志》一出版，你就能在我写的《旅行印象》中看到所有的细节。编辑可不会漏掉这个。

现在，你只需要知道他们把我运到了一个极其陌生的地方，你会很难习惯的。那儿阳光苍白、月光惨淡、天空晦暗，尘土肮脏且潮湿，风都是湿冷的。一年有三百六十几天，其中三百四十天都在下雨，所有道路都变成泥泞不堪的河流，像我这样矜持的长颈鹿小姐根本不敢跨出一步。只有在一年中的某段时间内才会有点儿变化，那时，雨会变成白色，远远地用一块巨毯蒙住大地。这种单调不仅让眼睛难受，也让心灵痛苦。水也变硬了，天上口渴的鸟儿多么不幸！他们死在河流里，却是被渴死的。看到这荒无人烟的地方，我深感惊恐。这就是我刚刚来到的"美丽的法兰西"。

在那个我刚刚给你描绘的可悲的地方，数量最多的那种动物可能是上帝所有的造物中最不受待见的。他们前额生硬，平平地垂直下来，脖子几乎都缩到双肩里，既不修长也不灵活，光滑的皮肤像沙土一样是浅黄的。最滑稽的是，他们走路的习惯十分愚蠢，竟然用后腿走路，前面的两条腿左右摇摆，以保持平衡。很难想象出比他们更怪异更丑陋的动物了。我相信这些可怜的动物们对自己的与众不同是有自知之明的，因为他们小心翼翼地隐藏自己，躲避别人的目光，虽然这些目光不会伤害他们的身体。为了做到这一点，他们成功用某种植物的皮或是某类动物的毛皮给自己制造了假皮肤，但这并不会让他们比裸着的时候好看多少。亲爱的，我要告诉你，我们看人类越仔细，就越为自己是长颈鹿而感到自豪。

我们看人类越仔细，就越为自己是长颈鹿而感到自豪。

你知道，我们能够轻松地通过叫声、笑声、低吟，尤其是眼神来传达所有情感与需求，一切感情都会通过眼神表现出来。而一切迹象都表明，我跟你说的这种可怜的种类，以前曾有同样的本领，但他们竟然用一种抑扬顿挫、几乎是连续不断的语言替换了自然简单的语言。如果哲人没有说错的话，这是他们致命的本能，注定要遭到无情的惩罚。这种乏味的语言非常讨厌，其主要目的也不是为了能被人理解。他们称之为"说话"。这种奇特的人造语言的目的是以最难懂的方式来陈述，因为明明是一件很清楚的事，被它一说总是变得糊里糊涂。他们说的话模糊、混乱、不明确，如果要想给它取一个名称，那就把它叫做"思想"。这个名称毫无意义，不过是约定俗成的一种说法罢了。他们用一种无效的杂音进行交流，充满怀疑与仇恨，有时吵吵嚷嚷，剑拔弩张，这被称为"谈话"。如果两个人在交谈三四个小时后分开了，可以确定，他们都完全无视对方的主张，甚至比以前要更恨对方了。

我还要跟你说一件事，就是这种丑陋的动物十分残忍，喜食血肉。但不必惊慌，可能是出于懒惰的天性，或是太忘恩负义太残忍，他只吃没有攻击性的可怜动物，那些动物太胆小，很容易突然被杀死。人类往往会穿上他们的毛皮，享用起丰盛的菜肴。但他们只这样对待本地的动物，对待外来动物可是尊敬得不得了，关怀备至，问寒问暖。这至少可以证明，为了维护自己的面子，他们并未隐藏自己相对低等的可怜身份。他们划出一块地来养羚羊，为狮子装修山洞，还为我种了枝繁叶茂的树林，让我可以轻轻松松地伸长脖子够到树顶。他们在我面前铺了一片草地，青草鲜嫩得就像长在井边；或是为我铺上一地流沙，光滑得就像在沙漠里飞扬的沙子一样。他们还在我的住所里设置了恒温，他们要是对同胞也这么关心的话，他们的同胞会开心死的。可他们一点儿也不在乎自己的同胞，不需要他们的时候，就完全无视他们，还经常会杀死他们，甚至常常在重大节日里吃掉他们。屠杀日越来越常见，并不是为了吃，也没有其他目的，想都不想就会大开杀戒。之所以屠杀，往往是因为一个不能大声说的词，或是一种说不清楚的"思想"。上帝很有先见之明，没有赐予人天然的武器。但人类为了进行这类可怕的屠杀，模仿动物天生用来防御的武器，发明了所向无敌的杀人工具，腰间骄傲地挂着一把剑，剑头又长又尖，犹如独角兽的角；或是佩戴一把弯刀，锋利得就像佩剑蝗虫的前翅。他们甚至不惜犯上，从上帝那儿偷来造物的本领，用各种见不得人的手法，改头换面，改变用途。他肩背轻便武器，驾着一个很大但可以依靠四个轮子滚动的东西，铁皮里能同时装上无数尸体。当他们就某个词或某种思想发生争执时——天知道他们是否常常这样——他们就用上了这些可怕的机器。双方中哪一方杀死敌人最多，谁就自然而然地成为新的统治者。这种理论方式肯定会吓坏你，但也有一个特殊的名称，叫"荣誉"。

　　人类并不是我们在这里要谈论的唯一会说话的动物。我也经常看到另一种动物，也就是所谓的"智者"，他竭力使自己从芸芸众生中脱颖而出，虽说他看上去更像普通人。第一次见面，让我们印象深刻的是他一头深绿色的毛发，他喜欢用刺绣和缎带来装饰。但我跟你说过，这完全就是伪装，他不过是个普通的动物，主要的不同之处在于语言，语

人类为了进行这类可怕的屠杀，模仿动物天生用来防御的武器，腰间骄傲地挂着一把剑，剑头又长又尖，犹如独角兽的角。

言是世界上最神奇的东西。他不考虑胡编乱造的思想是否会给其他同类带来那么多痛苦，只在意话说得是否漂亮。要是我们责怪他这样说话，他是会注意一点儿的。智者就是说一些很少使用的语言，反正也没人用，说不说都一样。他最大的功劳是每天都创造那些人们闻所未闻的新词，来表达人尽皆知的平常事。他们也会创造一些只有他们才懂的鸟语，完

只会吐丝成茧，把自己封闭在书中，就像蚕被困在蛹里。

全应该这样！一个轻易被人读懂的智者不是一名真正的智者，他们白有一身绿毛了，因为真正的智者能像蝴蝶一样破茧重生。那些顽固地含混不清地说话的人都是"蚕智者"，只会吐丝成茧，把自己封闭在书中，就像蚕被困在蛹里。他们中的大多数确实会如此死去。

还有一个种类更有趣，那就是"女人"。这种可怜的动物温柔、优雅、娇弱、羞怯，男人不知不觉就会要了她们，她们用计或用武力让男人对她们俯首称臣。我就不假惺惺了，我要再次对你说，她们是自然界中最美丽的动物了。而男人却要掌控她们，伤害她们。她们会让人对自己高看一眼。人们经常感到，女人的精神备受痛苦的折磨，不仅因她们扭曲的命运，更因为被背叛的未来。因为她们需要爱，这几乎就是她们的全部情感，她们必须爱某件东西或某个人。她有时会相信她爱一个男人，觉得他就是以前被迫分开的恋人，都怪那个诱拐她的混蛋，但这种幻景不会持续很久。

当她给自己找到新主人时，她便消失了，去依附另外一个男人。别以为一次、两次或是十次这种错误会让她幡然醒悟，这种幻想无时无刻不在召唤她、跟随她。女人之所以活着，就是渴望一个能让她们的生活十全十美的陌生男人。用不着告诉你，她永远也不可能找到这种男人。所以说，对待爱情的无常便成为女人的瑕疵之一，或更确切地说，是女人的不幸之一，因为一旦想到将来不可能再爱上自己所爱的人，人就无法感到幸福。男人也会指责女人虚荣，但往往都不知道自己在说些什么。虚荣是指人们过分夸耀自己，而女人无非是评估自己的价值。如果她们能清楚地认识自己，对于一边强迫自己做出荒唐举动，一边又对自己不屑一顾的男人，她们就不会再低声下气。就好比那些丑八怪男人最喜欢人造皮毛一样。而对女人来说，这品位实在是低得不行。确实，女人让男人变得如此狭隘、如此轻率、如此透明，不得不设法让男人去猜她们不敢示人的一面。

关于这种怪癖的传闻一直被传到沙漠中。不管我是否愿意，这个国家让人气愤地迫使我成为它的公民，我给你讲了这么多细节，却不告诉你这个国家的政治或这些人是怎样管理自己的国家的，你一定会感到惊讶。这是因为，人们在法国讲的很多事都让人听不懂，其中政治是最难理解的。要是你听到有一个人在谈论政治，你会觉得很尴尬；要是你听到两个人在谈，你会觉得糊涂；要是你听到三个人在谈，那就乱套了。而当四五个人在谈论政治时，他们会互掐。这些人相互仇恨，其中有的仇恨是有道理的，这种仇恨让他们互相攻击。但他们都尊重我。我有时觉得，他们一想到要让我做君主，立马就停止了争吵。据我所知，确实只有我个子比较高，他们对我有些敬重。而且，一点儿都不奇怪，关于社会权力的起源与特征的斗争（你都不会知道那是什么）会无休无止，即使他们当中最精明的人，也害怕随之而来的麻烦和倒霉事。他们会友好地团结起来，明智地做出决定，通过身高来选君主。这就解决了所有由选举制和君主制产生的问题，没有比这更明智的办法了。

几天前，我还以为自己很快就会完全洞察这些秘密。我已经听说，那些掌握着国家命运的候选人公开聚在更靠近河边的地方，而不是在指定给我住的地方。当时我正去那里散步，来到一座巨大的宫殿前，所有的大路都被人占领了，一大群忙忙碌碌、嘈杂喧哗的人好像住在那里。乍一看，这些人和其他人没什么区别，只不过看起来更丑陋、脸色更阴郁、脾气更差罢了。我想都不想就认为是他们习惯进行严肃思考和认真工作的缘故。令我大为惊讶的是，这些人太活跃了，一分钟都无法待在原地，因为我偶然目睹了议会的一场激烈讨论。他们跳起来扑向对手，数百个小群体混战起来，大声斥责对手，摆出恐吓的姿势，或是朝对手龇牙咧嘴，做出吓人的样子。大部分人似乎是为了尽可能地凌驾于他人之上，某些人为了达到目的，甚至巧妙地站在别人的肩上。为了不遗漏议会的每个活动，我凭自己得天独厚的身高优势，轻而易举地站在高处，尽管如此，我还是没能在这样的嘈杂声中听清他们说什么。震耳欲聋的叫骂声、嘎吱声、嘘声和讥笑，让人完全猜不到这场磋商的缘由和结果是什么，我厌烦地走开了。有些人信誓旦旦地说，议会每次开会或多或少都这样，于是我不再参加这种会议①。

---

① 很明显，长颈鹿对此产生了误解，如果他并非完全无知，那也说明他对人类缺乏尊重。受困于"国王的花园"，他不能拜访原本打算描述的"众议院"。他所看见的，只是"猴子的王宫"罢了。——原编者注。

有些人信誓旦旦地说，议会每次开会或多或少都这样，于是我
不再参加这种会议。

　　在把这封信交给我的翻译之前，我打算给你寄一些巴
黎当下使用的语言样本，但我的翻译说这种东西会弄脏他的
手。说真的，要让我记住这种行话实在太难了。但你通过下
面这两段话自己就可以判断了。在我开满鲜花的草坪上，有
一个长满水牛胡子、身材高大的小伙子和一个有着一双羚羊
眼睛的迷人女子，小伙子正试图向姑娘解释自己迟迟不出现

的原因：

"美丽的伊索琳娜，"他对她说，"我忙于思考许多重大问题，你那颗跳动着的女性的心一定感觉到了。我被赋予卓越的才能，成为最追求完美的最高级的信徒，长期专注人道主义的仁慈思辨，描绘百科式的政治蓝图，各民族的道德将得到完善，各机构和部门将走向和谐，人尽其才，所有的科学都得到发展。但你对我有着强大的吸引力，我仍无法抗拒地走向你，我……"

"不要再说了！"伊索琳娜郑重地打断他，"别以为我不知道这类崇高的思想，也请你不要以为我的灵魂会轻易受鄙俗的自然主义所诱惑。我为你的命运感到骄傲，亲爱的阿德玛尔，在这一让我们走到一起的感情中，我只看见了婚姻的两重性，双方不同的天性在让人同情的个人主义中最终把它混淆了起来，说得更清楚一点儿，两个同源的特异性体质感到了彼此同化的强烈意愿，进而合二为一。"

谈话仍在低声继续，我想我可以假设，她变得更加聪明了，因为当那位年轻的哲学家为了不让情人的向导撞见而离开时，脸上洋溢着骄傲和喜悦。你能想象这些令人生厌、混乱难懂的话在某种语言中意味着"我爱你"？然而，这如果不是最简单的说话方式，那肯定是最高雅的了，甚至还有一些爱吹嘘的聪明人公开宣称只用这种方式来说话。啊！我的朋友，我迫不及待地想听到人们说"长颈鹿"这个词了！

…………

又及，虽然"长颈鹿学"的基础教育没有建立，甚至有可能因为我们一直被孤立在外而一直都没想到要去干这件事。但你用眼睛、用脑袋去想，就会明白这封信的内容。我受到某个朋友的启发，写下这些文字。比起自己的语言，这位朋友更听得懂动物的语言，我真的没有丝毫夸大。总有一天，我会把他引荐给温柔而又宽容的你。我对这个可怜的家

请你不要以为我的灵魂会轻易受鄙俗的自然主义所诱惑。

伙了解甚深，才敢断言他任自己受人类摆布，因为他别无选择。但如果依着他，他会主动放弃他那愚蠢的种族所拥有的一切财产，披上任何其他动物的皮毛，大动物、小动物都无所谓，只要诚实就好。

长颈鹿

白乌鸦①的故事

阿尔弗雷德·德·缪塞

一

在这个世上做一只不同于他人的乌鸦，这是一件多么光荣又多么艰难的事呀！我可不是布丰先生②所说的那种神奇的鸟类。不过我极其罕见，可以说几乎无法见到。多希望老天不曾让我出现在这世上！

---

① 雄性乌鸦除了黄色的眼圈和喙外全身都是黑色，雌性和初生的乌鸦没有黄色的眼圈，但有一身褐色的羽毛和喙。白色的乌鸦属于变异的情况，在法语中的引申意为："罕见的人或物"。
② 布丰（1707—1788），法国博物学家、作家，代表作为《自然史》。

　　我的父母是两个老实巴交的普通人，多年来一直住在玛黑沼泽①角落的一座旧花园里。这是一对模范夫妻。每到我母亲在灌木丛中孕育新生命的日子，我当年虽然年纪不小但依旧玉树临风的父亲便会整天地在她身边逗她开心，还会为她带来新鲜的飞虫作为食物。为了避免影响妻子的胃口，他总是记得先把飞虫的尾巴掐掉。到了天气晴好的夜晚，他必会唱起动听的歌曲讨她欢心。住在附近的鸟儿们都沾了我母亲的光，得以享受这样美好的歌曲。这样的日子，每年三次，年年如此。他们从不吵架，那时候没有任何东西可以让小两口心生嫌隙。

　　我出生后不久，父亲的脾气便开始变坏。那时我不过是一个灰色的小肉球，但他从我身上看不到其他孩子那样的外表或颜色。有时他会斜着脑袋看着我，自言自语说："这么脏的小孩。能变成现在这样又脏又丑，他得是把他所遇到的建筑垃圾还有泥浆都往身上抹了个遍吧？"

　　母亲总是蜷缩在用盆子做成的窝里，说："嘿！我的天哪！您也不看看他现在才多大？难道您小时候就这么漂亮吗？让我们的小鸫鸫（这是我母亲对我的昵称，她并没有给我选择像"小乌鸫"之类的正常爱称）好好长大吧。到那时候您就会看见，他将会变得英俊，他可是我所有孩子里最出色的呢！"

――――――――――

① 原为沼泽地，现为巴黎右岸商业区。

她说得没错。她看着我长出难看的羽毛，活像一个怪物。不过，像天下所有母亲那样，纵使命运捉弄，她也没有因此而停止对我的爱，就好像我的怪异是因她而起，或者说，她在我面临命运的不公之前，先为我挡下了它。

父亲在我第一次换羽毛期间突然对我十分关心。看到脱毛结束的我几乎光着身子在墙角瑟瑟发抖，他给我的关怀也不比我换羽毛期间的少，甚至还为我弄来了家禽的饲料。可当我冻僵的翅膀上重新长出羽毛，他看到又是白色的，立刻暴跳如雷。我担心在我余下的日子里，他会把我的羽毛拔光。唉！因为没有镜子，我无从知晓为何父亲如此动怒。我总是问自己，为什么世上最好的父亲会用这样野蛮的方式对待我。

有一天，一缕阳光和我新生的羽毛让我心情舒畅，在飞过一条小路时，我开始放声歌唱。事实证明这是多么愚蠢的举动，我的父亲才听到第一个音符，便像离弦之箭一般冲入天空：

"我刚才听到的是什么玩意儿，这是一只乌鸦该发出的声音吗？我是这么唱的吗？你那是唱歌吗？"

他可怕地扑到我母亲身旁：

"臭婆娘，是谁在你的窝里生出这么个玩意？"

听到这话，愤怒的母亲冲出了她的窝，还弄痛了自己的一只脚。她想辩解，但抽泣得说不出话来。她重重地摔在了地上，几乎晕厥过去。看到她只剩下半口气，我惊恐又害怕，在父亲的面前跪下了：

"噢！父亲！确实是我唱得不好，我的外表也确实丑陋，可是您别因为这些让妈妈受罪呀！老天不给我像您那样的好嗓子，这难道是妈妈的错吗？我不像您一样有黄色的嘴和法式的漂亮黑色羽毛，这难道是妈妈的错吗？您身上的这种色彩搭配，让您看起来就像教堂里那些正在吃煎蛋卷的人。如果我长得像怪物是天意，如果有人需要为此付出代价，那就让我成为那唯一的倒霉蛋吧！"

"问题不在这儿！"父亲说，"你用这种恶心的方式唱歌是什么意思？是谁教你违反所有的用法和规则来唱歌的？"

"父亲啊！"我低声下气地回答，"我已经尽力去唱了，可能是因为我吃了太多的虫子，再加上天气晴好。"

"我家里的任何人都不许用这种方式唱歌！"父亲勃然大怒，"几百年来，我们乌鸦的演唱技巧在父子间代代流传。你也看到了，每当夜晚我开始歌唱，二楼的一位老先生以及谷仓里的一只小灰莺便会打开窗户来听。你这身愚蠢的羽毛就像脸上搽了白粉的集市小丑，那样难看的颜色在我眼前晃来晃去还不够吗？要不是我脾气好，我早就把你剥光，像鸡舍里要拿去烧烤的鸡！"

面对父亲的无理取闹，我终于做出了反抗。我喊道："好吧，如果事情是这样，那我好汉做事好汉当。我将在您

我没有你这个儿子！你不配做一只乌鸦。

眼前消失，让您眼不见为净，您也不用成天因为我羽毛的颜色找我麻烦。我要离开这里，父亲，我要逃离这里！您还有别的孩子为您养老，毕竟母亲每年下三次蛋。我会离开的，不让您看见我难看的羽毛。或许……"我的声音开始带着哭腔，"或许我可以在附近的菜园或者房屋的檐沟里找到蚯蚓或蜘蛛，勉强保住我可怜的小命。"

"你愿意怎么办就怎么办，"父亲根本没有因为我的这番话而心软，"最好不要让我再看到你！我没有你这个儿子！你不配做一只乌鸦。"

"那么，父亲，请问您，我是什么？"

"我不知道，总之你不是乌鸦。"

说完这些让我震惊的话，父亲迈着缓慢的步伐离我而去。母亲难过地从地上爬起，一瘸一拐地回到她的盆子里继续哭泣。此刻的我，既困惑又悲痛，尽最大努力飞上天空。我要在附近找一个檐沟，在那里开始新的生活，就像我刚才向父亲宣称的那样。

二

冷酷的父亲就这样让我落在这种屈辱的处境里好多天。但尽管他很粗暴，心还是很善良的。他时常会向我投来躲躲闪闪的目光，可以看得出来，他是想原谅我，并让我回家的。尤其是母亲，常常会抬起头，充满温情地望着我，有几次甚至忍不住用哀怨的声音轻轻呼喊我。可我这身可怕的白羽毛让他们不由自主地感到厌恶和惊恐。对此，无药可治。

"我根本就不是乌鸦！"我不断地对自己这样说。其实，我每天早上梳理羽毛的时候，都会在檐沟的积水里照照自己。我十分清楚地知道，我跟家人太不像了！我时常在心里呼喊："老天爷呀，求求你告诉我我到底是什么吧！"

一个夜晚，下起倾盆大雨。我又饿又伤心，疲惫不堪，正想睡觉，突然看到我身边有另一只鸟儿。他浑身湿透，脸色苍白，瘦骨嶙峋，我从来没有见过这样惨的鸟。他的毛色和我相近，尽管大雨倾盆，我还是能看得出来。他的体型比我大，可身上的羽毛还不够给一只小麻雀做衣裳。我一眼就觉得，这是一只缺吃少穿的可怜鸟儿。不过，即使暴风雨不断敲打着他几乎没有毛发的前额，他依旧保持着一种令我肃然起敬的骄傲姿态。我谦卑地向他表达我的巨大敬意，可是他啄了我一下作为回答，差点儿把我啄到檐沟里。看到我搔着耳朵，还内疚地往后退，并没有以牙还牙的意思，这只脑门光秃秃的鸟用沙哑的声音问我：

"你是谁？"

"唉，先生，"我答道（担心他会发起第二次突然袭击），"我也不知道自己是谁。我曾以为自己是一只乌鸦，可人们告诉我说不是。"

我奇怪的回答加上我真诚的样子让他产生了兴趣。他靠近我，让我给他讲讲我的故事。我照办了，伤心和耻辱十分符合我当前的处境和眼下这个糟糕的天气。

"如果你像我一样是只野鸽，"听完我的故事之后，他对我说，"你就不会把你所烦恼的这些蠢事放在心上。旅行，就是我们野鸽的生活。我们有自己的爱人，但我一直不知道我的父亲是谁。冲破天空，穿越空间，俯瞰脚下的山川和平原，呼吸蓝天的空气而不是地面的气味，箭一般飞向一个标记好的地方，永不错过，这就是我们生活的乐趣。我一天所飞的路比人类六天里所走的路还长。"

"我敢保证，先生，"我鼓起勇气说，"您是一只吉卜赛鸟。"

"这又是一件我根本不在意的事，我根本没有故乡。我只认三样东西：旅行、妻子和孩子。我的妻子在哪里，哪里就是我的家乡。"

"您脖子上挂着的是什么？看起来像是一张被弄皱的旧糖纸。"

"这些纸可重要了，"他像公鸡一样昂首挺胸地答道，"我马上就要动身去布鲁塞尔了，我将给著名的银行家XXX带个话，这个消息可是会让银行的定期利息降低整整1.78法郎呢！"

"哇！"我惊叫道，"您的人生真美好！布鲁塞尔，我想该是个值得一去的城市吧？您可以把我带上吗？既然我不是乌鸫，说不定我是一只斑尾林鸽。"

"如果你真是我们中的一员，我刚才啄你，你是肯定会反击的。"

"好吧，先生！我现在就回击。别因为这点儿小事就影响我们的关系。天就要亮了，暴风雨也停了。求您可怜可怜我，让我追随您吧！我很失落，我在这世上一无所有。如果您拒绝我，我就只能在这檐沟里淹死自己了。"

"好吧好吧！出发！如果你跟得上我，那就跟着吧！"

我最后扫了一眼院子。院子里，母亲正在沉睡。一滴泪水从我的眼中落下，被风和雨带走了。我张开翅膀飞走了。

三

我说过，我的翅膀还不太强壮，可是我的引航员飞起来就像风似的，我得用尽全力才能勉强跟上他。我坚持了一段时间，但很快就感到头晕得厉害，险些昏厥过去。

"还要飞很长时间吗？"我弱弱地问。

"不远了，我们已经到了勒布尔热①，就剩下 60 法里路啦。"野鸽回答。

我不想被认为是懦夫，便重新振作精神，又飞了一刻钟。但是，我再也支持不住了。

"先生，"我又结结巴巴地说，"我们就不能停下来歇会儿吗？我真的渴得不行了。我们在树上歇歇脚吧……"

"滚！你也就只配做只乌鸦！"野鸽火冒三丈，头也不回地继续发疯似的赶路。我惊呆了，望着他远去的身影，我掉到了一片麦田中。

我也不知道昏迷了多久，恢复意识之后，我首先想起的，是那只野鸽对我说的最后一句话："你也就只配做只乌鸦！"我心想，我亲爱的父母啊，这么说来你们俩是搞错了！我这就动身回到你们身边去。你们会发现我确实是你们的孩子。你们将会重新允许我住在妈妈盆窝下方的那一小堆

---

① 勒布尔热，法国法兰西岛大区塞纳－圣德尼省市镇。

树叶里。

　　我努力起身，可旅途的劳累和因坠落而受的伤让我难以活动，甚至还没等站起来，又一阵眩晕袭来，我再次昏倒在地。

　　正当我觉得自己命不久矣的时候，透过四周开遍的矢车菊和丽春花，我看到两位美人正在向我走来。第一位是只

第一位是只斑斑点点、十分漂亮的小喜鹊。

斑斑点点、十分漂亮的小喜鹊，另一位则是只粉红色的斑鸠。斑鸠在离我几步远的地方停下，害羞而同情地观察着我不幸的处境；而喜鹊却用世界上最可爱的方式一蹦一跳地来到我跟前。

"天呐！可怜的孩子，您怎么会弄成这样的？"喜鹊用一种顽皮而洪亮的声音问我。

"唉，侯爵夫人，"我答道（从她们的打扮来看，至少得是侯爵的身份吧），"我是一个被向导抛弃的倒霉的游客，我就要饿死了。"

"老天，您说什么？"她立即在我们四周的灌木丛中飞来飞去，从一头飞到另一头，找来了浆果和水果，在我身边堆了一大堆，然后继续问道：

"您是谁呀？您从哪儿来？您这般冒险真是不可思议！您要去哪儿？年纪这么小就出来独自旅行，您才换毛吧？您的父母亲是做什么的？他们在哪儿，怎么可以把您一个人这样丢在这里？我真是气得头上的羽毛都要竖起来了。"

趁着她说话的时候，我侧身立起，狼吞虎咽地大吃起来。那只斑鸠自始至终静静地站在原地，用怜悯的眼神望着我。她注意到我在转动脑袋的时候有些虚弱，明白我这是太渴了。雨后的枝叶上还留着露珠，斑鸠小心翼翼地用喙接下一滴露珠，送到我的嘴边。当然，若不是因为我病成这样，像她这样矜持的一个女孩是不可能做出这样的举动的。

那时的我还不知道爱情是什么，只知道那一刻我的心

趁着她说话的时候，我侧身立起。

跳得厉害。我被两种不同的热情包围，我觉得自己沉浸在一种难以言表的幸福中。我的厨娘是如此活泼可爱，我的司酒官又如此体贴温柔，我真希望生命中余下的每一餐都能有她俩陪在我身旁。不幸的是，所有事情都有个结束，康复期病人的胃口也一样。吃饱喝足，我的力气也回来了。为了满足小喜鹊的好奇心，我将我所有的苦难像前一天告诉野鸽时那样，又真诚地讲述了一遍。喜鹊漫不经心地听着我讲，反倒是敏感内向的斑鸠给了我很多宝贵的建议。但正当我要谈到我所有痛苦的根源，即我不知道自己究竟是什么时，喜鹊突然惊叫：

"您是在开玩笑吧？您是一只乌鸫？一只鸽子？嗨！您是一只喜鹊，我的孩子。确实是一只喜鹊呀，特别善良的那种！"她边说还边用翅膀轻轻打了我一下，好像那是一把扇子。

"可是，侯爵夫人，"我说，"我觉得，如果说我是一只喜鹊的话，请您别见怪，我的毛色是不是有些……"

"俄国喜鹊。亲爱的，您是一只来自俄国的喜鹊！您不知道来自俄国的喜鹊全都是白色的吗？可怜的小伙子，你太无知了！"

"可是，夫人，我是在玛黑沼泽深处的一个破盆子里出生的呀，我怎么可能来自俄国呢？"

"啊！傻孩子！您可以是外来物种呀！像您这样的外来物种多得是。相信我！您就是一只喜鹊。稍后我带您去见识世界上最美的生活。"

"夫人，请问那会是在哪里呢？"

"当然是在我的家乡绿宫里呀，我的小可爱。您会看到我们在那里过的是什么样的生活。您只要在那儿当15分钟的喜鹊，就不会想成为别的鸟儿了。绿宫大概有一百只喜鹊，不是那种在路边乞讨的乡下喜鹊，而是有身份的喜鹊。他们是很好的玩伴，每一位都苗条、修长、敏捷，最胖的体型也不超过一个拳头大小。这一百只喜鹊，每只身上都不多不少有七个黑斑和五个白斑。这对我们来说是永远不变的，世界上其他东西我们都不在乎。当然，你身上少了黑色的斑点，不过没关系，您作为俄国来的外来物种，我们也会接受。我们的生活只由两件事组成：聊天和打扮。从早晨到中午，我们用奇装异服打扮自己，中午到晚上我们聚在一起聊天。每一只喜鹊都有属于自己的树作为居所，通常我们喜欢树龄老的高大树木。森林中央，有一棵巨大的橡树，目前无人居住。那是前不久去世的庇护十世①国王的故居，到了绿宫，我将带您去那里祭拜他。除了这一活动会带来一丝伤感之外，我们在绿宫的生活幸福美好！那里的女人绝不假装正经，就像她们的丈夫从不吃醋。我们的快乐是真心诚挚的，因为我们内心高尚，我们的语言自由而充满喜悦。喜鹊生来高傲，如果有松鸦或其他任何无赖想要来我们这里捣乱，我们会毫不留情地让他们变成秃鸟。但我们依旧是世上最好的一群人，每当有鸣禽、山雀、金翅鸟到我们的矮灌木丛中借宿，我们都会给他们最好的礼遇，为他们提供最好的保护。世界上没有什么地方比我们那里有更多华丽的衣服和更少诽谤。我们那儿也不缺乏虔诚的老喜鹊，他们整天都在念经，但最轻率的年轻荡妇也能和最严肃的寡妇和平共处而不怕被啄。总之，我们生活在快乐和荣耀当

---

① 庇护十世中的庇护（Pie）在法语中与喜鹊同一个词，故有此联想。

中，闲聊、比美、打扮。”

"真是漂亮极了，夫人！"我说，"如果我不服从像您这样的人，我肯定是昏了头脑。但在我有幸跟您一起出发之前，行行好，请您允许我和这位站在这儿的美丽小姐说几句话。"

我转向斑鸠说："小姐，请坦诚地告诉我，您觉得我真的是一只俄国喜鹊吗？"

听到我的问题，斑鸠低下头，脸上泛着洛洛特丝带[①]那样的粉红色：

"可是先生，"她说，"我不知道我是否可以……"

"天哪，说吧，小姐，我问这个问题绝不是为了让您为难，恰恰相反。你们两位在我看来都如此迷人。我在这里向你们发誓，在我弄清我到底是喜鹊还是什么别的东西之后，你们两人谁愿意嫁我，我便娶谁。"然后，我又压低声音对斑鸠说："每当我看着您，我感觉有一种来自斑鸠身上的神秘力量，让我心驰神往。"

斑鸠的脸变得更红了，她说："不知道是不是阳光穿过这些丽春花照在您身上的原因，您的羽毛似乎现在有了一些淡淡的色彩……"

她不敢继续往下说了。

"真让人为难啊！"我大声地说，"如何知道我定情于

---

① 洛洛特丝带：19世纪至两次世界大战期间法国西部流行的一种女性发饰，主要是在去农场里干活的时候佩戴。

谁？如果我的心碎了，我又怎么能把它交给你们中的一人？苏格拉底啊，您的教诲是多么伟大，但又多么难以遵循！您曾说：'你要自己认识自己①。'"

自从那天我的歌声让父亲感到不快之后，我就再也没有歌唱过。但此刻，我想用歌声来辨明真相，心想，既然我的父亲听了我的第一个唱段就把我赶出家门，我只要能多唱几句，两位女士就不会反应那么激烈了吧？于是，我以淋了雨作为借口，请求两位女士的宽容后，我用几声鸣叫开始了我的表演。之后，我继续啁啾，表演了音阶，最后像野外的西班牙赶骡人，声嘶力竭地唱了起来。

随着我越唱越来劲，喜鹊惊讶地远离了我，这种惊讶很快就变成了震惊，最后成了一种惊恐和深深的厌恶。她以我为中心绕着圈，就像一只猫绕着一块烫嘴的肥肉，即使刚被烫过，却还想再尝一口。看到自己的演唱产生了效果，我不想半途而废，这位可怜的女伯爵越是不耐烦，我就唱得越大声。她容忍了我不堪入耳的演唱25分钟，最后终于受不了了，大声地飞走了，返回了自己的绿宫。至于斑鸠，我一开口唱歌，她几乎就睡着了。

"你看看这歌声弄出来的好事，"我心想，"玛黑啊，母亲的盆窝！我再也不想回到你们身边了！"

正当我准备动身离开的时候，斑鸠醒了过来，对我说：

---

① 古希腊德尔菲神庙三条箴言之一。

"永别了，如此善良又如此恼人的陌生人！我叫古鲁丽，请你记住我。"

"美丽的古鲁丽！"我远远地回答她说，"您是如此的善良、温柔、迷人，我希望能够为您而活着，为您死去。可您身上的羽毛是粉色的，太多的幸福我不配拥有。"

四

我的歌声产生的不良反应让我闷闷不乐。在返回巴黎的路上，我不停地告诉自己："唉，音乐啊！唉，诗歌啊！这世上懂你们的人太少了！"

我想得正投入，不料脑袋撞上了迎面飞来的一只鸟儿。碰撞是如此激烈而又出乎意料，我们俩同时坠落到一棵树的顶端，幸运的是大家都停在那里没有继续下落。我们抖动了几下之后，我看着这个陌生人，预料会有一场争吵。但我惊奇地发现，这只鸟儿的羽毛也是白色的，而且，他的脑袋比我要稍微大一些，额头上的翎饰给他带来一种戏剧男主角的庄重感。他的尾巴高高翘起，显得非常漂亮。而且，他好像并没有要和我吵架的意思。我们用非常文明的方式走到一起，并相互道歉，之后便聊了起来。我问了他的名字，从哪里来。

"我很惊奇，您竟然不认得我。我们不是同类吗？"他对我说。

"先生，其实我并不知道我是哪种鸟。碰见我的人都问我同样的问题，有可能我的身份谜底是一场赌局的结果，大家都押了不同的答案。"

"您说笑了，"他答道，"您这身行头太适合您了，我不可能认错我的同胞。您一定属于我们这个大家庭，拉丁语里，我们的名字是 Cacuata；在科学界，我们叫作 Kakatoës；在俚语里，我们也有 Katakoua 的称谓①。"

"真的吗，先生？如果确实如此，那真是我的荣幸。作为一只白鹦鹉，我们平常做些什么呢？"

"什么都不做，人们还因此付我们报酬。"

"您这么一说，我更相信自己是白鹦鹉了。不过请您暂时还是先把我当做您的同胞，并屈尊告诉我我是在和谁说话。"

"我便是大诗人卡卡妥冈②，"陌生人答道，"先生，我经历过重大旅行、艰险的穿越和艰难的跋涉。我从不为了昨天写诗，我的缪斯曾经饱经风霜。我曾为法王路易十六哼唱，为第一共和国高唱，我歌颂过拿破仑帝国，还偷偷地赞美过波旁王朝的复辟。最近一段时间，我挣扎过，想让自己屈服于这个无趣的世纪的种种苛求，但并非没有困难。于是我发表了讽刺性的二行诗、庄严的赞歌、优美的抒情诗、虔诚的哀歌、冗长的戏剧、迂回曲折的短篇小说、嘈杂的闹剧

---

① 以上这些称呼都是指白鹦鹉。
② 卡卡妥冈（Kacatogan），系作者根据白鹦鹉的学名编造的姓名。

以及空洞的悲剧。总之，我很高兴自己为缪斯的圣殿添砖加瓦了。您呢，以后想要做些什么？我年纪大了，已经被选为法兰西学院院士。可我的诗句押韵还是那样粗糙。先生呀，您在我头上撞出这个大包之前，我正在构思一首不少于 6 页的长诗。如果还有什么我可以帮到您的，请您随时开口。"

"确实，我现在就有需要您帮忙的事，"我说，"我在歌唱和诗歌领域面临很大的困境。我不敢自称为诗人，更不敢说自己有一天能成为与您比肩的大诗人，但造物主给了我这样一个时常想抒发内心喜怒哀乐的歌喉。实话跟您说吧，我根本不知道唱歌的规则。"

"我便是大诗人卡卡妥冈。"陌生人答道。

"我也早就忘了，"卡卡妥冈说，"别为此感到担心。"

"可是有件事让我特别恼火，我的声音总是让听众觉得像一个叫让·德·尼维尔 ① 的……您知道我的意思。"

"是的，我知道您想说什么，"卡卡妥冈答道，"我也经历过这样的怪事，具体的理由我不知道，可确实别人的反应摆在那儿，我不能视而不见。"

"在我看来，先生您就像是诗歌界的涅斯托耳 ②，请告诉我，有什么方法能解决我的这个困惑吗？"

"没有什么方法，至少我从来没有找到过。年轻时，我也曾被这个问题困扰，因为那时候人们总是向我喝倒彩。不过今天，我已经不在意它了。我想，大众的反感可能是因为他们读到的跟我们的不一样。他们漫不经心。"

"我也是这么想的。但您也同意，如果看到自己的好心换来的是别人的落荒而逃，那该多么令人难过。您能不能先听我唱歌，然后再告诉我您的真实想法呢？"

"当然当然，我洗耳恭听。"

我当即开始演唱，很开心地看到卡卡妥冈既没有逃走，也没有睡着。他注视着我，偶尔还歪歪头对我表示赞赏，还时不时嘟囔几句赞美的话。但很快我注意到他并不是在听我

---

① 让·德·尼维尔（1422—1477）因为拒绝了国王的征召而被法国举国厌恶，于是有了"糟糕的让·德·尼维尔"（字面上也有让·德·尼维尔的狗的意思）的民谚。在之后流传中，这个谚语渐渐被用来指代那些听到别人喊他就立刻逃开的人。

② 涅斯托耳，《荷马史诗》中的重要人物，其名常用于喻指某一行业或领域中阅历丰富、资深、名望高的长者。

演唱，而是又在构思他的诗了。趁我喘气的空当，他突然打断了我：

"我终于找到了合适的韵脚！"他笑着摇了摇脑袋，"这可是我想出的第 60714 个韵脚！再也没有人敢说我的头脑已经不好使了！我这就把这首诗读给我的好友们听，看看他们怎么评价它！"

说罢，白鹦鹉便飞走了，好像不会再想起与我见过面。

五

孤独又失落的我，只能趁天还亮着尽快飞回巴黎。不幸的是，我不认得路。因为和野鸽一起飞得太快、太辛苦，我没记下具体的路线。去勒布尔热本该直行，可我错误地左转了。夜幕突然降临，我只能在莫尔特枫丹①的树林里找个地方过夜。

我到达的时候，大家都准备睡了。世上最不喜欢睡觉的喜鹊和松鸦在树林各个角落打闹；麻雀在灌木丛里互相踩踏，发出叽叽喳喳的叫声；两只长腿白鹭在水边庄严地前行；树林里的"乔治·但丁②"们默默地等待着妻子归来；巨大的乌鸦们迷迷糊糊，重重地落在树林里最高大的树木的

---

① 莫尔特枫丹，瓦兹省市镇名。
② 乔治·但丁，出自莫里哀 1668 年上演的戏剧《乔治·但丁或困惑的丈夫》，讲述一个富庶的农民花大价钱娶了个妻子，但妻子并不承认这桩婚姻。

大家都准备睡了。

顶梢，带着鼻音诵读夜晚的祷词。在低处，山雀情侣们在
矮木间追逐嬉戏；头发散乱的绿喜鹊用力把巢穴推进树叶
深处；成群结队的树麻雀像青烟一般在空中飞舞，从田野
赶来这里，迅速挤满了一棵灌木；燕雀、莺、红喉鸟仿佛
威尼斯花灯上的水晶，点缀着互相交错的树枝，树林里四
处回荡着各种呼喊：

　　"老婆，走了！""女儿，该走了！""过来呀，我的美人！""在这儿呢，我的爱人！""亲爱的，我来了！""晚安，我的情人！""再见了，朋友！""孩子们，睡个好觉！"

　　在这样的一片树林里，叫我一个单身汉情何以堪！我希望能找到几只体型和我差不多的鸟儿，看看他们是否能好心收留我。我想，大晚上的，所有鸟儿看起来都是灰色的，只要我静静地在他们边上乖乖睡觉，应该不会有人介意吧？

　　我先飞向聚集着椋鸟的水沟，他们正精心地在进行着睡前洗漱。我注意到他们大多有镀金的翅膀和涂了漆的爪子。毋庸置疑，他们是这片树林里的纨绔子弟。他们天真善良，根本没在意我的到来。不过他们的谈话十分空洞，他们用自命不凡的口吻互相讲述着各自的麻烦和光荣事迹。他们之间的挑衅和冲突对我来说太难以接受，我没有办法在这里过夜。

　　之后我飞向一根树枝，上面停着六只不同的鸟儿。我小心翼翼地挑了树枝最边缘的地方落脚，生怕惹得他们不快而被赶走。我也真是倒霉，站在我身旁的正好是一只比生锈的风标还要冷峻的老白鸽。我靠近她时，她只关心自己身上所剩不多的几根羽毛，假装梳理它们，又害怕太用力会拔掉它们，只有想知道自己是否吃了亏的时候，她才会检查一下。我一用翅膀尖碰她，她就威严地站起来：

　　"先生，您这是干什么呢？"说着她抿了抿鸟喙，俨然英国佬一样持重。

　　然后，她以比搬运工还大的力量狠狠地给了我一击，我从树枝上掉了下来。

　　我落到了一株欧石楠上，一只体型庞大的松鸡正在那里沉睡。我天天待在窝里的老母亲都没她这样的好福气：这只松鸡不但体型圆润，还神采飞扬，她坐在地上时，肚子上显

站在我身旁的正好是一只比生锈的风标还要冷峻的老白鹤。

一群斑鸫。

示出三层肥肉，就好像边缘被吃光了的烤馅饼。我蹑手蹑脚地靠近她，心想，她应该不会醒吧？不过，再怎么样，像她这样一位富态的母亲不可能会是坏人，醒了也没事儿。她确实不是坏人，只见她半张开眼睛，轻轻地叹了口气，对我说："小东西，你打扰我睡觉了，走吧。"

与此同时，我听到有人叫我。一群斑鸫在一棵花楸上示意我过去。终于有好心人了，我想。她们像疯子一样笑着，为我腾出位置。我迅速地加入了她们的行列，就像情书被迅速地收入贵妇人的手笼里那样。不过我马上发现，这些女士们恐怕是吃了过量的葡萄，几乎没法儿在树枝上站稳，还开着没教养的玩笑，突如其来地哄堂大笑，唱的歌曲也很下流。我被迫离开。

正当我感到绝望，准备在孤独的角落独自度过漫漫长夜时，一只夜莺开始了歌唱。顿时，整片树林鸦雀无声。啊！他的歌声多么纯净！就连他的忧愁都显得那么温柔！他的歌声不仅没有打搅人们的睡眠，反而像摇篮曲一般让大家更好地进入梦乡。没有人想命令他闭嘴，没有人觉得在这个时间唱歌不合适，他的父亲也不会因为他唱歌而打他，朋友们不会因为他的歌声而逃开。"这世上只有我，"我大喊，"只有我被剥夺了幸福的权利！"走吧，离开这个残酷的世界。与其在这里眼馋别人的幸福到心碎，还不如在夜里寻找回巴黎的路线，大不了被猫头鹰当夜宵吃了。

于是我继续上路，很长一段时间，我都在胡乱地走。天刚亮的那一瞬间，我看到了巴黎圣母院的尖塔。转眼间，我便来到了圣母院。我并没有在那里逗留，也没有时间去欣赏脚下的这座城市，只想尽快找到我出生的花园。我飞得比闪电还快……天哪，什么都没了！我呼唤父母，可是无人回应。我父亲站立过的树木，母亲的灌木丛，亲爱的鸟窝，一切都消失了。伐木工们的斧头毁了一切：取代我出生时的那条绿道的，是一百捆木柴。

六

我找遍了周边的所有花园，然而一无所获，根本没有父母的踪影。他们应该已经去很远的街区避难，我再也无法得知他们的消息了。

悲痛无比的我又回到曾经的檐沟里居住。当初就是因为父亲的盛怒，让我搬到了这里。在檐沟里，我日日夜夜地哀叹我凄惨的生活。夜不能寐，不思饮食，几乎要抑郁而死。

有一天，我像往常一样悲叹："现在的情况是这样的，"我大声地说，"我不是乌鸦，因为父亲曾要挟把我的羽毛拔光；不是鸽子，因为我没有能坚持飞到比利时；不是俄国喜鹊，因为那位年轻的侯爵夫人一听到我的歌声就堵上了耳朵；不是斑鸠，因为古鲁丽，啊，我的好古鲁丽，听见我唱歌就像教士一样死死地睡了过去；不是鹦鹉，因为卡卡妥冈并不赏脸听我歌唱。我什么鸟都不是，因为在莫尔特枫丹，没有鸟儿愿意收留我。可我身上有羽毛，有爪子，有翅膀，我不是一只怪物呀，古鲁丽和小喜鹊都很喜欢我，就是证明。到底是怎么一回事，我的羽毛、翅膀、爪子无法构成一个能够说出具体名称的整体？难道说，我是……？

两个在街上吵架的女看门人打断了我的自怨自艾。

　　她们中的一个对另一个说："说定了，如果你没办法完成这件事，我就送你个稀罕玩意儿做礼物！"

　　"天哪，这跟我有关！上帝呀！我是乌鸫的孩子，我的羽毛是白的，所以我就是一只白乌鸫！"

　　这一发现在很大程度上改变了我的想法。我不再继续哀叹自己的身世，开始昂首挺胸地在檐沟边踱步，还不时用胜利者的眼光打量四周。

　　她们中的一个对另一个说："说定了，如果你没办法完成这件事，我就送你个稀罕玩意儿做礼物！"

我对自己说："白乌鸦，这可不简单，不是随便顺着驴子的脚印就能找到的①。没有遇到同类而感到悲伤，我真是太傻了。这是天才的命运，也就是我的命运。我曾想逃离这个世界，而今我想让它为我震惊。因为我是一般人听都没听说过的独一无二的鸟儿，所以要表现出应有的态度，就像凤凰，瞧不起所有其他家禽。我得拜读阿尔菲爱里②的回忆录和拜伦勋爵③的诗集，这些富有营养的精神食粮将带给我崇高的自豪感，这还没算上上帝赐予我的那份。没错，我还想加上我非凡的出生。大自然让我独一无二，我有责任给自己增添神秘感。今后见到我将是一种恩赐，一种荣耀。对了，我低声地问自己，我能不能靠抛头露面赚钱呢？"

呸！怎么能有这种可耻的想法！我想像卡卡妥冈那样写诗，不过这首诗将不止一章，而是有二十四个章，就像所有的大诗人那样。或许这还不够，那我就写四十八章节，再加上脚注和附录！我得让全世界都知道我的存在。我在诗中肯定会哀叹我的孤独，但要让最幸福的人都羡慕我。既然上天决定了我无法找到伴侣，那我就狠狠地批评别人的妻子；我将证明除了我吃的葡萄，别的东西都很酸；夜莺们自己保重吧，我将明确指出，他们的哀怨让人心里难受，他们的作

---

① 作者对法语里习惯用法"不是随便在马蹄下就能找到"的一个戏仿，"踏破铁鞋无觅处"的意思。
② 指意大利剧作家维托里奥·阿尔菲爱里（1749—1803），其作品影响了意大利民族主义，共包括 19 部悲剧，著有回忆录《阿尔菲爱里自叙的生平》。
③ 指英国著名诗人乔治·戈登·拜伦（1788—1824）。

品一文不值；我得去找个木匠。我想首先为自己确立崇高的文学地位，希望我的周围不仅仅有记者，还有真正的作家以及女文人。我将为瑞秋小姐①量身定做一个角色。如果她拒绝出演，我将大声宣告，她的才华甚至不如外省年老色衰的女演员。我将在威尼斯定居，以每天四里弗尔十苏的价格租下摩契尼哥家族②的宫殿，它坐落在运河边，位于那座仙境般的城市的中心。《莱拉》③的作者所留下的痕迹将给我巨大的灵感。内心的孤独将让我模仿斯宾塞④，写大量的诗歌，以疏解心中的痛苦。我将让山雀唉声叹气，让斑鸠⑤互诉衷肠，让丘鹬⑥泪如雨下，让老猫头鹰⑦大声嚷叫。对于看着我的人，我将摆出一副冷酷无情的样子，不近人情。人们将徒劳地逼迫或乞求我怜悯那些被我崇高的诗句吸引的读者。对于这些，我只想说："呸！我的手稿一字千金，我的作品远销海外；名誉和财富跟着我到处走，但我无视周围人群的窃窃私语。总之，我将成为一只完美的白乌鸫，一个真正的作家。一个古怪、脾气不好、难以忍受同时又受欢迎、被喜爱、遭人嫉恨的作家。"

---

① 指瑞秋·菲利克斯（1821—1858），艺名为瑞秋小姐，是当时期巴黎戏剧圈最有名的女演员之一。
② 摩契尼哥家族，威尼斯贵族家族，曾诞生过数位威尼斯共和国总督。
③ 拜伦的叙事诗。
④ 埃德蒙·斯宾塞（约1552—1599），英国文艺复兴时期诗人，其代表作有《仙后》《牧人月历》等，他探索出一种新的十四行诗格律形式，被称作"斯宾塞诗节"。
⑤ 法语中，斑鸠常被用来当作年轻情侣的象征。
⑥ 在法语的日常口语里，丘鹬也有"蠢妇"的意思。
⑦ 法语中，老猫头鹰的另一个转意是"厉害的丑老太婆"。

七

我只用了六个星期就完成了我的处女作。就像我承诺的那样，这是一首四十八章节的长诗。由于内容过于丰富，作品中少不了出些错漏。但我觉得当下的读者应该并不会多加指责，因为他们已经习惯了报纸角落的那些美文。

我的成功配得上我的白乌鸦身份，也就是说，独一无二，无可匹敌。我的作品的主题只有一个，那就是我自己。在这方面，我符合我们那个时代的风尚。我用可爱的自负讲述了我所有的苦难，用最妙趣横生的方式向读者们介绍了我家中的每一个细枝末节，对母亲的窝巢的描写就用了至少十四个章节：我细数了这个盆窝的每一个齿槽、破洞、隆起、裂痕、钉子、污渍、光泽及其杂乱的色彩；我从内部、外部、边缘、角落、侧面、正面等各个角度进行介绍；接着写窝内的东西：干草、秸秆、枯叶、小木块、沙砾、水滴、飞虫的尸体以及鳃角金龟的断肢。描写得妙趣横生！别以为我把这些描写统统放在了一起！有些放肆的读者读起书来老是跳行，所以我巧妙地把这些描写分成许多块，穿插在故事中，目的就是为了不让他们错过任何细节。在读者们读到最精彩、最具戏剧性的片段时，突然会出现长达 15 页关于鸟窝的描写。我想这就是成功艺术的秘诀吧！我不是吝啬的人，谁有需要谁都可以使用。

整个欧洲都被我的作品感动，人们津津有味地阅读我恩赐给他们的种种隐秘。怎么会这样呢？我不但一一列举了关于我的所有逸事，还向世人完整描绘了我从两个月大起就出现在脑海里的所有幻想。我甚至还在诗中最合适的位置，加上了我还在鸟蛋里就已经写下的一首赞歌。当然我也没有忘记顺带讨论当下热议的话题，也就是人类的未来。我对这个问题很感兴趣，已经在空闲时间打草稿，准备想出个大家都觉得满意的解决方案。

每天都有人给我发来各种赞美诗、祝贺信以及匿名的求爱信。至于接待访客，我严格遵守自己制定的原则，那就是大门不对任何人打开。不过我还是没有逃过两位外国人的拜访，他们自称是我的亲戚。那是两只乌鸫，一只来自塞内加尔，另一只来自中国。

"啊！先生！"他们使劲拥抱我，都让我喘不过气来，"您是一只伟大的乌鸫！您用不朽的诗篇，写出了一个怀才不遇的人内心的痛苦！读完您的作品，我们才意识到，我们也是才华横溢但是无人赏识呀！我们同情您的遭遇，同意您对粗俗世界的鄙视！先生，我们像您一样，也深知您歌唱的那些隐秘的痛苦！这是我们写的两首十四行诗，勉强算吧，谨献给您，望您笑纳。"

来自中国的乌鸫补充说："这里有一首曲子，是我内人根据您作品前言的一个段落谱成的，极好地反映了作者的意图。"

我对他们说:"先生们,在我看来,两位都心地善良,思想阳光。请允许我冒昧问两位一个问题,你们的忧郁是从何而来?"

塞内加尔的乌鸦答道:"先生您看,我是多么健壮。没错,我的羽毛看起来十分养眼,我身上闪耀着常在鸭子身上才看得见的绿色。不过我的喙太短而我的腿又太长,而且,您看我这滑稽可笑的尾巴!我的身长还不及尾巴的三分之二!这还不够让我发愁?"

中国乌鸦接着说:"我嘛,就更惨了。我同胞的尾巴像扫把一样能拖在地上,我却根本就没有尾巴!街边的熊孩子见到我就会指着我笑。"

"先生们,我真心同情你们,无论什么东西,太多或太少都会让人生气。不过,请允许我告诉你们,在自然历史博物馆,有鸟类与二位相像,他们被塞进稻草,做成标本,多年以来一直静静地待在那里。同样,一个女作家,并不是生活放荡就能写出好书,一只乌鸦也不是只要闷闷不乐就能拥有才能。我是我们物种里的唯一,我为此感到痛苦。或许我搞错了,不过我有权这么认为。我的羽毛是白色的,先生们,请你们先变成我这样,然后我们再看看你们能怎么说。"

八

虽然我已经下定决心，假装平静，但我并不快乐。荣耀给我带来的孤独同样让我痛苦。我担心我将这样孤独终老，尤其是春回大地，让我感到更加忧虑。我又一次陷入了忧伤，直到一个意外事件改变了我的整个人生。

英国人喜欢所有作品，除了他们能读懂的。我的作品当然也成功地穿越了芒什海峡①，让英国的读者们喜爱得无法自拔。有一天我收到了一封来自伦敦的信，信末署名是一只年轻的女乌鸫：

"我读了您的诗，对您的敬仰让我下定决心要把自己献给您，成为您的妻子。我们注定是天生一对。我像您一样，是一只白色的女乌鸫。"

可以想象，收到这封信我是多么惊喜。我对自己说："一只女白乌鸫！这是真的吗？也就是说我在世上并非独一无二！"我即刻提笔回信，想告诉那位美丽的陌生人，我是多么赞成她的提议，希望她能马上赶来巴黎，或者让我立马飞到她的身边。她回信说，由于她烦人的父母，她更愿意来巴黎和我见面，等她处理好自己的事务就动身来和我相会。

几天之后，她真的来了。我真是太高兴了！她是世界

① 芒什海峡，即英吉利海峡，分隔英国与欧洲大陆、连接大西洋与北海的海峡。

我们的证婚人是我们这个教区的主教鸸鹋神父。

上最美的乌鸦！她甚至比我还要白。我大声说："小姐！哦不，我还是叫您女士吧！因为我现在已经把您当作我的合法妻子。世上有如此美好的造物存在，我却浑然不知。我遭受过的痛苦和我父亲对我的毒打现在都不算什么了，因为上天竟然给了我一个如此出乎意料的安慰！在与您见面之前，我还以为我注定一生孤寂。实话告诉您，这是我的一大心结。可是现在看着您，我感觉自己就像一个家庭的男主人。请您立刻接受我的求婚，我们像英国人那样，不办婚礼，然后我们一起搬到瑞士去住。"

"我不是这么想的，"年轻的乌鸫小姐回答，"我想要一个隆重的婚礼，邀请全法国一切有身份的乌鸫，哪怕只有一点点身份的我都要请来。像我们这样的人不能辱没自己的荣誉，决不能像檐沟旁的猫咪那样草草成婚。我从英国带了一大堆钞票过来，您去准备邀请函吧，还有，记得去酒店看看，别在酒水上让客人觉得咱们小气。"

我盲目地遵守未婚妻的指示，办了一场世纪婚礼，吃掉了一万只飞虫。我们的证婚人是我们这个教区的主教鸬鹚神父。这美好的一天由一场精彩的舞会画上句号。总之，我幸福到了极点。

我对妻子的爱随着对她了解的深入与日俱增，她集灵与肉的一切优点于一身，只是有点儿拘束。不过我觉得这可能是英国浓雾带来的影响，她在这之前一直住在那里。我相信法国的气候很快就能驱散这淡淡的愁雾。

另一件让我更担心的事是她身上有时笼罩着一种神秘感，非常奇特，她把自己和侍女们反锁在房间里，在里头一待就是好几个小时，说是为了梳妆打扮。每个丈夫都不会希望这样的怪事发生在自己的家里。有不下二十次，我去敲妻子的房门，却没人来开，对此我很不耐烦。有一天，我沉下脸，坚持要她给我开门，她才急急忙忙地跑来让我进去，还一直抱怨我纠缠不休。我在屋内看到满满一大桶的用面粉和白垩粉混合制成的糨糊。我问她这些东西是干什么用的,她说那是治疗冻疮的药。

在我看来,这桶药剂甚是可疑,可我怎么能不信任一个如此温柔、聪慧的女孩?她是带着多大的热情和诚意来到我身边的呀!我从一开始就不知道,原来我的最爱竟然也是一位女作家。我们结婚了有一阵子,她才给我看她模仿沃尔

我在屋内看到满满一大桶的用面粉和白垩粉混合制成的糨糊。

特·司各特①和斯卡隆②的风格写作的小说手稿。你们可以想象我是多么惊喜。我觉得自己不但拥有她举世无双的美貌，而且确信她的智慧完全可以与我的才华比肩。从那一刻起，我们俩便一起写作。我作诗的时候，她在身旁静静地写作。她从不介意我在她写作时高声朗读我的诗句。写起小说来，她几乎和我一样毫不费力，她总是能挑选最引人注目的话题来创作：弑君、绑架、谋杀、扒窃。同时，她也不忘在作品里攻击政府，并且宣扬女性解放。总而言之，写作对她来说是小菜一碟，她写作前从来不打草稿，从来不需要在写作过程中删减不满意的段落。她就是那种会写作的女乌鸫。

某天，正当她以一种不同寻常的热情写作时，我惊讶地发现她汗如雨下，与此同时，背上出现了一个很大的黑斑。"天哪，亲爱的，这是什么？"我问她，"你病了吗？"听到我的问题，她起先有些慌张和窘迫，但她的成熟很快让她恢复平时的那种镇静。她告诉我，那是墨迹，在灵光迸发的时候，她总会这样。

我低声地问自己：我的妻子难道会掉色吗？这个念头让我夜不能寐。她屋里的那桶糨糊又浮现在我的脑海中。上帝啊！太可疑了！难道我天仙般的妻子只是一幅画和少许石灰浆？难道她为了愚弄我而在自己身上涂了东西？我以为深

---

① 沃尔特·司各特（1771—1832），英国著名历史小说家和诗人，代表作为《艾凡赫》。
② 保尔·斯卡隆（1610—1660），法国诗人、小说家、剧作家，代表作为《亚美尼亚的堂雅菲》。

爱的她是我的灵魂伴侣，以为她是造物主给我一人的恩赐，而事实上我只是娶了一团白色的面粉？

为了从日复一日的怀疑和猜忌中解脱出来，我密谋了一个计划。我买了个晴雨表，如饥似渴地等待雨天。我想找一个天气不好的星期天，带妻子到乡下去，考验考验这件可洗刷的衣服。可惜时值七月，天气好得出奇。

幸福的外表和写作的习惯让我更加敏感。因为我的头脑简单，有时在工作中情感会战胜思想，还没找到合适的韵脚我就会哭鼻子。我的妻子非常喜爱这样的时刻，因为我作为男性的脆弱能使她作为女性的虚荣得到彰显。有一天，我按照布瓦洛①所倡导的方法，正在修改文章，突然心扉大开：

"我亲爱的乌鸦，我唯一的最爱！没有你，我的生命就只是一场梦！你的目光，你的微笑彻底改变了我的世界。我心爱的，你知道我是多么爱你吗？别的诗人写了无数遍的普通话题，我只要稍微动些心思，就能创造出完美的作品。可是，我却永远找不出合适的词句来描写你的美丽给我带来的灵感。回忆过去的苦难也许能让我来说说今天的快乐？你来到我身边之前，我像流浪的孤儿一样孤独，今天我依旧孤独，但那是当国王的那种孤独。我的天使，我的美人，你知

---

① 布瓦洛（1636—1711），法国文学批评家，认为作者应该注重文本的每一个细节，所以在写作过程中，作家应该一遍遍打磨自己文章的每一个段落，而浪漫主义作家缪塞却认为情感才是主要的。

道吗，在这死亡降临前我仍能掌控的身体里，在这胡思乱想的小脑袋瓜里，属于你的东西才能继续存在。听听我的大脑会说什么，用心感受一下我的爱是多么强烈。啊，希望我的才华就像珍珠！而你是佩戴珍珠的克利奥帕特拉[①]！"

我一边这样啰唆，一边为我的妻子感到悲哀。她显然正在掉颜色。我每流一滴泪，她身上就会出现一根羽毛，甚至不是黑色的，准确来说是红棕色的（我认为她在别的地方掉过一次色）。同情了几分钟后，我看到眼前站着的是一只去掉装饰和面粉的鸟儿，和最普通的乌鸦没什么不同。

我该怎么办？该怎么说？该采取什么立场？一切指责都没有意义。事实上，我应该把此事作为"假货包退"，结束这场婚姻。可我怎么敢将我的耻辱公之于众？难道我还不够不幸吗？我鼓足勇气，决定远离尘世，放弃文学生涯，逃到荒无人烟的地方。如果可能，我希望从此再也见不到任何人，并像阿尔克提斯[②]那样寻找：

……一个偏僻之地，

拥有白乌鸦那样的自由。

[①] 克利奥帕特拉七世，常称"埃及艳后"，古埃及的托勒密王朝最后一任女法老，以其出众的美貌和卓越的政治头脑为人所知。
[②] 阿尔克提斯，希腊传说里的人物，伊奥尔科斯国王珀利阿斯的美丽女儿，以钟情丈夫著名，自愿代夫婿就死。

九

飞上天空，我并没有停止哭泣。决定鸟儿命运的风，把我带回到莫尔特枫丹的一个树杈上。我自言自语："多么疯狂的一段婚姻！多么鲁莽的行动！当然，这个可怜孩子把自己涂成白色并没有恶意，但我也值得同情吧！她也同样，她会抱怨自己的羽毛为什么是红棕色而不是白色。"

那只夜莺依旧独自在深夜里歌唱。他在充分享受上帝对他的恩惠，让他的才华胜过其他诗人。寂静中，他唱出了自己的心里话。我忍不住走过去跟他说话。

"您真是幸运呀！不仅能想唱什么就唱什么，而且唱得那么好，大家都爱听。您婚姻幸福，儿孙满堂，有家可归，朋友众多，还有个舒适的青苔枕头。明月做伴，不看报纸。与您相比，鲁比尼和罗西尼①都不算什么，您不是跟他们平起平坐，就是取而代之。先生，我也唱歌，可唱得不好。我歌词混乱得就像普鲁士士兵。您在林中的时候我说了很多蠢话。请问可以向我传授您的秘诀吗？"

"当然可以，"夜莺答道，"但事实并不是您想的那样。我厌倦我的妻子，我一点儿都不爱她。我爱的是一朵玫瑰：

---

① 鲁比尼（1794—1854）和罗西尼（1792—1868）均为 19 世纪意大利著名作曲家。

波斯诗人萨迪①曾歌颂过她。我整晚都在为了她歌唱，但是她睡着了，听不到我的歌声。现在这个时候，她的花萼是合上的，有只年老的金龟子在上头休息。明天天亮，当我疲倦而伤心地回到床上，她却盛开了，让蜜蜂来蛰她的心。"

---

① 萨迪（约 1208—1292），中世纪波斯（今伊朗）诗人，代表作有《果园》《蔷薇园》等。

蚕的悼词

P.–J. 斯塔尔

太阳或许是因为整天在空中闪耀而筋疲力尽，刹那间就落下山去；鸟儿们前来晚祷，而依旧湿漉漉的大地则在万籁俱寂中，准备迎接夜晚的安眠。

这时，头戴骷髅的天蛾发出了出发信号，一小队随行人员闻讯开始移动，步伐缓慢地沿着通往粉色欧石楠的小径一路走去。

盲蛛们负责开道，走在遗体前面，瓢虫们走在遗体的一边，祈祷螳螂们走在另一边，金凤蝶紧跟其后。接着走来的是普通的蚂蚁、竹节虫，最后是爬行毛虫。

走到离桑树几步远的地方时，红衣主教甲虫认为，这只刚与世长辞的蚕那些伤心的兄弟姐妹们不会再听到什么了，也不必担心会再次激起他们心中的痛苦和悲哀，便下令奏起哀乐，角粪金龟子们组成的唱诗班开始起音，接着由蟋蟀和熊蜂轮流吟唱。

咏唱声时不时地告一段落，呜咽声清晰可辨，甚至还能听到抽泣的声音，足见这只将被送往最后的安息地的谦卑昆虫的死引起了大家的痛惜和哀叹。

到了种满欧石楠的田野，可以见到几个坟墓，覆盖在上边的泥土是新翻的，表明不久前这里刚下棺。不远处有几

一小队随行人员闻讯开始移动，步伐缓慢地沿着通往粉色欧石楠的小径一路走去。

个墓穴，也许是考虑到出席者中的某些人不久会有所需求，掘墓虫和埋葬虫还弯着腰站在一个小墓穴旁。

送葬的队伍正是朝着这座墓穴走去。歌声不再响起，抽泣声也戛然而止，甚至呜咽声都听不见了。因为在极度的悲痛中，总有那么一刻筋疲力尽，让所有的悲伤都化为悄无声息的寂静。

然而，当抬着遗体的昆虫们把亡者放在坟墓中时，想到这贪婪的黄土将无情地吞噬这具尸体时，大家再次爆发出一阵哭喊和抽泣声，巨大的痛苦席卷了众人。

此时，一只浑身穿着黑衣的昆虫走向了坟墓：

"你们为什么要哭泣呢？"他大声地说，"承受着生命之重的要为因死亡而解脱的哭泣到什么时候呢？好吧，继续哭泣吧，"他接着说，"坟中之人已经不会再为你们的痛苦而担忧，你们的眼泪也无法让他起死回生。死后，还有谁会想回到生前呢？"

但抽泣声并没有因此停止，没有人因为这段话而感到宽慰。

"兄弟们，"另一位演说者走上前来开始自己的发言，"应该在一只蚕出生时而非离世时为他哭泣。我们的兄弟虽与世长辞了，但你们应感到欢喜，因为他的一生中除了花朵和树叶就一无所有了；对他而言，离开这片大地，就是脱离一切痛苦，他失去的不过是苦难与不幸罢了。实话告诉你们吧，你们和我一样，都是可怜的蚕，我为什么要对你们阿谀奉承

我们知道需要何等的耐心和忘我精神才能让一片桑树叶变成一条丝绸裙子。

呢？对于我们这些不幸者而言，看到死亡不应该难过。"

然而四周依旧哭声不断。

有一个哭泣者开口了：

"我们知道，"他说，"有始必然就会有终，死亡在所难免。我们知道需要何等的勇气才能用一张张桑叶来养家糊口，才能一口口把它吃掉；我们知道需要何等的耐心和忘我精神才能让一片桑树叶变成一条丝绸裙子；我们知道蚕房的劳作是何等艰辛，一旦我们被关进悲惨的牢笼，就只能在工作完成之前，为我们短暂的青春梦想白白落泪。最后，我们也都知道，总而言之，死亡就是停止吐丝，死亡不过是这条由生命织出的丝线的另一端罢了。我们也这样想，无论我们转向何方，都会看到死亡的踪影；审视自己时，看到的依旧是死亡的影子，而我们去世的兄弟不过是顺从了自己的天命。但我们爱我们的兄弟，失去了他，我们无法得到安慰。"

大家都附和道："我们爱我们的兄弟，失去了他，我们无法得到安慰。"

此时，祈祷螳螂走过来。

"我和你们一样为我们离世的兄弟哭泣，"他说道，"然而，每当我看到一只蚕即将死去，我就抑制不住自己内心的宽慰和喜悦。'去另一个世界吧，'我对他说，'你在那里会比在这里过得好，这里人心叵测；在那儿，一扇扇大门会为你敞开，它们为所有的人敞开，不分高低贵贱；在那儿，你会重新遇到你失去的亲人们，你会在永不凋零的花丛中、树叶常青的桑林间、不会干涸的清泉边上找到他们。当你与他们重逢时，你会告诉他们要等等我们，等等我们这些仍被生命牵制着的人们。'因为死亡预示着更美好的生命。"

这昆虫话音落下后，哭泣声便停止了。

"现在，"他继续说，"请悄悄地离开或飞走，我们的兄弟已经不再需要我们。"

于是，大家在墓前献上了一小朵粉红色的石楠花后，有的在刚刚升起的一片苍白月光中消失了，有的穿过草丛回到了自己的小小居所。

大家都得到了慰藉，因为他们和祈祷螳螂——以及莎士比亚一起说道："死亡预示着更美好的生命。"

最后一章

P.–J. 斯塔尔

无论是在人类世界还是动物世界，革命总是接二连三地发生，如出一辙。

动物们再次聚集。场面如此嘈杂，让人宁可变成聋子。

"说到底，你们在抱怨什么呢？"狐狸问众人说。

"如果我们知道，"大家回答道，"我们还会来抱怨吗？"

"我们对此一无所知，"一个声音说道，"但如果仔

细找找，一定能找到答案。"

"那就去找吧。"狐狸说。

"为什么该死的要写这本书呢？"那个声音又说道，"这又是本什么样的书啊！太多了，又太少了。立刻来一场革命难道不更好吗？"

"说得轻巧，"狐狸说，"但写一本书要比进行一场革命容易多了。人们经常想进行一场革命，但事实上什么都没有做。这大家都知道。"

"先生们，"石貂赶紧来支持她的同伙狐狸，"人是在不停犯错中变得机灵起来的。让我们重新开始吧。"

"我敢打赌！"知更鸟惊叫道，"是墨水！还是墨水！也许会出第三卷？出完第三卷，再来第四卷，等等，一直到第八卷，第一百卷，直到这些书堆起来比我们的脑袋还要高。多妙的主意！但是，亲爱的，人们对任何事物都会感到厌倦，尤其是那些美好的事物。再多写一行字，你们就不会有订阅者了，除非免费把书赠送给他们。即便如此，也有可能遭到他们的拒绝。"

"说得好！"四面八方都传来了欢呼声，"再也不要纸！再也不要废话！打倒饶舌的家伙！"

大厅里只有一个墨水瓶，它立刻被砸碎了。

"这里的局势对我们不利。"石貂对狐狸说，"群众总是攻击他们的先知。兄弟，我们逃命吧！"

而在另一边：

"一切都越来越糟了！"公牛说。

"我曾用泪水浇灌这片土地。"雄鹿哀鸣道。

"这片土地却不为所动。"母鹿回答道。

"这些眼泪都是我们欠大地的。"一只鸟伤心地补充道。

"即使是盲人也有双眼，可以哭泣。"鼹鼠抽泣道。

更远处，夜莺歌唱着：

"我们这个世界所缺的，正是和谐。"

"是勇气。"狮子说。

"是怒火。"老虎说。

"是怨恨。"狼说。

"是胃口。"貉说。

"是顺从。"羔羊咩咩叫道。

"这些都不是我们所缺的。"白鸽说，"我们缺的，是爱。但愿大家都能相爱！"

"您也许是对的，"夜莺对白鸽说，"但没有人会告诉您您是对的，因为人们并不相爱。"

"让狐狸说话。"人们最后说道。

"先生们，"狐狸激动地说，"为什么要指责别人呢？如果我们没有做任何有意义的事，这难道是我们的错吗？还有什么比教会民众读书认字更好的事吗？"

"我们要的是干草而不是书。"驴边说边勒紧裤腰带。

"什么！驴，您也这么认为？天啊！您放弃了学识！"狐狸沮丧地问。

"呸！"一只不幸被视为珍禽而饱受牢狱之灾的椋鸟对驴子怒斥道，后者因狐狸这一番大惊小怪而羞得面红耳赤。"呸！干草，你只要干草！可对我来说，对我们来说呢，我们什么都不要，只要能打开牢笼的钥匙！"

"自由！自由！"大家齐声喊道。

"自由意味着再也不会饥渴交迫。"公猪说。

"闭嘴，"华沙鹰低头鄙视地扫了一眼刚才的那位发言者，"只有随时准备着为之牺牲的人才知道什么是自由。"

"行行好，少安毋躁！"狐狸说，"所有的进步都是缓慢的。人们说，麦秆要百年才有收获……自由之树的种子可能已经播下……"

"但却还没有开花，"熊突然拄着掘棒出现了，"更别提结果了。"他露出了他瘦骨嶙峋的脸和腰，"我饿了，今天什么都没吃。我的看守偷了我的食物！"

"太可怕啦！"众人惊叫道。

"啊！我偷了你的食物！"一个声音突然说道。大家立即就认出那是人类的声音，个个惊慌失措。这人正是熊的看守，"啊！我偷了你的食物，你却在这里炫耀！"

有必要让故事暂告一段落，做出一些解释。一段时间以来（到处都有叛徒，而且，我们痛心疾首地说，这些叛徒就藏在动物王国的编辑和订户们当中），上级已经得到通知，知道发生了什么事情，而且越来越清楚阴谋躲藏在哪个角落。

动物们如果仅仅满足于书写、绘画和聊天，那是允许的，但这不是说就不能对他们进行检查了。当人们得知新一届代表大会正要举行，可能会引起激烈的讨论，甚至还有可能引发暴力血腥的革命，便派了一支令人生畏的部队在议会周围设下埋伏，据说比巴黎一半的驻军还多呢！

这也许足以解释我们刚才为什么停下来。

"当然啰！"这看守突然走进大厅，像昔日的君王走进议会，手里还拿着鞭子，"当然啰！朋友们，我觉得你们太滑稽了。你们一辈子都是政府养的，政府给你们提供住宿、供暖还有食物，然后把你们制成标本，保存，贴上标签！标上编号！你们分文不花，现在还抱怨！甚至还策划阴谋……你们如此粗鄙，不会明白我宁可抛弃别人给我的一切，外加上我自己索取的东西，来换取你们中的一席之地。"

他一边说，一边和其他看守一起，挥着鞭子，拿着武器，制服了这些手无寸铁的密谋者。事态很快就平息了。大多数动物为了能够写字，冒失地把自己锋利的爪子磨平了，

他一边说，一边和其他看守一起，挥着鞭子。

所以现在没有任何还击之力。一个小时后，动物王国的这些
未来的解放者统统都被擒获。当他们插上最后一个门闩时，
那个看守又说：

"你们闹得鸡犬不宁。"他说，"你们说了，写了，还
印刷了，被阅读过了……然而这些都是徒劳。一切都受到
了监管。你们应该心满意足了。绝对没错。"

这场著名的革命就这样被埋葬了前程，除了我们上面
援引的这些粗话外，也许找不到更合适的句子能当它的悼
词了。

据说，在几天里，编辑部旧址的门口还出现过几只奇

怪的动物，他们总是姗姗来迟，但他们是为路费而来，这可能是笔不小的数目。因为从他们的外貌来判断，他们至少是来自地球的另一极……要把他们送回去。

"如果我们当时在场，"这些谦虚的动物说，"人类就不能这么轻而易举地制服我们了。"

人们便随他们怎么说。明日的英雄有什么可怕的呢？

又一位落后者。

他们至少是来自地球的另一极……要把他们送回去。

最后一章的后续和尾声

但这还没完呢！

　　得知有几个人竟然恬不知耻地在这愚蠢的事件中蹚浑水，还用他们的笔杆子为动物们服务，警察局局长先生往他们每个人家里至少派了半打忠诚的手下。

　　那些不幸的家伙全都被抓了。据说，被捕时这帮懒虫还躺在床上呢！他们后来被扣押到了警察局！

在那儿，将他们逮捕的这位官员身上佩戴着肩带，从口袋中掏出一张印花公文纸，朗读了以下内容：

本人，警察局局长……

经调查确认……（接着是 11 个人的名字）等人不因与禽兽们狼狈为奸为耻，还传播他们的思想、语言甚至精神。

鉴于他们的种种劣行，人类社会的根基甚至都因此受到动摇。

特宣布上述罪犯从翌日起将在他们犯罪之处受到惩罚，即以对待动物的方式对待他们（他们罪有应得）；他们将被转送至动物园，并判以监刑，每个人分配到一个兽笼中，以代替他们为其充当翻译和律师的动物。

又及，上述犯人均招供滥用写作权，因此严禁任何人为他们提供笔墨纸张，否则严加处罚。

此外，政府将继续为他们提供充足的物资……（听到这里，有几个犯人擦了一下眼泪），同样也禁止向他们投掷任何种类的食物：糖块、奶油蛋糕甚至是黑面包都一律禁止。

然而，出于对他们的特别照顾，允许他们的

旧识，如果不怕被咬的话，可以不时给他们提供
几根国家烟草专卖局出售的雪茄。

通告

如果气温允许，牢笼将于每天中午十二点至
下午两点打开。

在此奉劝好事者不要过分刺激动物园的这些

在此奉劝好事者不要过分刺激动物园的这些新住客们，
尽管已经采取了防范措施，此类行为依然可能危险。

新住客们，尽管已经采取了防范措施，此类行为
依然可能危险。

这项野蛮的判决执行完毕后，人们发现其中的两个笼
子空空的。

像以往那样，最罪该万死的人躲开了法律的制裁。格
兰德维尔先生不在这儿，斯塔尔先生也不在这儿。说到前
者，甚至没人敢追究其罪。人们往往尊重他们害怕的人。至
于后者，为了将其捉拿归案，已经进行了一系列追捕行动，
但皆一无所获。舆论认为，斯塔尔先生或许根本就不存在，
也许他根本不是人类，或者，假如确有其人，也是某个动物
开心地被当作人类，在短时间内呈现人的形象。

"听着，先生，"警察局局长无计可施了，对出版这本
遭到指控的书的人说，"编书意味着责任。要么把我要找的
人给我送来，否则我就只能抓您了。"于是，没经过任何司
法程序，黑泽尔先生就被强行扣押了。"请记住，"局长关
上原本为斯塔尔先生准备的牢门，"只要真正的犯人没有落
网，我们就会把原来要对他的刑罚转嫁到您头上来，好像您
就是他本人一样。"

一周后，首都的每份报纸上几乎都刊登着下面这份通告：

11头新动物——其种类目前还没有一个博物学学家可以确认，在此一律将其称为"文人"，将被关进动物园的笼窝里，以取代狮子、熊、老虎、猎豹、驴。这些动物由于无法继续吸引公众，我们尊重他们的权利，准许他们退休。现在，动物园呈现出一派非同寻常的景象，老兵们几乎无法控制住人流。人们注意到，在这些好奇的参观者中，有动物园原先的寄宿者们，以及那些抛下自己的日常工作前来观看的外省及海外的动物。动物园的新房客似乎极大地激起了他们的好奇心。

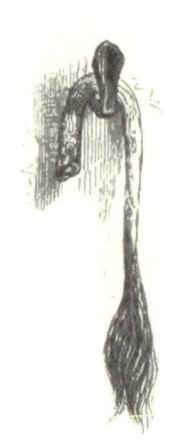

中文版版本与翻译说明

　　《动物私生活与公共生活场景》是 1840 年到 1842 年分期刊登在杂志上的讽刺文章、故事和小说的汇编，1841 年到 1842 年配以插图，并加上一个副书名——"现代习俗研究"，分两册由黑泽尔出版社出版。文章的写作由皮埃尔－儒勒·黑泽尔发起，他也是主要作者之一，化名为 P.–J. 斯塔尔，参与写作的有奥诺雷·巴尔扎克、夏尔·诺迪埃、保尔·德·缪塞、勒里提耶、路易·维亚多、梅内尼希耶·诺迪埃夫人、阿尔弗雷德·德·缪塞等，插图作者为著名版画家格兰德维尔。该书出版后获得巨大成功，至 1845 年已重版 5 次。

　　本书根据法国 J.Hetzel, éditeur 1842 年版和 MM.Marescq Et Compagnie1852 年版译出。中文版注释除有特别标注外，均为译注。翻译分工为：《又是一场革命》《蚕的悼词》《最后一章》由程毓凝翻译；《蟾蜍长老的难忘远游》《金龟子的苦难》《肖像画家黄玉》由孙毅翻译；《燕子信札》《第七重天》《白乌鸦的故事》由张颉文翻译；《二兽之恋》《一只企鹅的生活与哲思》《植物园里的长颈鹿》由朱子璇翻译。